裁·缝 CAI·FENG

时代出版传媒股份有限公司
安徽文艺出版社

　　崔天醒,青年作家,北京市西城区作协会员,北京工商文联作协分会会员。曾出版中华传统服饰题材长篇小说《伊舞华裳·如烟传》、当代创业题材长篇小说《我依然仰望星空》。作品数次被改编为有声书。有声书《暗·塔》在喜马拉雅"市场监管之声"频道点击率近百万。中短篇小说散见于全国各大文学期刊。

裁·缝
CAI·FENG

崔天醍◎著

时代出版传媒股份有限公司
安徽文艺出版社

图书在版编目（CIP）数据

裁·缝/崔天醍著.—合肥：安徽文艺出版社，2019.7
ISBN 978-7-5396-6609-9

Ⅰ.①裁… Ⅱ.①崔… Ⅲ.①长篇小说－中国－当代 Ⅳ.①I247.5

中国版本图书馆 CIP 数据核字(2019)第 040180 号

出 版 人：段晓静
责任编辑：张妍妍　姚衍　　　　装帧设计：徐　睿

出版发行：时代出版传媒股份有限公司　www.press-mart.com
　　　　　安徽文艺出版社　www.awpub.com
地　　址：合肥市翡翠路 1118 号　　邮政编码：230071
营 销 部：(0551)63533889
印　　制：合肥创新印务有限公司　　(0551)64456946

开本：700×1000　1/16　印张：17.75　字数：300 千字
版次：2019 年 7 月第 1 版　2019 年 7 月第 1 次印刷
定价：49.80 元

（如发现印装质量问题，影响阅读，请与出版社联系调换）
版权所有，侵权必究

写在前面的话

在我刚步入大学的时候,一个偶然的机会,得知家母童年时的好友(北京称"发小儿")是民国总理孙宝琦的外孙女。那个时候我疯狂迷恋张爱玲,孙宝琦这个名字立时令我联想到了张的继母孙用蕃。那位阿姨的母亲,正是孙宝琦的女儿,孙用蕃的胞妹。

怀着仰慕之情,我前去拜访这位孙奶奶(她也是我外祖父的同事兼邻居)。孙奶奶给我讲了许多张家和孙家的旧事,而在与她接触的过程中,我越发为她的个人魅力所震撼。那是一种历经磨难,却从未被磨难所击倒,从骨髓里向外散发的高贵。见到她,我才真正明白书中写的"民国名媛"究竟是什么样子。

因此,从事写作以后,我一直想写一部关于民国名媛的故事,由于我写的是服饰小说,所以便有了虞懿琳这样一位既会写作也会制衣的民国名媛形象。本书名为《裁·缝》,并不单纯指女主角是一位裁缝,这里裁、缝两字分别为两个动词,有时候人生就有如一件衣裳,而手握剪刀、针线的,正是我们自己。

选择新闻这一切入点也是出于私心,感谢我在新闻系就读期间所有的授业恩师,我在写作本书民国新闻业部分的时候,时常想起沈毅院长在教授《中国新闻史》时的谆谆教诲。本书的后半部分,改编自我家庭的真实经历,因此本书也是对先考的一种祭奠。

　　文中有关"远征军"等历史事件,系采访相关当事人所得。为避免引起不必要的误会,书中涉及的主要历史人物,均使用化名。书中主人公虞懿琳的故事纯属虚构,请勿对号入座。

崔天醍

2015.11

目 录

写在前面的话/001

序章　往事如烟/001
壹　　乱世玫瑰/010
贰　　年少失怙/016
叁　　青年学子/022
肆　　新装旧俗/033
伍　　铁肩道义/040
陆　　妙手仁心/049
柒　　南迁之路/055
捌　　知识救国/057
玖　　玉尺金剪/064
拾　　金风玉露/069
拾壹　阳明之计/080
拾贰　嫁入将门/090
拾叁　狼烟遍地/099
拾肆　隐秘战线/107
拾伍　三大家族/116
拾陆　血染党旗/123
拾柒　重返山城/128
拾捌　自断手足/135
拾玖　清歌魅舞/140

贰拾　　远征滇缅/145
贰拾壹　厉兵秣马/151
贰拾贰　战地之花/158
贰拾叁　第一夫人/167
贰拾肆　浴火重生/173
贰拾伍　抗战胜利/181
贰拾陆　暗流激荡/188
贰拾柒　笼中之雀/196
贰拾捌　痛苦煎熬/203
贰拾玖　黑山绿林/210
叁拾　　英雄美人/216
叁拾壹　梦回北平/222
叁拾贰　命运抉择/229
叁拾叁　五星红旗/235
叁拾肆　弹指卅年/239
叁拾伍　一枚婚戒/245
叁拾陆　鸳梦重圆/254
叁拾柒　杏坛留香/264
叁拾捌　国殇墓园/271

尾声/278

序章　往事如烟

一望无际的麦田透过绿皮火车的车窗匀速、飞快地向后奔去。经过了一整个日与月的轮换，虞曙昇再次踏上了那片黑土地。

拎着军绿色的帆布旅行包，虞曙昇突然发现，虽然只离开了三年多的时间，但他明显已经不属于这里了。他把这里当作他的第二故乡，但是这片土地对于他来说，却忽然变得十分陌生。

这种陌生感来源于街上的人们看他的眼神，在农村，忽然闯入了一个外乡人，必然是会引起当地人极大警觉的。

虞曙昇急切地想摆脱这种陌生感，四处找寻他认识的人。终于，一个人的出现拯救了他。"铁柱！铁柱兄弟！哎，你别走啊，我是虞曙昇啊，兵团三连七班的虞曙昇，你不认识我了吗？"

那个叫铁柱的男子停下了脚步，仔细端详着虞曙昇，及至他回忆起来，面上却浮现了一层尴尬的颜色："啊，虞曙昇……虞大哥啊。"

虞曙昇讨好地笑了笑，道："是啊，是我，嘿嘿，老乡们都还好吗？你哥哥赵铁栓咋样？"虞曙昇不提赵铁栓还好，一提起哥哥，赵铁柱更加尴尬了："还……挺好的，还行，呵呵。"

似是觉得有些不好意思，赵铁柱看了看拎着旅行包、风尘仆仆的虞曙昇，说

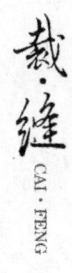
道:"你是刚下车吧,要不先上家去喝杯水?"

虞曙昇欣然同意,走在去赵铁柱家的路上,还不断地说道:"我一回到这儿,就跟回到家一样,看见咱们兵团的人就特别亲切,跟见到亲人一样。"赵铁柱却并没有回应他的热情,只是嗯嗯啊啊地敷衍着。

赵铁柱中等身材,肤色黝黑,一副典型的农民模样,生得十分憨厚,做事也是勤勤恳恳,踏实肯干。赵铁柱比虞曙昇小十岁,虞曙昇刚到北大荒时,他还是个不懂事的小孩。

虞曙昇身材挺拔,面目略有些黝黑,五官却继承了父母俊朗秀美的优点,可谓生得相貌堂堂,一表人才。但正是这种一表人才,与他常年待业在家的现状形成了鲜明的对比。

一九七九年初,国务院开始允许知青返城,至此上山下乡运动正式结束。除了少数落户于农村的知青之外,近千万的知识青年都返回了原本居住的城市,并继续学业或工作。虞曙昇便是这近千万分之一。

一九六八年,虞曙昇本应高中毕业,但由于特殊的历史原因,他实际上读了一年高中,加上停课,高中阶段共在校三年多,成了后来人们口中的高中"老三届"。作为首批下乡的知识青年,虞曙昇被分到了遥远的北大荒,将自己的青春与黑土地联结在了一起。

这一去便是将近十年,无论这十年中道路多么艰难、多么曲折、多么漫长,虞曙昇生活的脚印,都牢牢地鎏刻在了那偏僻的异乡——北大荒。

直到一九七七年,政策逐渐放宽,虞懿琳被平反,恢复工作。由于虞曙昇是家中独子,母亲虞懿琳年迈,需要照顾,虞曙昇才被特批返城,结束了他长达十年的知青生涯。

然而返城之后的生活并没有想象中的那样顺利。一九七七年,国家正式恢复高考,虞懿琳本想辅导虞曙昇参加高考,但是由于虞曙昇并没有受过完整的高中教育,加之十年来的插队生活已经让他没有了读书的耐心和勇气,更重要的是,他从不认为自己作为一名"反动派狗崽子"能被社会主义大学录取。

就这样,虞曙昇人生中第一次也是唯一一次高考就以一无所获画上了句号。虞懿琳能理解十年"动乱"对儿子心智以及精神上的打击和伤害有多深重,所以并没有再去逼迫他。但在当时,即使考不上大学,不少人也通过高考考上了中专,学习了专业技能,最重要的是,中专毕业后便能直接被分配进国营单位工作。

而一没学历二没技能的虞曙昇在择业的过程中四处碰壁,久而久之,就成了社会闲散人员。好在母亲虞懿琳的收入较高,虞家的生活才能维持。万般无奈之下,虞曙昇决定回到他当初插队的北大荒,碰碰运气。

赵铁柱的家是典型的东北农村家庭,一张大热炕上摆着一张木头炕桌。赵铁柱让虞曙昇坐在炕上,给他倒了一碗热水。

虞曙昇捧起盛满热水的大碗刚要送到嘴边,却见一样东西从赵铁柱的口袋里掉了出来。"铁柱兄弟,你的东西掉了。"虞曙昇边说边帮赵铁柱捡了起来。

那是一张女孩子的照片,照片中的女孩子生得很是清秀,笑容中透着羞涩,两条油亮的马尾辫垂在胸前。

赵铁柱见状,赶忙抢了回来,不好意思道:"那个……家里人给我说了个对象。"虞曙昇笑道:"哟,这是好事啊,铁柱兄弟长大了,也要成亲了。看这姑娘模样长得挺俊,叫啥名字?打算啥时候结婚啊?"

赵铁柱面色微微泛红,道:"叫……常秀梅,不过,我暂时还不想结婚。"在农村,姑娘小伙子在二十出头的年纪几乎都已嫁汉娶妻,因此赵铁柱的想法令虞曙昇有些诧异:"为啥?这姑娘不好?你没相中人家?"

"没有,"赵铁柱摇了摇头道,"这姑娘特别好,我心里头是一百个满意,就因为这样,我才不能这么早结婚。我要勤劳致富,要挣好多好多的钱,让这姑娘过好日子。"

在那个年代,一个农民能有这样的想法,是让虞曙昇刮目相看的:"好啊,铁柱兄弟真是有志气!哦,对了,你哥呢?他应该娶了亲了吧?"

这一问让赵铁柱原本微红的脸颊变得通红,他低下头,低声回答道:"嗯,

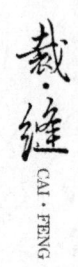

娶了。"

虞曙昇笑笑道:"我记得当年你哥是兵团里有名的光棍儿,这十里八乡的老少媒婆子不知道给他说了多少个,他都看不上,也不知道到底是啥样的仙女儿,才能入他的眼。"

赵铁柱搓着双手,不知道该怎样回答,尴尬间,门外传来了哥哥赵铁栓的声音:"我说老二啊,快出来快出来,我跟你嫂子从供销社买的东西太多,拿不了了,你快出来接接。"

赵铁柱看了虞曙昇一眼,便出门去接哥哥和嫂子。三人进门后,赵铁柱忙着收拾东西,赵铁栓大大咧咧地往屋里走,忽地看见坐在炕上的虞曙昇,顿时整个人如被冰冻住了一样,再也动弹不得。

跟在丈夫身后的薛柠被丈夫的这一举动吓了一跳,再抬眼去看虞曙昇,竟也同样呆住了,只是面上的表情更为复杂。

还是赵铁栓先开的腔:"虞……虞兄弟,你……你咋来了?"然而虞曙昇并没有回答赵铁栓的问话,而是将目光穿过他,直直地看向他身后的薛柠。

赵铁柱见状,赶忙打圆场道:"哎,哥,坐下说吧,虞大哥他也是刚……刚来。"赵铁栓坐在了炕的另一头,而薛柠则自己搬了一把凳子,寻了个屋里的角落坐了下来。

沉默了半晌后,虞曙昇苦笑着对赵铁栓道:"原来你等了这么多年不结婚,就是为了等她?"赵铁栓低了下头,复又抬起,直视虞曙昇道:"俺是真心稀罕她,这十里八村的姑娘,没人能比得上她。过去那事,是……"

薛柠忽地起身,走过来按住赵铁栓的胳膊,制止道:"别说了!虞兄弟路上还没吃饭吧?我这就去做饭。"

虞曙昇却站起身来道:"不用麻烦了,你们吃吧,我……我还约了别人,我先走了。"说罢,拎起地上的旅行包,直直地走出门外。

赵铁栓夫妇一时不知该如何是好,还是赵铁柱机灵,立刻追了出去。虞曙昇身材高大,步幅也大,赵铁柱在后面追得上气不接下气。

"虞……虞大哥……"虞曙昇站定了双脚,赵铁柱快步赶了上来,"要不去村口的饭馆吃点吧,我……请你。"

虞曙昇扯了扯嘴角:"还是我请你吧。"

桌上摆好了拍黄瓜、猪头肉和老醋花生,虞曙昇开了两瓶老白干,在自己和赵铁柱面前各摆了一瓶。赵铁柱见状,道:"我知道你心里头不痛快,但这事……真不能怪我哥。"

虞曙昇苦笑了下:"我知道,我没怪谁。"赵铁柱继续道:"你不知道我哥想我嫂子想得有多苦,当年你们俩是郎才女貌、金童玉女,我哥在一旁看着,心里头又酸又苦。虽说……虽说你成分不好,可我哥也明白,那也轮不上他。"

薛柠也是北京人,比虞曙昇小五岁,初中毕业,比虞曙昇晚两年到的北大荒。虞曙昇至今还记得薛柠他们刚到的时候,连里的男青年看薛柠的眼神。那个时候的薛柠只有十六岁,梳了两根长长的麻花辫,两只眼睛就如同两汪清泉,澄澈无比。

也许是继承了母亲的裁衣巧手,虞曙昇从小就喜欢自己造些小玩意,七岁时自己造的关节会弯曲的小木偶人就引得院子里的孩子一阵争抢。下乡之后,他怕被人说是玩物丧志,就只能自己偷偷地做着玩儿。

但是这个秘密很快就被薛柠发现了。"虞同学,你在干什么呢?"虞曙昇一惊,赶忙往身后藏,却早已被薛柠一把抢在手里,"这……这是什么?"一只纤细的小人偶脑袋旁还垂着两条粗粗的麻花辫,是用稻草编的。

虞曙昇感觉面颊有些发烫,那是他偷偷比照着薛柠做的,他不敢出声,低着头等待薛柠的谴责。谁承想薛柠只是微微笑了笑:"下次,把我做得好看点。"

薛柠从小就喜欢画画,时间长了,两人便形成了默契,一有空闲,两人便躲在马厩旁边的稻草垛后头,薛柠给虞曙昇画画,虞曙昇给薛柠雕小人儿。

青春期的荷尔蒙总能冲破一切禁锢喷薄而出,但虞曙昇也不是全然没有顾虑:"你……真的不介意我是'反动派狗崽子'?"薛柠低下了头:"我知道……你家里成分很不好,可是我……还是喜欢给你画画儿。"

在那个特殊的年代,这样的爱情注定是不能公之于世的。除了两人极好的密友略有耳闻外,兵团里的其他人都不知情。但薛柠和虞曙昇却不知道,有一个人,对他们的一切都了如指掌。

赵铁柱仰脖往嘴里灌了一口酒:"嫂子刚来北大荒那会,我哥就瞅中她了,那会儿家里给他说了多少对象,他都看不上,给媒人们气得够呛。后来,我哥稀罕薛柠这事叫我娘知道了,给我娘气得啊,骂他是癞蛤蟆想吃天鹅肉。嘿,你还别说,我哥在这事上还真有股子拧劲儿,甭管我娘怎么骂他、怎么催他结婚,他就是非要娶薛柠。我娘那病,打根儿上说,就是被他气得。

"后来,也不知怎么的,有一天,我哥回家脸色儿就不对,我娘问他他也不理,直到第二天,他才偷摸儿跟我说,他瞅见薛柠跟你在一块儿了。我知道这对我哥来说意味着啥,就劝他,说这世上好闺女多的是,干啥非搁这一棵树上吊死?我哥说我不懂,叫我别管。

"再后来,出了那事……你走了。那阵子我哥真是一门心思扑在薛柠身上,但凡薛柠有个头疼脑热的,他比谁都着急上心。薛柠的农活儿,也基本都是他帮着干的。最后那两年,知青闹返城,上头压得厉害,有一回,也不知怎么的,上头的干部跟知青们没沟通好,就动起手来了。当时呼啦啦的一大帮子人,也分不清谁是谁,薛柠也被卷在里头。别看我哥平时老实巴交的,一沾上薛柠,那就不一样了。他当时也顾不得啥,直接就冲了进去,死命地往外拉薛柠,未承想一个不小心我哥脑袋上就被开了,也不知是谁打的。你现在要撩开头发仔细看,他脑门子上还有道疤。

"这事之后,薛柠对我哥就不一样了。我哥刚受伤那阵子,她几乎天天都来我家照顾我哥。没过多久,她……就成了我嫂子了。再后来,上头允许知青返城了,可薛柠已经跟我哥结了婚,失去了返城的资格,便彻彻底底,在这北大荒扎了根了。"

赵铁栓没有细说的"那事",虞曙昇至今回想起来,还会感到整个身体的战栗。那是一天夜晚,月明星稀,颇有古人"月上柳梢头,人约黄昏后"的意境,薛柠与虞曙昇相约在稻草垛的老地方见面。

那一天,虞曙昇将一张白纸折成了心形,在中央的位置,写了一个"柠"字。薛柠接过来后,害羞地笑了笑,将折纸收到了口袋里。

那一夜的相约与以往并没有什么不同,只不过,虞曙昇并没有与薛柠一同离开,而是在薛柠走后,自己一个人躺在稻草垛上,仰望星空,愣了一会儿神,方才离开。

但是第二天连里就出了大事,马厩里的马走丢了一匹。这在当时算是了不得的大事,社会主义财产遭到了损失。连长和指导员下令彻查此事,调查还没开始,一封匿名信就寄到了连部,称有人见到虞曙昇当晚曾鬼鬼祟祟地去过马厩,很晚才离开。

这下倒省了调查的工夫,连指导员当即令人将虞曙昇带到连部,劈头盖脸地指责道:"你本就是'反动派狗崽子',是党和人民宽宏大量,才允许你到我们兵团来,接受贫下中农再教育。没想到你到这儿来不思悔改,居然连连里的马都敢偷!真是罪大恶极!无可救药!"

连长一直坐在一旁抽烟,不发一言。面对指导员的指责,虞曙昇只有一句话:"昨天晚上我是出去了,但是我没进马厩,也没动连里的马!""那你出去干什么去了?!"

虞曙昇沉默了一阵,方才道:"我睡不着,出去随便走走。""你认为会有人信你的鬼话吗?"指导员转头对连长道,"这是性质极为恶劣的犯罪!应该立刻把他移送公安机关处理!"

连长吐了一口烟圈,说道:"指导员啊,咱们连里出了这么大的事,要是真移送公安机关立案处理,这也算咱们连里的事故,算咱们两个的失职,特别是你。啊,你还是主管政治教育的,这个虞曙昇思想没改造好,你说,上头会不会怪罪你?"

指导员一听这话，言语不由得一滞："那……你说怎么办？""此事疑点很多，要依我说，咱们还是得展开详细调查，要真是查实了，咱们也不能包庇罪犯！所以，再等几天，好吧？等等。"

虽说还没有最后的结论，但虞曙昇的出身成分在那摆着，如今又背上了这样的犯罪嫌疑，连指导员指挥全连上下开始夜以继日地对虞曙昇进行批斗。批斗会上，赵铁栓自然是踊跃发言，但真正令虞曙昇感到绝望的是，薛柠居然也写了一份对自己的批判材料，在批斗大会上一板一眼地念了起来。

虞曙昇那天夜里去过马厩旁的事，按说只有他和薛柠两个人知道，事发后的第二天虞曙昇就被人揭发，他不得不怀疑薛柠。但他心中始终不愿承认这一事实。直到批斗大会上，薛柠慷慨激昂、铿锵有力地发言，他心中的最后一丝希望才彻底被浇灭。

但虞曙昇十分幸运，没过几日，连里的马就自己跑了回来。连长一直很欣赏虞曙昇，也正因为这样，才使得他逃过一劫，没有成为罪犯。这之后，兵团整编，连长知道虞曙昇在连队里因为此事的连累而抬不起头来，便提出将他调到其他的连队去。

知青下乡本就四海为家，新的连队虽说地方偏僻，条件也更艰苦，但虞曙昇为了避免再和薛柠见面，也欣然前往了。当然没过多久，他便在虞懿琳的照顾下返城了。

虞曙昇又要了两瓶酒，对赵铁柱笑笑道："说真的，我这辈子最感激的人就是连长了。我这次回来也主要想看看他，你知道他现在住哪儿吗？"

"他走了。""走哪儿去了？""嗨，你刚走没多久，咱们兵团就改制，咱们这儿成立了农场，上面任命他当农场场长，可这场长当了没多久，他就把场长的职务辞了，不干了，自己一人上了边境。"

"边境？""嘿，可不是吗？要说咱这连长可真够邪的，他过去不是一直没结婚吗？结果有一次出差去了趟边境，据说，认识了个苏联妞儿，那娘儿们把他迷得什么似的,回来就把场长给辞了,跟着苏联媳妇上边境生活去了。不过……据说他现在生活得也不错。"

"咋?""听说这些年苏联不行了,连长在边境,把咱国内的衣裳啊,暖壶啊,什么穿的、用的,倒卖给老毛子,据说赚了不少钱。"

"苏联……现在缺这些东西?""可不是嘛,当然我也是听人说的,哎,虞大哥,你再吃点……"

虞曙昇离开北大荒的那天,并没有事先通知赵铁柱一家,他只是远远地看着在院子里干活的薛柠。薛柠如今剪了短发,没有了麻花辫,面色也有些发暗,但是眉目依旧清秀,看起来十分清爽、干练。她穿着一件粉色衬衫,外面套了一件米色开衫毛衣,下穿青灰色长裤,远远望去,与当地的妇女并没有太大区别。她一直在不停地忙碌,虞曙昇盯着她看了好一阵子,终于下定决心,转身离去。

虞曙昇再次离开了这片黑土地,他坐在火车上,脑海里忽然浮现出了赵铁柱的一句话:"虞大哥,你说你这挺好的人,咋就摊上个这出身?要不是因为这,我嫂子……她也成不了我嫂子,兴许你俩早结婚了。"

虞曙昇心里叹道:"是啊,我怎么就摊上这么个出身呢?"虞曙昇望着窗外奔腾不尽的麦浪,一幅传奇的画卷仿佛在他面前展开。

壹 乱世玫瑰

母亲虞懿琳很少跟虞曙昇讲过去的事,对于母亲幼年的事,他只知道母亲生于一九二二年,家里有间传了百年的裁缝铺。有时候虞曙昇也会想,母亲生于那个动荡的年代,应该有着很不平凡的童年经历。

一九二一年,也就是民国十年,北洋政府对面临着内忧外患的中华民国,在不得已下而不断地进行着修修补补,企图维系着国内仅剩的安宁。

时值七月末,天气酷热,嘉兴南湖的浩渺烟波上,停泊着一艘单夹弄中型画舫,舫中十多位青年从中午十一时开会直到傍晚六时许。面对满天风雨阴霾,会议闭幕时他们轻呼出时代的最强音:"共产党万岁!世界劳工万岁!第三国际万岁!共产主义万岁!"一湖烟波无声,有幸在阴霾中见证了这一"开天辟地大事变"。

北平城,瑞祥昇绸布店,虞绍刚受堂兄掌柜虞绍义之托,刚从嘉兴购进了一批织锦回到北平。虞绍刚一进门就抱怨道:"这天儿可是越来越热了。"

虞绍义笑道:"绍刚,辛苦了,赶紧回去看看弟妹吧。"

虞绍刚之妻柳氏是个传统的大家闺秀,其父是前清遗老,因连年战乱,仅存的家底被仗打得所剩无几。

一九一二年,自秦始皇当了皇帝以来,中国历史上最后一位皇帝爱新觉罗·溥仪,在象征着至高无上的皇权的紫禁城中宣布退位。随着清帝的退位,中华大地上的衣冠服饰,又迎来了一次彻底的颠覆。

二百多年前清军入关,终结了几千年的汉家衣冠,如今,中华民国成立,中国民众不再统一穿着旗装。他们穿着马褂、旗袍、中山装,还有自西洋传来的西装和洋装,一时间,中华大地上,第一次迎来了服饰的百花齐放。

瑞祥昇便是在这样的背景下逐渐发展壮大的。清光绪年间,虞家的瑞祥昇还是前门外鲜鱼口的一处街边绸布摊,经过几十年的苦心经营,虞家出资五万两银子盘下了大栅栏的一处铺面房,开办瑞祥昇绸布店。及至民国初年,瑞祥昇已成为北平城中最大的绸布店之一。

柳氏之父虽认为虞家是不入流的生意人,但见瑞祥昇生意一路蒸蒸日上,便只得将女儿许配给虞绍刚,起码为女儿寻得一个吃穿不愁的前程。

虞绍刚虽是个生意人,为人却忠厚朴实。虞绍刚与柳氏成婚后,夫妻二人相敬如宾,感情甚笃。

柳氏见丈夫归家,欣喜无限,打了一盆清水,为其擦了擦汗水,问道:"外头如今怎么样?"

虞绍刚摇了摇头,道:"这天儿越来越热了,这人心,也越发不安分了。我听说,好多地方的工人都酝酿着要罢工呢。这世道,是越来越乱了。"

柳氏道:"既是如此,这段日子你就少出去些吧。守在家里,咱们两口儿要死也死在一块儿。"

虞绍刚嗔道:"胡说些什么?你这年纪轻轻的,怎么就提死了呢?这世道乱便乱它的去,我只盼着别影响咱们瑞祥昇的生意,跟咱们两口儿的小日子就成。"

柳氏低首,含羞一笑,二人小别胜新婚,自是免不了一番缠绵。

"卖报卖报,黎大帅再任总统,卖报卖报!""哎,来份报纸。"虞绍刚原本不怎么关心政治,然而如今妻子有孕在身,他从没像现在这样,如此迫切地希望这个时局安定下来。但是现实并不如他希望的那样,随着北伐军一路高歌猛进,各地的罢工运动亦是风起云涌。与此同时,张作霖宣布满蒙独立,在以张为首的各路军阀的割据下,中华大地就如同一件长满虱子的华袍,不断地被撕裂和啃噬,却无人能够予以缝补。

也就是在这动荡的一年,虞绍刚与柳氏的第一个女儿,降生了。虞绍刚甚是疼爱这个女儿,为其取名为懿琳,意为无瑕的美玉。

南湖一大之后,共产党成立了领导工人运动的中国劳动组合书记部,该部领导的京汉铁路大罢工上演了整个大罢工运动中最为壮烈的一幕。一九二三年,军阀吴佩孚暴力镇压工人罢工,制造了震惊中外的"二七惨案"。

同年六月,直系军阀曹锟通过贿选,将黎元洪逐出天津,成为第五任中华民国大总统,并找到年过六旬、在前清做过督抚的孙宝仪出来组织内阁。

孙宝仪,也就是前国务总理颜惠兴的妻兄,翌年一月宣布就职,标榜他的内阁是"宪法"告成后的第一届正式内阁,并且提出了"奉行宪法""和平统一"的施政方针。而两年后,其内弟颜惠兴再任国务总理并摄行总统职权,不久后被奉系军阀张作霖逼迫下台,被迫隐居天津英租界。尚在襁褓中的虞懿琳绝对想不到,高居内阁总理的两位大人物,竟会对自己的人生产生巨大的影响与改变。

轰轰烈烈的大罢工和政府内阁的不断更迭并没有对瑞祥昇造成太大的冲击。虞家的瑞祥昇生意之所以越做越大,除了当家的虞绍义经营有方之外,还有一个独到之处。与药房的坐堂大夫同理,瑞祥昇也在店里设立了一位坐堂裁缝。

这位坐堂裁缝可是非比寻常,一直以来都由虞家未出阁的女儿担任。瑞祥昇的坐堂裁缝根据来店客人的身材、相貌、身份、气质,为其推荐适合的布料,坚持童叟无欺,绝不刻意推荐高价布料。同时,为客人量体裁衣,提供定制服务。

原来虞氏一族世世代代流传下一门裁衣绝技,一向传内不传外、传女不传男,只由虞家未出阁的姑母,选择族中最为聪慧灵巧的女孩儿,一对一教授给自己的侄女。

传到虞绍义这一代,便是其堂妹虞嬿如得传秘技。虞嬿如时年已二十有二,尚未出阁。长兄如父,虞绍义为此没少着急,虞嬿如却笑称未找到合适的传人,便不出阁。虞懿琳出生后,虞嬿如看着虞懿琳一双灵动的大眼睛,笑道:"我找了这么多年的传人,终于找到了。"

虞嬿如没有看错人。虞懿琳天资聪颖,异于常人,特别是裁缝制衣,可谓天赋异禀。虞懿琳继承了其姑母虞嬿如的嗜衣如命,自幼就认为,每一块布料都是有生命的,所以虞懿琳在剪裁时,下剪十分精准,为让布料少受刀剪砍噬之苦。布料成衣后,虞懿琳更视其为穿在身上的精灵,一针一线绣出一魂一魄。

虞懿琳更善于为这些精灵寻找主人。虞嬿如未出阁前,虞懿琳时常跟着姑母观看店中的客人,虞懿琳总能一眼为客人挑出最适合他们的衣裳来。

时光流转至一九二七年,虞懿琳已是五龄稚女,虞嬿如也成功出阁。虞嬿如的夫君陈安和曾在袁世凯执政时期做过北洋政府审计院的书记员,后孙宝仪担任民国总理,陈安和便找到孙宝仪,孙宝仪将其调入财政部,谁料孙宝仪与当时的财政部部长王克敏不和,陈安和的书记员没干多久。随着孙宝仪辞去内阁总理一职,陈安和便也离开了北洋政府,改去花旗银行北平分行就职。

虞嬿如与陈安和的相识便是在瑞祥昇。陈安和幼时读过私塾,后来又上过西式学堂,加之一直从事文字工作,身上便有几分书卷气质。陈安和第一次来到瑞祥昇,虞嬿如便注意到了这个年轻人。

久而久之,虞嬿如发现这个年轻人很是不一般,他几乎每月都会定期光顾瑞祥昇,但是却只买一块最廉价的梭布。

一次,虞嬿如因早起头痛,去店里迟了些,却正撞上陈安和垂头丧气地从瑞祥昇中出来。虞嬿如惊讶地打量着他,陈安和一见虞嬿如,立时精神焕发,吞吞吐吐道:"虞……虞小姐……"

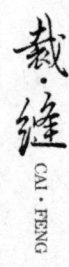

虞嬾如笑道:"先生找我有事?"陈安和道:"嗯……"陈安和正自支吾,瑞祥昇店里的伙计走了出来,对着虞嬾如笑道:"小姐还不知道吧?陈先生每次来咱们瑞祥昇,就是为了一睹小姐芳容呢。"

伙计此言一出,两人都是低首尴尬一笑。虞嬾如将陈安和请入了店中,二人长谈直至日落。虞嬾如见陈安和谈吐不俗,又对自己痴情,不觉动了凡心。

及至瑞祥昇快要打烊之时,陈安和不觉慨叹自己家境贫寒,又时乖命蹇,叹道:"唉,可惜在下囊中羞涩,不然定要裁些华达呢,教虞小姐帮忙裁制一身上好的中山装。"

虞嬾如道:"先生怎么能这么说?再简单的料子,经过得当的裁制,也能做出好衣裳来。就和人一样,腹有诗书气自华,纵使贫穷使其面上蒙尘,也依然掩盖不住其散发的光芒。"

陈安和听闻此言,眼睛一亮,道:"小姐真的这样认为?"虞嬾如含羞点了点头。

虞嬾如要与陈安和订婚,此事遭到了虞家当家人虞绍义的强烈反对。虞家纵非朝中名流,也是京城有名的富商之家,岂能将女儿许配给一介穷酸的职员?但虞嬾如强硬坚持己见,并斥堂兄嫌贫爱富。当时"婚姻自由,恋爱自由"的思潮已深入人心,虞绍义也不好再棒打鸳鸯,便陪了价值八千两银的嫁妆,将虞嬾如风风光光地嫁给了陈安和,有了这笔钱,虞嬾如与陈安和的婚后生活便也能柴米无忧了。

虞嬾如与陈安和举办的是西式婚礼,成婚当日,虞嬾如身着纯白色礼服,头纱包住了额头的头发,从两边别住并垂下长拖至地,礼服是日常穿着的袄裙款式,上下两件,袖式为"倒大袖",整个衣身绣满了充满美好寓意的传统图案。陈安和身着虞嬾如亲手为其缝制的西式黑色燕尾大礼服,白衬衣,系上黑领花,手套白手套,持高筒礼帽,足穿白袜、黑皮鞋。礼服左上小兜饰有一块折成三角形的白手绢作为装饰,并佩戴一串白茉莉花,谓之"挂花儿"。

虞懿琳作为婚礼的花童,第一次为西式礼服的美所震撼。

虞嬿如婚后也时常回家教导虞懿琳裁衣。受姑母和姑父的影响,虞懿琳在裁衣之余,也不忘读书学史。虞懿琳的裁衣妙手在写诗作文时便成了生花妙笔,虞懿琳五岁时便作《旗袍》诗:"髻鬟钗朵满街香,辛亥还而尽弃藏。却怪汉人家妇女,旗袍个个斗新装。"①连姑父陈安和也不禁赞叹:"这小小女童,竟能做出如此文章来,真是天生奇才。"

受时局动荡影响,虞绍刚常年在外奔波,柳氏便也一直未再有身孕,虞懿琳便是虞绍刚唯一的女儿。虞绍刚对独女百般宠爱,并不囿于男女之别,见爱女天资聪颖,便在其五岁时送入了学堂读书。

---

① 选自雷梦水《北京风俗杂咏续编》,北京出版社,1987年。

贰　年少失怙

"爸爸,我想吃糖葫芦。""乖,下了火车爸爸就给你买。"虞曙昇一扭头,看到邻座一对父女,他们是上一站上来的,刚上车的时候,小姑娘一直在父亲怀里睡觉,此刻刚刚醒来,揉着睡眼便向父亲撒娇。

那小姑娘不过三四岁的模样,虞曙昇冲她微微一笑,小姑娘却不喜陌生男子,将头扭向一旁。虞曙昇尴尬地笑笑,那名父亲则连连对虞曙昇赔笑:"小孩子不懂事,妞妞,来,叫叔叔。"虞曙昇笑着冲他摆摆手:"没事儿,没事儿。"

小姑娘怯生生地转过头来,低声叫了声:"叔叔。"随后便张开双臂,揽住父亲的脖子,要他抱。那名父亲伸手抱住了小姑娘,小姑娘将头靠在父亲肩膀上,似乎又要入睡。

虞曙昇在旁边看着这一幕,心中忽然升起了一丝异样的感觉。"父亲"这个概念,对于虞曙昇来说十分遥远和陌生,他自幼没有父亲,家中男性长辈唯有一位舅老爷,还在他很小的时候离世了。

在这点上,母亲虞懿琳倒是与他同病相怜。他时常听母亲讲起自己年幼丧父的旧事,特别是在那段特别的时期,母亲经常说自己的杀父仇人是旧军阀,以示自己也是苦大仇深,并非剥削人的资本家。

母亲的叙述每次都以"那天是个大晴天,瑞祥昇店里来了一位特别的客人。

那人年龄三十上下,身着藏青色哔叽呢西装,外罩花呢马甲,头戴西式礼帽,一副绅士打扮"开始。

当时正好虞懿琳的父亲虞绍刚在店中,他赶忙上前招呼道:"先生,想做件什么样的衣裳?"那人上下打量了下虞绍刚,道:"您是虞掌柜的?"

虞绍刚笑道:"我不是,我大哥才是。您找我们掌柜的有事?"

那人点点头,道:"我们老板想请一位裁缝去他家中为他量体裁衣。"

虞绍刚一见那人派头,便知这是桩大生意,赶紧叫人去请虞绍义来。虞绍义与虞绍刚将那人请进内室,那人见到虞绍义,脱帽行了一礼,道:"虞老板,久仰久仰。"

虞绍义赶忙拱手还礼道:"不敢当,不知先生高姓大名。"

那人笑眯眯地道:"在下久田廉介,久闻瑞祥昇所卖布料质量上乘,童叟无欺,且店中有位技艺绝伦的裁缝,为来店的客人裁制衣裳。"

虞绍义一听久田之名,便知其是日本人。中华大地自清末以来屡遭外侮,虞绍义对此人虽没有特别的敌意,也没有任何好感。虞绍义维持着生意人特有的微笑,问道:"久田先生过誉了,那么先生来我瑞祥昇所为何事呢?"

久田廉介笑道:"我想请贵店中这位坐堂裁缝与我回济南,为我的老板裁制衣裳。"

虞绍义皱皱眉道:"济南?"久田廉介点点头:"在下知道,贵店的裁缝从不出店为人裁衣,所以我老板为此出了高价。"久田廉介说罢,冲虞绍义伸出了五根指头。

虞绍义为难道:"久田先生,这不是价钱的问题,不瞒先生说,敝店的裁缝正是鄙人的小妹,如今小妹已然嫁人,且怀有身孕,实是不方便远行。"

久田廉介皱皱眉道:"在下千里迢迢自济南赶来,就是慕你瑞祥昇之大名,虞老板难道要让在下空手而归吗?"

虞绍义正自沉吟间,虞绍刚开言道:"久田先生,不如这样,在下随您前去济南,先将衣裳尺寸量好,回来后交与小妹裁制,裁制好后再为您送去,如何?"

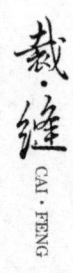

虞绍义闻言一惊，刚要阻止，久田廉介便道："如今也只能这样了，那就麻烦虞先生随在下走一趟。"

久田廉介走后，虞绍义对堂弟道："绍刚，你这也忒莽撞了，如今世道这么乱，蒋介石的部队一路北上，不知道何时就会打到济南，你此时贸然去那是非之地，怕是太过危险了。"

虞绍刚笑笑道："就算是冒险，也不能砸了咱们瑞祥昇的金字招牌不是？再说，我就是个生意人，这打仗的事儿与我无关，他们也不能滥杀无辜啊。"

虞绍刚告别妻女，即将踏上征程。正要去学堂上学的虞懿琳眨着一双大眼睛问道："爹，你什么时候回来呀？"虞绍刚抱起女儿，亲了亲她的小脸，笑道："爹争取早点回来陪琳儿，好不好呀？"虞懿琳奶声奶气道："好。"

虞绍刚随着久田廉介到了济南，见到了久田廉介所谓的"老板"。久田对虞绍刚介绍道："虞先生，这是我们的福田将军。"又对福田用日本话说道，"将军，人我带来了，他就是瑞祥昇的人。"

虞绍刚第一次如此近距离地见到穿军装的日本军人，不免有些紧张，点头致意道："将……将军，您……您好。"

福田对虞绍刚点了点头，又对久田廉介嘱咐了几句。久田廉介听罢，对虞绍刚笑道："虞先生，请随我来。"

福田彦助，中将，日本第六师团师团长。第六师团是日本陆军的一个甲种师团，也是十七个常备师团之一，该师团装备精良，作风彪悍，于一九二八年奉日本田中内阁之命在山东青岛登陆，驻扎在胶济铁路沿线要地。

奉系军阀张宗昌盘踞济南，听闻蒋介石北伐要攻山东，赶忙前去找福田彦助搬救兵，福田便顺势领兵进入济南。

福田彦助收到日本内阁首相田中义一的训令，要求其迅速占领济南。因此福田彦助此次找来虞绍刚，便是为了让虞绍刚为自己和部下裁制几身上好的中式服装，方便自己占领山东后进一步与中国官员和军阀、商人打交道。

张宗昌为让日军帮助自己守住济南，请福田彦助及其部下前来赴宴，福田知人称"狗肉将军"的张宗昌姨太太众多,想必对瑞祥昇的布料十分感兴趣,便让久田廉介带虞绍刚同去。

张宗昌请来了自己的姨太太们前来作陪,福田彦助将虞绍刚介绍给了张宗昌。姨太太们早就听说过瑞祥昇的字号,便都围在虞绍刚身边,向其咨询时新的布料与款式。

正当酒酣耳热之时,张宗昌的参谋长金寿良忽然冲了进来,将张宗昌拉到一旁,对其耳语道:"大帅,不好了,北伐军已经占领了万德,胶济铁路也被他们拦腰切断了。"

张宗昌一听立时脸色惨白,赶忙哆哆嗦嗦地来到福田彦助跟前,说道:"福田将军,您……您可得帮帮我呀,北伐军杀过来了。"

谁料福田彦助丝毫不为所动,将死鱼眼一翻,冷冷一笑道:"张将军,我大日本皇军只管驻地防守,你说的事情是你们中国内政,我们不便干涉。"

张宗昌见福田指望不上,赶忙与金寿良出门商议,商议间,张宗昌远远望见福田彦助搂着他心爱的四姨太放肆调笑。

张宗昌大怒,却不敢当面得罪日本人,只得哼着他自己写的《大风歌》泄愤:"大炮开兮轰他娘,威加海内兮回家乡,安得巨鲸兮吞扶桑!"

金寿良赶忙在侧劝道:"大帅,如今北伐军已经攻进了济南,形势紧急,不容拖延,咱们现在是吞不了扶桑了,还是考虑归隐扶桑吧。"

张宗昌知金寿良所言是实,便赶忙回去,准备收拾金银细软。收拾好财物后,张宗昌便要带着最心爱的四姨太一同出逃。谁知张宗昌一时间却寻不到四姨太的踪影。

原来四姨太也不满福田彦助对自己动手动脚,便故意将话题岔开,道:"福田先生,我听说您带了北平瑞祥昇的裁缝来,能不能叫他来给我裁一身衣裳呀?"

福田彦助点点头,让久田廉介把虞绍刚叫到近前。虞绍刚点头向四姨太致意道:"夫人好。"四姨太道:"虞老板,我最近做的这几身旗袍总是不合身,花样

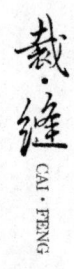

也显得俗气,你能不能帮我做一身花样时髦的旗袍呀?"

虞绍刚是个老实的生意人,便实话实说道:"夫人,我们店里的裁缝在北平,您若是要做衣裳,我只能为您把尺寸量好,带回北平去做。"

四姨太只是想借机摆脱福田彦助,便点点头道:"好啊,那现在就给我量吧。"说罢,向福田彦助告了辞,带着虞绍刚来至一间卧房内,说道:"你就在这里给我量吧。"

虞绍刚是老派人物,观念传统,一向秉持着男女授受不亲的理念,从未给除自己妻子之外的女性量过身体,四姨太又是心狠手辣的军阀张宗昌的姨太太,一时间便不知从何处下手。

但四姨太却并不在意,将双臂张开,道:"快量啊。"

张宗昌闯进屋里时,虞绍刚正拿尺子为四姨太测量腰围,远远看去,就像虞绍刚在搂着四姨太的腰一般。

张宗昌见状大怒道:"好哇,日本人欺负老子,你一个小小的裁缝,也敢在老子的太岁头上动土?!"张宗昌憋了一肚子的气,正不知如何发泄,虞绍刚恰恰撞在了枪口上。

张宗昌不由分说,从腰间掏出手枪,对着虞绍刚便是一枪,"砰"的一声,虞绍刚胸前登时绽起了一朵血花。

四姨太被吓了一跳,刚要解释,张宗昌便走过去拉住她的手道:"来不及了,快跟我跑吧。"

张宗昌带着四姨太坐上了挂着日本国旗的小轿车,连夜从济南逃到烟台,后乘船经大连逃到了日本。

五月一日,国民革命军克复济南,日军遂于五月三日派兵侵入中国政府所设的山东交涉署,将包括交涉员蔡公时在内的交涉署职员全部杀害,并肆意焚掠屠杀,制造了著名的"济南惨案"。

虞绍刚就这样在济南结束了自己年仅三十三岁的生命。消息传回北平时,柳氏痛哭失声,几度晕厥。年仅六岁的虞懿琳,还未经历过生离,却已遭遇了死别,她想不明白,为何爹爹说要早些回来陪自己,却一直都没有回来。

北平的瑞祥昇内一片缟素。虞绍义低着头对柳氏道:"弟妹,对不起,是我没照顾好绍刚。"柳氏低首拭泪道:"别说了,大哥。"

虞绍义道:"弟妹你放心,以后我一定将懿琳当作自己的女儿,好好照顾你们母女。"

虞懿琳幼小的躯体上披着重孝,在送葬的长长路途当中,她脑海中一直回想着母亲对自己说的话:"琳儿,记住了,咱们的仇人名叫张!宗!昌!"

一九二八年六月,震惊中外的"皇姑屯事件"爆发。同年十月,蒋介石在南京就任国民政府主席,十二月,张作霖之子张学良宣布东北易帜,至此,以蒋介石为首的国民政府形式上完成了全国统一。在蒋介石这位"裁缝"的缝补之下,中华大地这一袭华袍,自民国建立以来,第一次被修补完整。

叁　青年学子

> 我的家,在东北松花江上,
> 那里有森林煤矿,还有那漫山遍野的大豆高粱。
> 我的家,在东北松花江上……

虞曙昇听着邻座那位父亲正哼唱着这首《松花江上》哄女儿入睡,他心想,这东北,真是个好地方,这里给自己带来了那么多的痛苦,可自己却怎么也对这里升不起一丝恨意来。他回想起自己决定回来的那天,母亲刚下班,见他正盯着桌子上的报纸发呆,问道:"怎么?报纸上又有招工启事了?"虞曙昇摇了摇头,虞懿琳低头一看,只看到了前几个字"昔日'北大荒'",便眉头一皱。

虞曙昇抬起头对虞懿琳道:"妈,我想回去一趟。""回哪儿?回……那儿?那儿带给你的痛苦还不够多?还想回去?"

虞曙昇微微一笑,笑容中有些微酸涩:"痛苦……的确够多了,只不过,我回来这几年,越发觉得,我虽然恨那个地方,可是,那也是我这辈子都忘不了的地方。那里……也许就是我的第二故乡吧。"

虞懿琳沉默了一阵,方才道:"回去看看也好,正好你也散散心,这阵子找工作,压力太大了,别逼坏了自己。"

虞曙昇点点头道："那天思嘉和建华说的'倒爷'，我还真仔细想过，只是，要是找不到一个能赚钱的、有特色的东西倒卖，就只能干等着赔本儿赚吆喝了。这报上说，如今'北大荒'变了样儿了，所以我想回去看看，看能有什么新发现。"

虞懿琳叹了口气道："你都这么大了，既然是自己决定了的事情，就去做吧。"

> 我的家，在东北松花江上，
> 那里有森林煤矿，还有那漫山遍野的大豆高粱。
> 我的家，在东北松花江上，
> 那里有我的同胞，还有那衰老的爹娘。
> 九一八，九一八，从那个悲惨的时候！
> 九一八，九一八！从那个悲惨的时候，
> 脱离了我的家乡，抛弃那无尽的宝藏，流浪！流浪！
> 整日价在关内，流浪！
> 哪年，哪月才能够回到我那可爱的故乡？
> 哪年，哪月，才能够收回那无尽的宝藏？！
> 爹娘啊，爹娘啊。什么时候，才能欢聚一堂？！

十三岁的虞懿琳轻轻哼唱着这首《松花江上》，她的嗓音很清亮，唱起歌来很好听，可自幼生活安逸的她始终唱不出曲中的悲苦怨愤。

一九三二年，在日本避祸的张宗昌应张学良之邀返回中国。张宗昌回国后，想回山东招集旧部，东山再起。谁料却为时任山东省政府主席的韩复榘所忌惮，于九月指使死于张宗昌枪下的郑金声的儿子郑继成将张宗昌刺杀于济南火车站，张宗昌时年五十一岁。

虞懿琳的杀父仇人已死，其母柳氏得知消息后显得十分平静，复仇已无从谈起，她余生唯一的任务，就是悉心将女儿虞懿琳抚养长大。

虞懿琳就读于美国基督教公理会创办的私立育英学校。该校位于王府井大街附近的骑河楼大街,设有六年制的初中、高中部,是当时北平城设施最完备、师资力量最强大的中学之一。一九三三年,冯玉祥曾为该校题词:"国家兴亡,匹夫有责,寇深事急,山河裂破,育英同学,救亡清破,举办年刊,如终军策。"

虞懿琳就是在这样的教导下,在这所学校找到了自己人生的方向,也结识了改变自己一生命运的人。

虞懿琳在育英学校学习中文、数学和英文等课程,尤其擅长写作,无论中文英文,均是信手拈来,文采斐然。由于聪慧过人,虞懿琳十岁时考入育英学校就读初中,三年内跳了两级,如今已是高中二年级的学生。育英学校办学理念开放,允许男女同校就读,但虞懿琳尚幼,对男女之事尚且懵懂,平日也甚少与男同学说话。

虞懿琳自幼喜爱读书,读起书来也甚是认真。有时读书读累了,便喜欢去学校新建的体育场边上坐坐,或是围着体育场散散步。

一日,虞懿琳正坐在体育场旁低首回忆着老师在课上讲的汉代终军请缨的事迹,想自己身为女子,如何能够以身报国。思考间,冷不防一个篮球砸了过来,正砸中了虞懿琳的额头,又将其雪白的衣衫蹭出了一道污迹。

虞懿琳正自抚额间,一名男生朝自己跑了过来,连连鞠躬道:"对不起,同学!同学!对不起!"

虞懿琳捂着被砸中的额头抬首看来人,见此人剪着干净利落的短发,肤色白皙,双目有神,鼻梁坚挺,虽穿着一身半旧的运动装,却并不显得寒酸。

虞懿琳见来人生得如此阳光俊朗,又彬彬有礼,怒气便消了一大半。那人道:"同学,你没事吧?要不要我带你去看校医?"

虞懿琳揉了揉额头,说道:"没事,不用啦。"那人低头看到了虞懿琳手边的杂志,便道:"哎,你也喜欢看《独立评论》?"

虞懿琳点点头,拿起杂志,翻开这本《独立评论》,道:"我正在看胡适之先生写的这篇《今日思想界的一个大弊病》。胡适之先生对关于作文章的很多问题,阐述得十分透彻。他当年写的那篇《文学改良刍议》,我看了好多遍。"

那人用手背擦了擦汗水,在虞懿琳身边坐了下来,说道:"嗯,胡适先生的文章写得确实好,只不过,当下中国,需要的不仅是写文章。就如他自己所说,'多谈些问题,少谈些主义',他自己反倒落入窠臼了。"

虞懿琳皱皱眉,不愿听人如此诋毁胡适,便道:"可是我们不写文章,还能做什么呢?"

那人笑笑道:"我们年轻人还可以做很多事。"

虞懿琳低头道:"可我只是个女孩子……我能做什么……"

那人道:"如今男女平等了,女性能顶半边天,妇女也是大有可为的。"

虞懿琳过去很少听到这样的言论,不觉对此人越发好奇。

那人见虞懿琳好奇地盯着自己看,便笑笑道:"同学,我叫赵易铭,赵云的赵,简易的易,铭文的铭,今年读高中三年级,你叫什么名字?"

虞懿琳道:"我叫虞懿琳,虞姬的虞,嘉言懿行的懿,琳琅满目的琳,今年读高中二年级。"

赵易铭笑笑道:"你这名字可真够复杂的。对了,我不能和你聊天了,时间不早了,我得去打扫体育场了。虞懿琳同学,很高兴认识你。"

虞懿琳好奇道:"打扫体育场?"赵易铭笑笑,一点也不觉得尴尬:"我家里穷,好在父母都很开明,鼓励我上学,但是家里实在交不起学费,我便和老师商量了,在学校勤工俭学。"

虞懿琳出身富商之家,自幼家境优渥,父亲虞绍刚死后,伯父虞绍义更是对虞懿琳母女加倍照顾,因此虞懿琳早就习惯了锦衣玉食的生活。能在育英学校读书的人,家中大多非富即贵,此番虞懿琳遇见赵易铭,感觉他与自己身边的家人、同学都大不相同,但虞懿琳对其并不反感,反倒有些喜欢。虞懿琳隐隐觉得,自己明白姑母虞嬿如当初为何执意要与姑父陈安和结婚了。

之后的日子里,赵易铭时常利用课余时间来找虞懿琳聊天,两人谈古论今,从当下的时局聊到两人各自的命运。虞懿琳给赵易铭讲述了自己的父亲是如

何惨死于军阀手中的。赵易铭则对虞懿琳说,自己父母原是江苏一家小纺织作坊的工人,后来工厂倒闭,父母为了生计北上来到北平,每日在街边贩卖小百货。

赵易铭爽朗的面容、睿智的思维和善良的性格都深深打动了虞懿琳。一次,赵易铭谈到未来,说道:"我小的时候就听说北平有所北京大学,思想自由,兼容并包,许多知名的学者都在那里任教。我想在高中毕业之后,报考北大经济学系,为国家的经济发展贡献力量。"

虞懿琳道:"你这么聪明,学习成绩又这么好,一定没有问题的。"

但见赵易铭却低下了头,有些沮丧道:"唉,可惜……"

虞懿琳奇道:"可惜什么?"

赵易铭道:"可惜家里没有钱再继续供我读书了,我还要挣钱养家呢。"

虞懿琳恻隐之心顿起,坚定地道:"你怎么可以不读书呢?像你这样的人,不读书多么可惜。不然这样,我回去和我伯父说说,教他资助你读书,好不好?"

赵易铭笑道:"懿琳,谢谢你,但是我不愿意受人施舍。我现在利用课余时间帮人拉洋车,也能贴补些家用。等我将来上了大学,我一样可以给人打工。"

虞懿琳心中对赵易铭的敬意油然而生。虞懿琳很难想象,赵易铭看似单薄的臂膀,竟能扛起如此多的责任。

赵易铭如愿以偿地考入了北京大学经济系,拿到录取通知书的那天,赵易铭兴致勃勃地来找虞懿琳。

虞懿琳说道:"易铭,恭喜你了。我也要向你学习,报考北京大学。"

赵易铭点点头道:"懿琳,我在北大等着你。"

父亲的缺位,导致赵易铭在虞曙昇心中取代了父亲的地位。虞曙昇从小就羡慕赵建华有个好爸爸,能让她骑在肩膀上。赵易铭逢年过节都会给虞曙昇买些糖果和干果,在那个物质紧缺的年代,对于一个小孩子来说,能满足口腹之欲便是极大的幸福。

有时候虞曙昇会想,当初母亲要是嫁给了赵易铭,自己的人生会不会是另一番模样,但是转念他便自嘲,如果真是这样,那么世上也不会有虞曙昇这个人存在了。然而虞曙昇不知道的是,赵易铭对虞懿琳产生的影响,远胜过与她结为夫妻。最起码,没有赵易铭,虞懿琳就不会去参加抗日游行,也就不会结识后来的丈夫符希仲。

虞懿琳至今还清晰记得她与符希仲初见那天的情形。一日,虞懿琳在上学路上,听到了报童的叫嚷:"卖报卖报,南京政府签订《何梅协定》,卖报卖报。"她见那报童是一名比她小几岁的姑娘,但是灰头土脸,衣衫破旧,与身着干净衣裙、面色白皙的虞懿琳站在一起,好像不是在一个世界生活的人。虞懿琳心中升起一阵怜悯,赶忙掏出两枚铜币买下了一份报纸。

虞懿琳低头看报上的《何梅协定》的具体内容:"取消河北境内的国民党组织,撤出河北境内的中央军,取缔一切反日团体和反日活动。"虞懿琳读完后,心中一阵愤怒。

不只虞懿琳,在民族危急存亡之秋,青年学子们纷纷意识到抗日救亡的紧迫性与重要性。在共产党人彭涛、周小舟、谷景生、姚依林等人的领导下,北平大中学校的学生成立了"北平市学生联合会",女一中学生郭明秋为主席,姚依林为秘书长。中共北平市工作委员会在学联建立了党团,彭涛为书记。正在北京大学就读的赵易铭也成了北平学联的一员。

一九三五年十二月六日,赵易铭作为学生代表,参加了北平学联代表会。会议通过并发表了《北平市学生联合会成立宣言》。会后,平津十五所大中学校立刻联合发出通电,反对"防共自治",要求政府讨伐汉奸殷汝耕,动员全国人民抵抗日本的侵略。

就在这天,传来了在日本侵略者逼迫下"冀察政务委员会"将于十二月九日成立的消息,令学联的广大同学和各界进步人士极为震惊。

日本要将华北这片沃土从中华民国这袭华袍中撕裂开来,国人自然不能容忍。十二月七日,在中共北平临时工委的领导下,北平学联决定于十二月九日

举行学生大请愿,反对华北自治。

当天,赵易铭急匆匆地来找虞懿琳,说道:"懿琳,我刚刚参加完北平学联的会议,我们决定后天上街请愿,你跟不跟我们去?"

虞懿琳是个养尊处优的大小姐,从未参与过类似的运动,一时间便有些犹豫。赵易铭道:"懿琳,我听你说起过令尊的事情,你也是身负国仇家恨的人……"

虞懿琳道:"可是我爹是被军阀张宗昌打死的呀。"

赵易铭道:"如果当初日本人不让令尊去济南,令尊怎么会死在张宗昌的枪下?更何况,当时日本在济南制造了'五三惨案',杀害了多少无辜的中国人?"

见虞懿琳没有作声,赵易铭又道:"懿琳,如今是我们中华民族的生死存亡之秋,我们不应执着于家仇私怨,应以国家大义为重。懿琳,我一直认为你跟其他资本家的大小姐不一样,你有思想、热爱正义、追求进步。你不是一直想知道,你作为一个年轻的女学生,能为国家做什么贡献吗?如今,就是你以身报国最好的机会。我们的国家,如果我们这些有知识的年轻人都不愿救,还指望谁来救呢?"

虞懿琳下定了决心,道:"好!易铭,我跟你一起去!"

十二月九日,包括虞懿琳、赵易铭在内的北平的数千名大中学生举行了抗日救国示威游行,反对华北自治,反抗日本帝国主义,要求保护中国领土的完整。虞懿琳与赵易铭在这浩荡的人流中,手举标语,高呼口号,呼吁全体国民加入抗日救亡的队伍中。

在游行的队伍中,虞懿琳第一次感受到了什么叫作热血沸腾,那是她过去从未有过的体验。虞懿琳也意识到了,身为女子,也是中华国民的一分子,也可以投身救国,振兴民族。

游行队伍每到一处,基本都得到了民众的广泛呼应。当虞懿琳他们的游行队伍行至一处岔路口时,被路口的车辆人流暂时阻挡,游行队伍不得不暂时停止前进。

停下来的时候,虞懿琳见路边一人,身着一身浅银色塔夫绸长袍,头戴黑色礼帽,坐在路边茶肆饮茶休息,状甚悠闲。

虞懿琳正处在游行中兴奋激昂,见此人如此冷漠,岂能容忍。立时上前质问道:"先生,你知不知道国家兴亡,匹夫有责?如今国难当头,你竟如此坐视不理,对得起你身上流的华夏民族的血液吗?"

那人见一个年幼的女学生如此诘责自己,不免一愣,当时也答不上话来。

一旁的赵易铭见虞懿琳冲上去质问路人,怕引起冲突,伤害到虞懿琳,赶忙过来拉虞懿琳道:"快走吧,前面的路口通了。"

虞懿琳他们走远了,那路边喝茶的长袍男子看了看自己手中的茶盏,又望着远去的学生游行队伍,他再次低头,看了看自己的手掌。这双手已经很久都没有摸过枪了,食指因为扣扳机而磨出的老茧已经逐渐褪去。他回想起自己年幼时第一次在父亲怀中,玩弄父亲的那支勃朗宁 M1900,出于安全考虑,父亲提前卸去了子弹,他兀自"咔嗒咔嗒"地扣着扳机,觉得甚是有趣。

他玩得正起劲,父亲却跟他说:"大丈夫当以此身建军功,如今强敌环伺,政府无能,吾辈更当以身报国。这枪,可不是个玩具,而是射杀敌军的利器。"当时他尚年幼,对父亲符廷镛的话似懂非懂。

后来父亲追随北伐军,束发之年的他亦随在行伍之中,由于智勇俱佳,未及弱冠便在军中一枝独秀。自幼受父亲影响,他只知上阵杀敌,不知其他。可随着年岁渐长,他逐渐质疑起这打仗的意义来,那么多人不要命地拼杀,没完没了地拼杀,究竟是为了什么,他越发想不明白。

这疑惑越浓,上阵杀敌的心便越淡。父亲看出他的散漫来,训斥过他几次。他便索性告诉父亲,自己不愿再在军中了。当时长兄已承父志,幼弟又逐渐长成,也准备从军,家中倒也不差他一个,父亲便也随他去,不再强求。

他离开军中,便开始到处闲逛。从秦淮河畔的销金风月,到大漠上的孤烟落日,从天津的麻花狗不理,到上海的润饼蚵仔煎,从广州,到北平,他走遍了,吃遍了,看遍了,却怎么也没有想到,会在北平碰上这么个不顾一切的愣丫头,

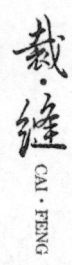

居然会开口斥责自己。

他摇头笑笑,算了,不过是个小姑娘,不跟她计较。但他转念又一想,究竟是谁不跟谁计较呢?东三省没了,华北也要没了,也许转眼之间,秦淮河畔的销金风月、大漠上的孤烟落日、天津的麻花狗不理、上海的润饼蚵仔煎、广州、北平……那些他走过的、吃过的、看过的,包括他手里的茶盏、屁股下的椅子,都会没了。

大好河山,也许转瞬就会沦入敌手,豆蔻之年的一介弱女子尚且知道以身报国,为家国为民族大声疾呼,而他,还安然地坐在这里喝茶,究竟是谁不跟谁计较呢?

他将手中的茶盏重重地扣在桌上,愤然起身。

这场轰轰烈烈的学生游行示威活动史称"一二·九"抗日救亡运动。十二月十二日,北平学生举行第五次示威游行,高呼"援助绥远抗战""各党派联合起来"等口号。这是中国共产党领导的一次大规模学生爱国运动。

在日伪政权冀察政务委员会计划成立的十二月十六日,虞懿琳和赵易铭在北平学联,利用各种方式发动社会各界群众,一同参与了示威游行。这次一万余人的示威活动迫使冀察政务委员会延期成立。

北平学生的爱国行动,得到了全国学生的响应和全国人民的支持。之后,天津学生又组成南下扩大宣传团,深入人民中间宣传抗日救国。杭州、广州、武汉、天津、南京、上海等地相继举行游行示威。一系列的抗日救亡运动推动了抗日民族统一战线的建立。为纪念这次伟大的学生运动,北平第二女子中学便将十二月九日定为校庆日。

年仅十三岁的虞懿琳,就是在这一系列的学生运动中,在赵易铭的指引与带领下,逐渐由两耳不闻窗外事的青年学生,成长为一名战斗在救亡图存第一线的进步知识分子。

"一二·九"那天的事,也是虞懿琳最爱提起的往事。一九七九年十月一日那天,是虞曙昇三十岁的生日,赵易铭倒好了酒,说道:"来,咱们先祝今天的寿星曙昇生日快乐。"众人碰了杯,虞懿琳与赵易铭又聊起了当初学生时代一起参加抗日游行的往事。

赵易铭说道:"哎,我刚看新闻说,大庆油田已经连续三年产油五千万吨以上了。这东北啊,真是个好地方,物产丰富。怪不得当初小鬼子紧抓着东北不放。"虞懿琳笑笑道:"是啊,我还记得,当初还是你教我唱的那首《松花江上》。"

在几位长辈聊得眼花耳热之际,赵建华凑到虞曙昇面前,轻轻地问道:"曙昇哥哥,你工作的事情怎么样了?"虞曙昇叹了口气,苦笑道:"还没下文呢。"

两人谈话声音甚小,却被坐在对面的冯思嘉一字不落地听了去。冯思嘉低下头,略一沉吟,看似不经意地对哥哥冯思齐说道:"哥,你听说了吗?现在有不少人自己出去'跑单帮',做生意,别人管他们叫……叫……"

赵建华脑子倒快,大声接道:"叫'倒爷'!"冯思嘉有些不好意思,点点头道:"对,就是'倒爷'。"

这下惊动了冯治平、赵易铭等人,冯治平点点头道:"对啊,过去咱们管这叫'投机倒把''二道贩子'。如今改革开放了,这倒是个新思路,曙昇脑子活,又能吃苦,没准还真是块做生意的材料。"

虞懿琳道:"倒爷……做生意……这事怎么能把牢?还是在国营单位正经上班好,踏实,安稳。"

赵易铭道:"哎,我说你家当初也是做生意的,怎么能看不起做生意的呢?你这老思想可不好,得改。"一听这话,冯治平偷偷在桌子底下踢了赵易铭一脚,当年因为资本家的成分,虞家为此付出了巨大代价,至今虞懿琳心中的伤痛还无法平复。

虞懿琳不置可否地笑了笑。赵易铭自知失言,叹了口气,又道:"懿琳,你知道吗?如今瑞祥昇在商业街重新开业了,还把店面重新装修了,那招牌可气派了。你有空,真该去看看……"

"瑞祥昇"三个字,对于虞懿琳来说,意味着那段她不敢触碰,也不想触碰的

回忆。那里埋藏了她的青春,埋藏了她的热血,也埋藏了她整个家族数百年的荣光。

　　虞懿琳淡淡地笑了笑,道:"有机会,我会去看看的。"

肆　新装旧俗

　　一九三六年，对于瑞祥昇来说，可谓双喜临门的一个年份。年仅十四岁的虞懿琳凭借着优异的成绩考入了她梦寐以求的北京大学中文系。也是在这一年，蒋介石下令全体政府人员统一穿着以中山装为式样的制服，且倡导面料使用国货。如此巨大的刚性需求为瑞祥昇带来了新的商机，一时间，来瑞祥昇购买毛呢面料、定做中山装的顾客络绎不绝。

　　瑞祥昇借此机会再次发展壮大，适应潮流，增加了毛呢面料的供应，还外聘了众多经验丰富的裁缝，帮助虞孅如，满足客户的定做需求，同时，瑞祥昇还增加了出售成衣的经营项目。制好成衣直接贩售，因为成本较低，售价也会相对低廉，满足了中低端顾客的需求。

　　一日，伙计见相熟的老主顾来店，赶忙上前招呼："哎哟，张老板，您又来啦！选些什么料子？"那张老板道："听说你家还能定做中山装？给我也做一套。"

　　伙计笑道："张老板，您怎么也赶上这时髦啦？"张老板道："没看现在大街小巷有身份的人都穿这个吗？"

　　一听张老板此言，旁边一人不觉发出了嗤笑声。那张老板甚是愤怒，道："你笑什么？！"

　　那人道："你知道这中山装的含义吗？"张老板道："一件衣裳还能有什么

含义?"

那人相貌堂堂,五官周正,身着一身笔挺的中山装,听张老板问,便手抚自己的衣裳道:"这前襟的四个口袋分别代表中华民族传统的礼、义、廉、耻;口袋盖为倒笔架形,寓意我党以文治国;前襟的扣子有五,寓意我党行政、立法、司法、考试、监督五权分立;而这袖口的三个扣子则代表着三民主义——民族、民权、民生;背部不破缝,表示国家和平统一之大义;衣领为翻领封闭式,显示了我党严谨治国的理念。"

那张老板见此人谈吐不俗,怕是来头不小,便伸出了大拇指,道:"哎哟喂,真讲究!"又低声对伙计道,"别理他,真是个呆子。咱们做生意的,不就是为了跟当官的保持一致,好财源广进吗?快给我裁衣裳吧。"

而穿中山装的男子在店里转了一圈,一无所获,终是失望地离去。他并不知道,在他离去后没多久,他要找的人就来到了瑞祥昇。

瑞祥昇的生意日益兴隆,虞懿琳便在每日下课之后,来到店中和姑母一道为客人裁制衣装。

中山装的缝制相对于传统布衫而言要讲究得多,而且呢料价格较为昂贵,因此中山装便成了一种奢侈的服装。国民党又没有用财政保障其制服化,因此不少政府职员都来到瑞祥昇裁制中山装。

虞懿琳刚到瑞祥昇,就见一名长相瘦削、身着英国绸长袍的男子,嗫嚅地问店里的伙计:"我……我想问问,做一身中山装要多少钱?"伙计上下打量了下他,见他穿戴穷酸,就报了店里的最低价,道:"五块大洋。"

那人嘴唇颤抖着,咽了几口吐沫,低头道:"谢谢,抱歉。"便转身离去。

过了一个月有余,虞懿琳又在店里见到了那人,那人总算是拿出了五块大洋,交给了店中的伙计。那人身旁还跟着一位男子,那男子道:"你说你这是何必,把你老婆的嫁妆卖了,又挪用了你娘治病的钱,还借了高利贷,就为了这么一身衣裳!"

之前那人赶忙制止道:"小点声!我叫你来帮我参谋选衣裳,不是教你来揭我的底的！谁教咱们在政府里头任职，没有法子呢！"

此番对话恰巧被正在店中的虞绍义听到。虞绍义身为儒商，又因妹婿的缘故，很是同情这些收入微薄的小公务员，便上前道："先生要裁制中山装？"那人怯懦地点点头。虞绍义叫伙计拿来刚收的五块大洋，拿出了三枚递给那人，道："只要两块便足够。"

"这……"那人抬眼看了看那伙计。虞绍义赶忙解释道："我家的伙计报的是实价，只是衣裳再重要，也没有人重要，先生还是先拿回去给令堂治病吧。"那人接过了钱，对着虞绍义千恩万谢。

不少底层的政府小职员与此人一样，几个月的薪水加起来也不够裁制一身中山装，虞绍义便时常减免他们来店购买、定做中山装的费用。但瑞祥昇毕竟是依靠经营利润谋生的店铺，常年维持这样的善举，也吃不消。

虞懿琳得知了伯父的苦恼，便偷偷探访了北平城中各类纺织店铺，又将各品类的毛呢布料买回家中尝试。终于有一天，虞懿琳找到虞绍义，说道："伯父，我找到能让中山装物美价廉的办法了。"

"哦？"虞绍义不以为然道。在虞绍义眼里，虞懿琳不过是个学生，虞绍义希望她能专注于学业，不想让她过早地参与生意上的事情。

虞懿琳拿出了一套自己做的中山装递给虞绍义。虞绍义抚摸着手中的中山装，呢面细洁，平整均匀，质地紧密而有弹性，手感柔软，虽算不上十分上乘、考究，却也是一套精致的衣服。

虞懿琳道："这是用再生混纺毛呢做成的，称为'学生呢'。这种呢料价格低廉，质量也良莠不齐，之前咱们店里从来没有售卖过。咱们可以在购买面料时严格把关，检查其色泽与原料，确保购进的是上乘的'学生呢'，再剪裁得当，加以熨烫，使之平整挺括，就能售卖物美价廉的中山装成衣了。"

其实在市面上寻找价格低廉的毛呢并不是难事，难得的是虞懿琳能够如此用心。虞绍义很是感慨，道："琳儿，看来你还真是天生做衣裳的材料，我本想着，你读了那么多年的书，想必对店里的生意并不感兴趣，想不到你能如此

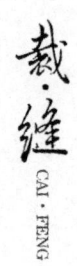

上心。"

虞懿琳道:"读书与做衣裳并不冲突,我喜欢读书,也喜欢做衣裳,我并不认为裁衣之道是末技,也不认为读书有多么高尚,这些都是手段,都是我们民族复兴的手段。"

虞绍义见侄女的想法如此激进,不免劝道:"琳儿,你一个女孩子,还是莫议国事吧。咱们家资产雄厚,你想读书伯父就供你读书,等将来你想嫁人了,无论对方是贫穷还是富有,伯父都能保证你衣食无忧,你便好好地过日子吧。"

虞懿琳忽地想起了赵易铭,不觉飞红了双颊,没有再答话。姑母虞嬿如知晓此事后,甚是欣慰:"琳儿,我真为你感到高兴,要知道,咱们做裁缝的,裁衣之道终是末技,最重要的是缝补人心。没想到你小小年纪,就已做到了。"

虞懿琳见姑母夸赞自己,不由得心花怒放,对虞嬿如道:"姑妈,我刚给你做了一身新旗袍,是时下最流行的款式,我去拿来给你。"虞懿琳给虞嬿如拿来一件无袖绿缎暗团花旗袍,领口甚低,镶有一条极为漂亮的绦子。

虞嬿如一见这件旗袍,面上的微笑便淡了几分,说道:"琳儿,你这做的是什么?""旗袍呀。""旗袍怎么这个模样?你瞧瞧,这个不长不短的,像什么样子?"

虞嬿如顿了一顿,又道:"还有,这个领口怎么这样低?露出这么多脖颈子来,像什么样子?最重要的是,这旗袍怎么没有袖子?"

虞懿琳道:"这就是时下最流行的旗袍款式呀,姑妈你不知道,现在都流行无袖旗袍了。"虞懿琳不知道,她的这句话在虞嬿如心中掀起了极大的波澜。虞嬿如面上不动声色,淡淡地说道:"哦,也是,姑妈老了,怎么懂得时下都流行些什么呢?"

虞懿琳听出不对,赶忙道:"姑妈,我不是那个意思,我是说……这件旗袍很漂亮,很适合你。"虞嬿如道:"是啊,琳儿你现在才是咱们瑞祥昇的掌门裁缝,你做出来的衣裳,自然是极漂亮的。"

虞懿琳不知该如何接话,只是笑笑,低头不语。虞嬿如过了一阵子又道:"这凡事有'道'亦有'术',你现在对于制衣之术是甚为熟稔了,可这'道',怕还是要慢慢参悟。"虞懿琳默然点了点头。

虞嬷如的话对虞懿琳产生了深刻的影响,虞懿琳在制衣过程中不断了悟,手中的剪刀和针线,应是人心的写照。

一日,虞懿琳在翻阅旧时画报时发现,中国旧式女子所穿的短袄长裙,北伐一年前便起了革命,最初是以旗袍马甲的形式出现的,短袄依旧,长马甲替代了原有的围裙,而后长马甲把短袄和马甲合并,就成为如今风行的旗袍了。

虞懿琳翻着翻着忽然有一个别出心裁的想法:既然马甲和短袄合二为一便是旗袍,那么将旗袍与马甲分一为二会是什么样子呢?

虞懿琳立刻着手将自己的构想变为现实,她为自己做了一件薄纱旗袍,一件短款的开衫背心,将背心罩在旗袍外。虞懿琳将新衣试穿上身,感觉自己的创意又好看又大方。

虞懿琳抑制不住便在虞嬷如面前展示自己的新衣:"姑妈你看,这是我从旗装的坎肩上得到的灵感,做的这一套改良的衣衫,怎么样?你帮我提提意见,我再做些改良,以后呀,这套衣衫便是咱们瑞祥昇的招牌设计,我敢保证,绝对红透北平城。"

虞嬷如淡然地笑了笑,说道:"改良改良,你总想着改良,这做衣裳跟你那做学问一样,定要踏踏实实、脚踏实地,切不可总想着一步登天。你这成天改来改去,把传统的韵味都改没了。"

虞懿琳道:"可是咱们做服饰这一行,不就是要跟着时代变化,追赶潮流,甚至引领潮流吗?"虞嬷如叹了口气道:"再怎么改良,传统终归是不能丢。丢了传统便丢了根基。更何况,这马甲背心本是男子的衣裳,你将它穿上身,不男不女,成什么体统呢?"

虞懿琳的一腔热情登时被虞嬷如的话浇得冰冷,但虞懿琳还是没有放弃,说道:"男人的衣装穿在女人身上,有时反倒更显妩媚呢。"

虞嬷如一听这话,顿时不悦道:"琳儿,你瞧你说的这叫什么话?妩媚?你……你这哪像咱们这大家闺秀说出来的话呀?简直……简直……"

虞懿琳道："姑妈，我不是那个意思，我是为来咱们瑞祥昇的客人着想。来咱们瑞祥昇做衣裳的客人三教九流，什么人都有。咱们不少新派、时髦的女客人，自然是希望自己的衣装能为自己增添妩媚之色的。"

虞嬿如终于忍不住道："你口口声声说是为了瑞祥昇，为了咱们的生意，可你做的这些稀奇古怪的衣裳，怕是压根都不会有人看上。咱们瑞祥昇是京城有名的老字号，多少老顾客都是咱们几十年的回头客，那些人不少都是老派的正统人物，怎么能瞧得惯你做的这些新花样？你这一天天地改良、创新，还把衣裳做得如此花哨，定会引起那些老顾客的不满。咱们瑞祥昇之所以能屹立不倒，靠的就是这些回头客，得罪了他们，便是砸了咱们自己的招牌！"

虞懿琳还准备要说什么，虞绍义赶忙出来和稀泥道："好了，好了，你们就别吵了，你们说得都有道理，也都是为了咱们的生意着想。"

虞嬿如见虞绍义出面了，赶忙道："哥，你来得正好，既然咱们都是为了咱家的生意着想，那总要分出个对错来。"

虞绍义道："都是一家人嘛，哪有那么多对错之分？只要咱们瑞祥昇能赚到钱就行。"虞嬿如道："你说得没错，我就是怕琳儿再这么折腾下去，怕是要给咱们店里赔钱的。"

虞懿琳自幼便是一副不服输的性格，此时听虞嬿如这么说，立刻道："姑妈，我不会给咱们店里赔钱的。"虞嬿如道："你说不会就不会？"虞懿琳坚定道："一定不会！我能保证！"

虞绍义道："不若教琳儿去试试吧。"虞嬿如道："试试？咱们家的百年基业，岂能如同儿戏一般随意尝试？赔了钱事小，砸了招牌可就事大了。"

虞懿琳小声嘀咕道："若是墨守成规，纵使不砸招牌，怕也要被市场淘汰。"虞嬿如道："你说什么？好，我看你这孩子是张飞吃秤砣——铁了心了，那便随便你吧。"虞嬿如又转头对虞绍义道，"可别怪我没提醒你。"

虞绍义沉吟了半晌，说道："嬿如你说得也有理，不如这样，我想请嬿如你重新出山，回到咱们店里来，按照你的传统模式继续为客人裁衣；而琳儿呢，你也和你姑妈一起,只不过你仍旧按照你的思路来改良衣装。这样的话,风险折半,既能满足老派客人的需要,又能满足追逐时髦的新派客人们的需要,你们说如何呀?"

虞嬿如还想推辞,虞懿琳赶忙上前,挽住了虞嬿如的手,说道:"姑妈,你可一定要答应,我也怀念跟姑妈一起在店里做衣裳的日子呢。你便回来陪我,好不好?"

虞嬿如无奈,点了点头,说道:"好,我可以答应你们,只是我有个条件。"虞绍义道:"只要你愿意回来,什么条件我都答允你。"

虞嬿如道:"我的条件很简单,我和琳儿共同在店中裁衣,以半年为期,半年后,若我赚的钱比她赚的多,从今往后,琳儿便不能再自作主张改良衣装;若她赚的比我多,那么从今往后,店里制衣之事,我便再不干涉。"

虞绍义为难道:"这……"虞嬿如道:"你刚才可说过,我提什么条件你都应允我的。"虞绍义转头问虞懿琳道:"琳儿,你愿意吗?"虞懿琳点点头道:"我愿意。如我做的衣裳不如姑妈做的受客人欢迎,从今往后,我便放弃改良衣装。"

虞绍义点点头道:"好吧,那便这么定了。嬿如,从明天起,你便回到店里来吧。"

伍　铁肩道义

　　五十七岁的虞懿琳早已超过了离休年龄,但被单位返聘,仍旧在国际部工作。虽说生活无忧,但已过而立之年的儿子始终没有工作,这一直是萦绕在虞懿琳心头的一块阴影。

　　按照规定,如果虞懿琳退休,儿子虞曙昇可以接班进入红星通讯社工作,但由于他文化程度不高,做不了业务员,又不甘心去后勤烧锅炉,便放弃了接班的机会。

　　虞曙昇长期待业在家,全赖虞懿琳的工资,两人的生活还能够维持。说起来,此事从源头上还需感谢赵易铭。

　　中华人民共和国成立后,虞懿琳在赵易铭的介绍下进入红星通讯社工作,由于文笔精熟,采编经验丰富,她很快便升任编辑部主任。但其由于身份特殊,十年"动乱"时期,首当其冲地成为批斗对象。但到了二十世纪七十年代中期,随着国家外交工作的不断开展,宣传部门急需大量外语人才,来应对对外宣传报道的巨大需求。英文功底深厚且有对外报道经验的虞懿琳被重新启用,且由于其新中国成立前就曾参加革命工作,工资收入较普通职工高出不少。

　　但之所以说此事从源头上要感谢赵易铭,并不是因为他给虞懿琳介绍了工作,而是因为是他将虞懿琳引入了新闻这片全新的领域。

虞懿琳去北大报到的第一天,赵易铭便在校门口等她,两人在北大重逢,自是欣喜无限。赵易铭激动得不知该说什么好,只是说:"懿琳,欢迎你来北大。"

虞懿琳倒是直白得多,说道:"易铭,又能和你在一起读书了,我真开心。"

在北京大学读书的日子里,虞懿琳读书的欲望越发强烈。在学校图书馆里,赵易铭碰见手捧《新学伪经考》《孔子改制考》的虞懿琳,不觉走上前去,道:"懿琳,我这儿有几本书推荐给你。"虞懿琳看到赵易铭手里的《共产党宣言》《反杜林论》,笑道:"这两本书我已经看过啦。"

路边的垂柳下,虞懿琳与赵易铭讨论着刚读过的《商市街》。虞懿琳道:"易铭,你说,萧红笔下描写的饥饿和贫穷,是真实地发生在我们所在的这片土地上吗?"赵易铭笑笑道:"懿琳,当你在犹豫该用什么颜色的布料做衣服时,在我们的这片土地上,很多人连一件能够蔽体的衣衫都没有。"

虞懿琳皱皱眉,赵易铭又道:"不过,这并不是你们这些资本家的错误,你想想看,像令尊这种资本家都会无辜惨死,足见我们的社会制度从根本上就是不合理的。"

虞懿琳低首思考赵易铭的话语,一不留神,手中的书本滑落在地。赵易铭弯腰帮她捡了起来,一看封面,竟是张恨水的《啼笑因缘》,虞懿琳登时羞红了双颊。

在各类思潮的碰撞中,虞懿琳不断找寻着自己的方向。在这个过程中,虞懿琳逐渐被一样事物所吸引。

北京大学可谓是中国新闻事业进步的摇篮,早在一九一八年,北京大学就开设了中国高等院校中第一门新闻学课程,并且成立了中国历史上第一个新闻学研究团体——北京大学新闻学研究会。

一九一九年,北京大学教授徐宝璜撰写的《新闻学》是中国历史上第一部新闻学著作。同年,北京大学新闻学研究会出版了中国第一份新闻学期刊——《新闻周刊》。

在北京大学新闻学的课堂上,虞懿琳的身影变得越来越常见。虞懿琳的书包里,总是装着一本新出的《新闻周刊》。在阅读徐宝璜的《新闻学》、戈公振的《中国报学史》和邵飘萍的《实际应用新闻学》的过程中,虞懿琳逐渐为新闻事业的巨大魅力所深深吸引。

学习新闻学让虞懿琳认识到,写文章也可以有如此大的用处,为国家和民族做出如此大的贡献。虞懿琳时常坐在课桌前,以手托腮,回想报界前辈邵飘萍迷人的风采,同时又深深痛恨自己晚生了十年,没办法亲眼见到邵飘萍本人,切身感受他特有的人格魅力和坚强不屈的精神力量。

虞懿琳还在图书馆找来了全部的《新青年》阅读,学习了陈独秀、李大钊等革命前辈的文章。虞懿琳在自己的笔记本首页上写了"铁肩担道义,妙手著文章"两行字,用以自勉。

赵易铭在经济系就读,时常为虞懿琳推荐经济学著作。一日,两人讨论《国富论》和《资本论》这两部著作时,赵易铭说道:"从这两本书和当前的形势不难看出,资本主义制度有其不可避免的局限性和缺陷,不然,一九二九年美利坚合众国的经济也不会遭遇大崩溃。资本家对工人阶级的剥削是社会不平等的根源所在,社会主义制度才是最先进的制度。"

虞懿琳秀眉微蹙,她的出身令她不喜欢听到诋毁资本家的话语,便道:"资本家也不都是坏人呀,也有好人。"

赵易铭笑笑道:"我知道。你家就不是坏人,你们瑞祥昇如今不仅为上流人士提供高档布料和定制服务,也为普通老百姓提供质优价廉的布料和成衣,你们家的大众布料非常受欢迎。这就说明,要想成功,必须争取到广大的底层群众。"

虞懿琳还是有些不能理解,说道:"社会主义……"

赵易铭坚定道:"在咱们的北方,俄国早已通过十月革命建立了苏维埃社会主义共和国联盟。我相信,咱们的国家,早晚有一天,也会走向社会主义。"

虞懿琳不知道该说什么好,赵易铭说道:"对了,懿琳,你不是喜欢新闻写作吗？为什么不尝试着给报纸杂志投稿呢？"

虞懿琳道："我……我能行吗？"赵易铭道："不试怎么知道不行？"

虞懿琳在赵易铭的鼓励下，开始向北平的抗日报刊《华北呼声》、北平学联的《学联日报》、燕京大学的《燕大学刊》等投稿。

北平的进步报刊陆续刊登了虞懿琳的文章后，赵易铭竟然在天津的《大公报》上也看到了虞懿琳的文章。赵易铭道："懿琳，你可真厉害。"虞懿琳倒也不谦虚，笑道："上海的《申报》也发了我的文章呢。"

两人拿着报纸讨论文章，赵易铭不避讳道："懿琳，你的文章文笔非常好，选材立意也新颖，可是还缺少了一些东西。"

虞懿琳皱皱眉道："什么东西？"

赵易铭道："这个东西简单了说就是深度，复杂了说就是家国大义。你看你写的这篇新闻，说北平有个卖包子的因为不小心把粥洒在了来买包子的日本人身上，与其发生冲突，最终被日本人打死。你将落脚点放在了日本人骄横跋扈，欺压中国人身上。但换个角度想想，政府为什么没有保护我们的百姓，而任由那个日本人杀人之后逍遥法外？正是我们政府对待抗日态度暧昧，才会导致这类惨剧的发生。"

虞懿琳沉思了一阵，方才道："易铭，你说得有道理，我之前的文章是有些浅薄了。"

在众多报刊中，虞懿琳最喜爱看的是上海生活书店出版的，由邹韬奋等人主编的周刊。从《生活》周刊到《新生》周刊，再到《大众生活》，其文章中对时局的深刻分析、对政府当局不作为的有力抨击，和对新闻事件的尖锐评论，令虞懿琳读起来欲罢不能。

虞懿琳撰写了《抗日救亡的最后关头》，寄给了远在上海的《大众生活》，《大众生活》予以全文刊发。

赵易铭对虞懿琳的这篇文章评价颇高："懿琳，你看，你的文章结合当前东亚形势阐述了日本入侵中国的野心和目的，并深入分析了大敌当前，我国各界

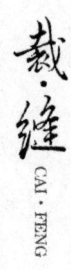

在各自的领域可以为抗日救亡做出的贡献。文章特别指出了,政府当局应停止内战,一致抗日,并联合基层工人、农民的力量,全民抗日,一致对外。这样的文章切中时弊,正是我们这个国家和社会最需要的。"

虞懿琳不好意思地笑了笑,说道:"易铭,其实我还有很多需要跟你学习的地方。"

虞懿琳的文章刊发后,在读者中引起了巨大的反响。在当时政府当局"积极防共,消极抗日"的方针政策下,这样的文章必然为政府所不容。加之《大众生活》杂志一向针砭时弊,鼓吹抗日救亡,政府于一九三六年六月查封了《大众生活》报馆。

《大众生活》报馆被查封前,曾给北平学联寄过几千份报纸。虞懿琳由于热衷报业,成了《学联日报》的兼职编辑。一日,虞懿琳正在《学联日报》编辑部帮助编辑们校对稿件,虞懿琳的同学、同为《学联日报》编辑的柏筱惠兴冲冲地走进了编辑部,手中扬着一份报纸,道:"懿琳,我看到你在《大众生活》发表的稿件了,写得可真棒!"

虞懿琳害羞地笑了笑。《学联日报》的其他编辑也道:"《大众生活》寄来了?给我们也看看。"

众编辑围坐一处,阅读《大众生活》。柏筱惠说道:"自从邹先生的《生活》和《新生》被查封后,如今也只有《大众生活》敢说这样的实话了。"

虞懿琳道:"如今政府想'以时间换空间',面对日军的侵略行为不抵抗,一味地想要消灭共产党,我们报界必须将事实揭穿,呼吁广大民众团结抗日。"

柏筱惠点点头道:"我听说,政府在天津、上海等地查封了不少报馆,迫害了不少报人,就连《申报》主编史量才都惨死在蒋介石的枪口下。政府这么干预新闻自由,真是太让人气愤了!"

就在编辑部众人议论纷纷的时候,编辑部的大门突然被撞开,几名军警冲了进来。为首一人看到编辑们手中的《大众生活》,立刻劈手抢了过来,撕了个粉碎,下令道:"把这些都给我没收了。"

军警们二话不说,立刻没收了编辑部所有的《大众生活》,并且将其余进步报刊也一并没收,一时间,编辑部里如同遭了劫一般。

正当众编辑被吓得一动不敢动时,带头的军警又拿着手中的《大众生活》道:"这篇《抗日救亡的最后关头》的作者虞懿琳是谁?"

编辑部没人敢回答,虞懿琳见如此下去必会连累学联的人,便站起来道:"我就是虞懿琳。"那名军警道:"走,跟我们走一趟。"

柏筱惠刚要拉她,道:"懿琳……"却被军警狠狠地瞪了一眼,不敢再作声。

虞懿琳被带到北平警察署后,得知消息的虞绍义赶忙带着现大洋前去赎人。瑞祥昇的名号无人不晓,虞绍义也算得上北平城的名流,虞绍义拍着胸脯向警察署表示绝不会再犯,警察署这才放了虞懿琳回家。

柳氏原本对虞懿琳参加学生运动之事采取的是不支持也不阻拦的态度,此番虞懿琳被捕后,柳氏向女儿明确表达了自己的反对之意:"琳儿,娘如今只剩你了,你做事之前能不能考虑考虑娘?娘送你去学校是读书去的,不是招惹是非去的。"

面对母亲的诘责,虞懿琳无法,只得道:"娘,我知道啦,以后不这样啦。"

得知虞懿琳被捕,赵易铭第一时间找到虞懿琳,关切地问道:"懿琳,你没事吧?他们没有为难你吧?"

虞懿琳笑笑道:"没事。他们看在我伯父的面子上不敢把我怎么样。"

赵易铭摇摇头道:"幸亏有你伯父,若是寻常人家,怕是早就惨遭毒手了。"

虞懿琳低着头,道:"易铭,那……我以后再也不能写文章了吗?"

赵易铭道:"这次是咱们没有斗争经验,疏忽了,文章是一定要写的,只是不能再用真名暴露身份了。懿琳,不如你给自己取个笔名吧。"

虞懿琳道:"笔名……那,我便叫华兰吧。我听家里人说,我家祖上有一位传奇女子名叫芄兰,我愿做中华民族的一株兰草,'峭壁垂兰万箭多,山根碧蕊多婀娜',于民族危亡时刻,唤醒民众,救亡图存。"

赵易铭道:"华兰,真是好名字!"

纵使封住了报界的口,也无法阻拦全民抗战的心。一九三六年十二月十二日,东北军领袖张学良和西北军领袖杨虎城,在西安的华清池畔发动兵谏,逼蒋抗日。一千多年前在此地沐浴的杨玉环因为兵谏而香消玉殒,此事彻底改变了大唐的国运,而一千年后的兵谏,则改变了中华民族的命运。蒋介石被迫接受了"停止内战,联共抗日"的主张,第二次国共合作初步形成。共同的外敌日本,竟将中华大地上的两大党派缝补在了一起。

虞懿琳自从跟虞嬺如发赌誓之后,便更加在改良衣装上用心。虞懿琳将她之前的马甲罩旗袍的构想不断进行完善,她在旗袍外罩一件双排纽前身开身背心,搭上时兴的高跟皮鞋,将女性的柔美与干练完美地结合在一起。

但虞嬺如没有说错,虞懿琳不断地改良衣装,的确引起了瑞祥昇店里不少老客人的不满。张老板是瑞祥昇十多年的老客人,一日,他带着妻子来店里选购旗袍。

张老板一进店里,便道:"呦,虞家两代师傅都在,这可真是太好了。"虞懿琳笑着道:"张老板带夫人来做旗袍?""嗯。"虞懿琳满脸堆笑道:"这是我们店里的新样式,夫人来看看吧。"说罢,将自己新裁制的无袖短旗袍拿了出来,展示给张老板和夫人看。

张夫人还未说什么,张老板却抢先道:"这是什么东西?连袖子都没有,露两条光光的胳膊不说,连腋下都露了出来,这成什么体统?"

张夫人张口刚要说些什么,张老板却跟连珠炮似的道:"还有,这旗袍怎么这样短?这样好了,露了两条胳膊不说,还露出了两条大腿,干脆什么也不穿,岂不是更省事?"

虞懿琳张口辩解道:"这旗袍做得短些,是为了响应委员长'新生活运动'的号召,节省衣料。"张老板笑道:"我有的是钱,不在乎这点布料钱。"

虞懿琳又道:"您要是嫌这件旗袍单薄了点,我这里还有一件外搭。"说着,拿出了搭配旗袍的开身背心,"您看,这个旗袍配马甲是我们瑞祥昇新研制出来的改良款式,夫人若是穿上这个走在街上,肯定能引领穿衣的潮流。"张老板笑道:"我嫌这旗袍没有袖子,你又给我拿出一件没有袖子的马甲来,又有何用?"

虞嬿如一直在一旁笑而不语。张老板忽地转向虞嬿如,说道:"你说说这现代的年轻人哈,成天说着什么改良呀、潮流呀,连老祖宗留下来的传统都不要了。我带内人来裁一身旗袍,不过是为了教她随我参加宴席时穿,又不是想让她做什么时髦的弄潮儿,成天走在街上招摇过市。"

虞嬿如依旧笑着没说话。张老板道:"哎,我说虞师傅,你倒是说句话呀,我带着内人穿过了大半个四九城来咱们这儿是为了什么?不就是看中了咱们瑞祥昇的这块金字招牌吗?"

虞嬿如赶忙道:"哎,张老板,您先坐下来喝杯茶,消消气。年轻人嘛,总有自己的新想法,咱们得支持,得鼓励,不是吗?"

张老板摆摆手道:"哎,我就想做身衣裳,可顾不了那么多。这么的,虞师傅,要不还是您替内人做这身旗袍?"虞嬿如笑笑道:"您就真的不给我们小虞一点机会?"张老板道:"哎,老将出马,一个顶俩嘛,年轻人,还需要多学习。"

张老板走后,虞嬿如对虞懿琳道:"你看看,不是我不给你机会,是客人不给你机会。我早就说了,你那些稀奇古怪的东西还是不要拿出来为好。"

不仅张老板,自从虞嬿如归来以后,瑞祥昇店里的很多老客人都去找虞嬿如裁衣裳,虞嬿如几乎应接不暇,而虞懿琳那里却是门可罗雀。有时候虞嬿如不由得抱怨道:"你看看,我这一天天地这么忙,家里连丈夫和孩子都顾不上照顾了。"

虞懿琳在一旁默然不语,她不愿承认自己输了,却又无力改变这样的现实。每当这个时候,虞懿琳便低头翻阅画报,来缓解自己的尴尬。

虞懿琳翻着翻着,忽然发现了一个自己之前鲜有注意到的问题,那就是,在描绘时下穿衣潮流的画报上,时常介绍女学生的穿衣样式。虞懿琳回忆起自己小的时候看的画报上,大多描绘的都是京城名媛的穿着。清末重商的氛围催生了一大批擅于交际的名媛,她们的影响力延续至民国初期,她们的穿着式样引

领了当时的服饰潮流。

而民国十年(1921年)以后,女性读书、接受教育成为新的时尚,这些女学生、女知识分子的穿着则引领了新的服饰潮流。

虞懿琳低头思忖了一阵,忽然有了一个新想法。

陆　妙手仁心

一九三七年注定是不平凡的一年。在这风云激荡的一年里,虞懿琳最关心的事情却并非国家发生的巨变,而是发生在她身边的巨变。自从认识了赵易铭后,虞懿琳感到自己的人生立刻变得色彩丰富起来。而在一月份的时候,虞懿琳得知赵易铭要离开的消息,她发现,自己的世界登时变得灰暗了。

虞懿琳急道:"你一定要走吗?你的学还没有上完呀。"

赵易铭道:"懿琳,我原来认为,能够在北大读书是人生中最重要的事。可是现在我才明白,这个世界上,有比读书更重要的事情。"

虞懿琳道:"什么事情?"

赵易铭真诚地说道:"拯救国家,拯救我们这个社会。"

虞懿琳道:"可是你一个人怎么拯救?"

赵易铭道:"我一个人的力量自然是微薄的,所以我要去寻找更多的同道中人,联合起来,一同拯救我们的国家!"

虞懿琳道:"你要去哪里找呢?"

赵易铭凝视着远方道:"我要去延安,听说那里有很多志同道合的年轻人。"

虞懿琳道:"延安?那么远……"赵易铭道:"我相信,延安就是我一直要找的地方。在那里,我才能真正找到我人生的方向与意义。而这一切,都比在北

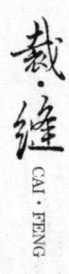

大读书要重要得多。"

虞懿琳道:"可是你明年就要毕业了,现在离开,也太可惜了。"

赵易铭道:"时不我待啊,我已经感到,延安在召唤我,在召唤我身体里的每一个细胞、每一股热血,我不能再等了。"

虞懿琳咬着嘴唇,没有再说话。对于她来说,延安不过是地图上的一个地名,即便在地图上,那个地方离北平也是那么遥远。她知道,赵易铭如果去了陕北,他们也许一生都无法再见了。

赵易铭知道虞懿琳的想法,低声道:"懿琳,对不起,我没法再陪你在北大读书了,希望你以后能学以致用,坚持救国的理想。我相信,终有一天,在我们共同的努力下,我们的国家能够强盛起来,我们的人民能够真正站起来,当家做主。到那个时候,我们还会再见面的。"

送别赵易铭的那天,虞懿琳穿着两人初见时穿的那套雪白色的旗袍,喇叭袖学生上衣,配黑色的下裙。虞懿琳低声吟唱着:"长亭外,古道边,芳草碧连天……"

赵易铭走后,虞懿琳将自己全部的精力都投入制衣上。她找到了柏筱惠,说道:"筱惠,我送你一件礼物。""什么呀?"虞懿琳将一只纸包递到柏筱惠手中,柏筱惠打开一看,说道:"呀,好漂亮的旗袍。"

虞懿琳道:"是呀,这可是专门为你量身定做的。"柏筱惠道:"你什么时候量过我的身子?""我这水平,还用量吗?看一眼便知道你的尺寸了。"

柏筱惠笑嘻嘻道:"吹吧你就。哎,对了,这不年不节的,你怎么想起送我礼物来了呢?再说,谁不知道你瑞祥昇的衣裳价格不菲,你这忽然送了我一件这么贵重的礼物,说,你是不是有什么图谋?"

虞懿琳笑道:"你说对了,我还真是有些图谋。""图谋什么?""我想求你帮我一个忙。""帮忙?说吧,你想教我帮你什么忙?"

虞懿琳道:"很简单,你只消经常穿着我为你做的这身旗袍,在咱们的校园里，还有外头的大街上走上一走，如果有同学问起你来呢，你就告诉她们这身旗袍是我做的，教她们来找我便是了。"

柏筱惠道："哦，我懂了，你是想教我替你打广告呀。"

虞懿琳笑笑道："那是自然，如今的服饰界，那是咱们女学生的天下，谁想穿得时髦，不得向女学生学习呀？我自己呢，首先自然是要穿我自己做的衣裳，给我们瑞祥昇当这个活广告。你呀，也要帮我一起呀。"

柏筱惠笑道："好吧，我就和你一起当这个活广告吧。"

很快，虞懿琳的"女学生策略"收到了奇效，同学们纷纷来找虞懿琳："哎，你就是那个裁缝吧？我想找你做衣服，嗯，就是那天你穿的那身。""哎，虞同学，柏筱惠身上的那身旗袍是不是你给她做的？我也想照原样来一身。"

来找虞懿琳订旗袍的女学生络绎不绝，且口口相传，人越来越多。她们大多是看了其他同学的穿着方才找到虞懿琳的，但是虞懿琳并不给她们完全按照原样复刻，而是根据她们每个人的身材和不同的特点，为她们每个人精心设计符合她们个人风格的衣衫。

没过多久，虞懿琳的声名便从女学生圈传到了圈外，甚至有画报专门撰文，描写女学生们的时兴穿着，将虞懿琳所做的旗袍照片发了出来，这一下便引起了京城女士们的追捧。

虞懿琳在瑞祥昇店中，再也不是门可罗雀了，由于订单太多，工期都排到了好几个月之后。

一日，张老板的夫人又来到了瑞祥昇。她看到只有虞嬿如一个人在店里坐着，便道："虞师傅，只有您一个人在？小虞师傅不在？"

虞嬿如淡淡地说道："嗯，她在，只不过在后头做衣裳呢，她现在太忙了，没工夫坐在店里招待客人了。"

张夫人笑笑道："是啊，现在京城里头的小姐、太太们，谁没一件小虞师傅做的旗袍？我这不是也过来，想赶紧找小虞师傅给我做一身，下个月我还要穿着它去参加酒会呢。"

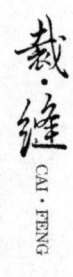

虞嬷如道："呦,那可真是不巧,我们小虞现在的订单可都排到好几个月之后了,您要是下个月用,怕是赶不及了。"

张夫人皱眉道："那可怎么办呀?我可是急着要用呢。"虞嬷如道："张夫人,您别着急,您是我们的老客人了,我们一定会为您着想的。您看不如这样,我来替您做这身旗袍,如何?"

张夫人面上有些尴尬,她迟疑着道："这……这个……"正说话间,虞懿琳来到店中,张夫人一见虞懿琳,立刻如蒙大赦,说道："哎呀,小虞师傅,你可算来了,快帮我量身旗袍吧,我就想要时下你们女学生最喜欢的那款。"

虞嬷如一听这话,面色很不好看。虞懿琳见状,赶忙道:"张夫人,要不……您还是让我姑妈帮您做吧,您是我们的老客人了,您家张老板不是最喜欢我姑妈做的衣裳吗?"

张夫人一听这话,冷哼一声道："哼,听他的做什么?他总是这个不让我穿,那个不让我穿的,生怕我穿出去招蜂引蝶,他把我管得死死的,可他自己倒好,不仅跟家里的女用人眉来眼去,还在外头勾搭女学生。哼!我偏不听他的!下个月的酒会,我要穿得顶时髦,让那个老家伙对我刮目相看。"

虞懿琳尴尬地笑笑,说道："可是我现在手头……活儿确实有点多,您要是急用,怕是来不及。"张夫人急道："那……那可怎么办呀?小虞师傅,我可是你们店里的老客人了,你无论如何得帮我想想办法呀。"

虞懿琳沉吟了一阵,方才道："张夫人,您说您要去参加酒会?""没错啊。""依我愚见,参加酒会也未必非穿旗袍不可。""不穿旗袍,那穿什么?"

"前一阵子有位夫人也是为参加酒会,在我这儿定制衣裳,我便为她专门设计了一件晚礼服。可由于那晚礼服没有前例可循,设计起来花费了较长的时间,我还没做好她便跟着家人搬去南方了。临走时我把订金退给了她,但是那衣裳的料子已经裁好了,我不忍浪费,便把它做成了,打算放在店里,当成衣售卖。张夫人,您看这样行不行,正好那位夫人跟您的身材差不多,我拿来给您看看,如果您觉得合适,我便把它按照您的尺寸简单修改一下,按照成衣价格的一半给您,可以吗?"

张夫人道:"好吧,你且拿来给我看看。"虞懿琳从后面拿出了一件淡粉色乔其纱晚礼服,它借鉴了西洋服装的设计,蝴蝶状短袖连身长裙,腰部用插片收腰。前腰插片的接缝削减得如针尖般粗细,与花瓣样式的褶融为一体,千针万针化作无形。腰线以下的裙又分为两部分,环绕臀围的被裁为一片,下接由两个整圆拼成的裙片,可见虞懿琳做工之精细。

张夫人见到这条裙子,半晌没有说出话来。虞懿琳问道:"怎么了,张夫人?您是对这条裙子不满意吗?"

张夫人摇了摇头,说道:"不是、不是,这条裙子实在是太精美了,我都不知道该说什么好了。"虞懿琳说道:"那您穿上身试试,看看适不适合您,我也好按照您的尺寸来修改。"

张夫人又摇了摇头,说道:"不,我不敢试。这哪是一件衣裳啊,这简直是一件艺术品,我害怕我一试就把它试坏了。"虞懿琳笑道:"夫人,服装是穿在身上的艺术品,换句话说,只有穿在了人身上,它才能称得上是艺术品;如果没有人穿,再华美的衣裳,也只是一具没有灵魂的躯壳。"

张夫人道:"小虞师傅,你可真是太会说话了。好吧,我来试试它。"张夫人小心翼翼地将那件晚礼服穿上了身,虞懿琳点点头道:"真的很适合您呢。"

张夫人对着镜中的自己凝视了许久,方才道:"小虞师傅,你不用给我打对折,我就按原价买你的裙子,只要能穿上小虞师傅你做的衣裳,花多少钱都没问题。"

虞嬿如在一旁,面色铁青。

张夫人穿着虞懿琳制作的晚礼服在酒会上成为众人瞩目的焦点。这之后,有更多的名媛贵妇来找虞懿琳定制晚礼服,瑞祥昇声名远播,连不少天津卫的人都来到瑞祥昇找虞懿琳定制衣裳。

距离虞嬿如和虞懿琳的赌誓已经过去了整整半年的时间,虞绍义私下找到

虞懿琳,说道:"琳儿,你和你姑妈当初赌誓的事情……要不就算了吧。嬿如她为瑞祥昇奉献了一辈子,我不想伤她的面子。"

虞懿琳点点头道:"我知道,伯父,当初您不愿意教姑妈跟我赌誓,便是这个原因。那我不提便是。"虞绍义点点头道:"琳儿,你能理解我的苦心,我是再高兴不过了。"

正说话间,虞嬿如却忽然闯了进来,说道:"输了就是输了,你们不用可怜我。"虞绍义刚忙道:"嬿如,我不是那个意思。"

虞嬿如道:"家里还有丈夫和孩子需要我照顾,这店里的事,我也该放手回去歇歇了。"虞绍义正要挽留,虞嬿如却头也不回地走了,虞绍义只得摇了摇头,叹了口气。

虞懿琳说道:"伯父,我是不是伤了姑姑的心?"虞绍义安慰她道:"不会,你为咱们店里招揽了这么多生意,又引领了北平城的穿衣潮流,你姑姑该为你骄傲才是。"

虞绍义顿了一顿,又道:"再者说,这个世上,从来都是江山代有才人出,一代新人换旧人。"虞懿琳一直低头抿着嘴,听到虞绍义的话,终于抬头说道:"不是的,伯父,我倒是觉得,长江后浪推前浪,其实这每一浪,都在浪尖上。"

虞绍义一惊,说道:"琳儿,你说的话太让我震惊了,想不到你小小年纪竟对人生有如此领悟。琳儿,你回学校一定要好好学习,你这孩子,将来必成大器。"

柒　南迁之路

赵易铭走后，虞懿琳很长一段时间都陷入了消沉之中。只用"华兰"为笔名在成舍我创办的《世界日报》《世界晚报》之副刊上发表一些消闲性的小散文，甚少针砭时弊。

但虞懿琳的消沉并没有维持太长的时间。北平城西南角深夜的一阵枪声，打破了虞懿琳全家乃至北平城，乃至整个中华大地的平静。七月八日凌晨，日军发动炮击，驻守在北平的中华民国第二十九军奋力抵抗。在随后的将近一个月的时间里，包括在南苑受训的一千五百余名军事训练团学生在内的第二十九军第一三二师、三十七师、三十八师，与日军浴血奋战。第二十九军副军长佟麟阁、第一三二师师长赵登禹壮烈殉国。

数千烈士的热血并没有阻止日军侵略的脚步，七月二十九日，时任北平市市长和第二十九军军长的宋哲元从北平撤退，当天，北平沦陷。次日，与北平唇亡齿寒的天津也落入敌手。

日军占领北平后，要求北平城内的工商业全部正常营业。但虞绍义痛恨日军侵华暴行，将经营规模缩减了一大半，拟寻找合适的时机，逃离北平。

虞绍义的想法令虞家众人议论纷纷，柳氏认为，离开世代居住的北平城，背井离乡，实在是不值得。柳氏道："这日本人来了，咱们好生做生意便是，日本人

也不能随便杀无辜的老百姓啊。"

虞懿琳不觉插嘴道:"娘,这日本人狼子野心,他们是侵略者,是要让我们亡国灭种的!这可跟普通的改朝换代不同。"

柳氏狠狠瞪了女儿一眼,虞懿琳吐了吐舌头,不敢再说。谁想虞绍义却道:"琳儿说得对。覆巢之下,安有完卵?咱们还是早日离开北平为好。"

已出嫁了的虞嬿如听闻此事也回到家,对堂兄道:"可是离开了北平,能去哪儿呢?"

虞绍义道:"只要我虞绍义在,我瑞祥昇的金字招牌在,咱家就能东山再起,无论在哪里。"

但是话虽这样说,究竟要搬去哪里,虞绍义自己心里也没有明确的想法。

一九三七年年底发生的两件事令虞绍义下定了南迁的决心,也找到了南迁的方向。

一九三七年九月,北京大学奉南京国民政府令南迁至湖南长沙,与国立清华大学、天津私立南开大学组成了国立长沙联合大学。

十一月,南京国民政府决定迁都重庆,其政府机关先后移往武汉、重庆。

而日军自十二月十三日起在南京制造的惨绝人寰的大屠杀更令虞绍义认清了日本侵略者的禽兽面目。

虞绍义当即决定举家迁往重庆,即新国民政府的所在地。虞绍义决定南迁至重庆自有一番生意人的考虑。如今日军大举侵华,半壁国土都为战火所侵染,瑞祥昇做的是太平盛世的生意,若命都没了,饭都吃不上,谁还顾得上穿衣?因此,唯有国民政府的所在地,才会有大量达官显贵聚居,只有这样的人才买得起瑞祥昇的布料和衣服。

一九三七年十二月底,虞懿琳随家人迁往重庆定居,同行的还有虞嬿如、陈安和夫妇。重庆地处中国西南,在重庆的日子里,虞懿琳有时候会想,自己如今是不是离赵易铭又近了一步。

捌　知识救国

次年年初,虞懿琳只身前往长沙,回到北大复课。这是虞懿琳此生第一次独自一人离开家门,千里远行。

虞懿琳离开家的那天,柳氏拉着女儿的手依依不舍,道:"琳儿,你年纪这么小,就要自己一人离开家,娘可真是舍不得。要我说,这个书不读也罢,咱们还是不去了吧。"

虞懿琳努力忍住了要夺眶而出的泪水,低着头道:"娘,如今偌大的华北大地,已经放不下一张安静的书桌了。国已不国,家更不家,离家也罢,在家也好,都难以逃脱亡国奴的命运。与其如此,还不如奋力读书,寻求救国之道。"

虞绍义听罢此言,摇了摇头道:"琳儿这丫头,真非寻常女孩儿,越是这样,反倒越要小心,红颜多薄命啊。"

虞懿琳笑笑道:"琳儿知道了,琳儿会早日学成归来,振兴咱们瑞祥昇。"

虞懿琳一路辗转来到了长沙,这一路所见,尽是向西逃难的百姓。虞懿琳来到长沙后没多久,国立长沙联合大学便迁往昆明,并更名为国立西南联合大学。虞懿琳在昆明的西南联大正式复课。

虞懿琳与中文系的老同学柏筱惠重逢。柏筱惠兴致勃勃地拉着虞懿琳的手,指着身旁的两名同学说道:"懿琳,我介绍几位新朋友给你认识。这位是清华大学机械工程系的乔呈良。"带着黑框眼镜,身材高瘦,身着灰色长袍的男生扶了扶眼镜,微微一笑道:"你好,虞同学。""这位是南开大学政治学系的钟彬。"身着米色西装西裤,外套黑色马甲,面色白皙,眼眶深邃的男生开朗地笑道:"虞同学,久闻你的大名呀。"

虞懿琳低头笑道:"我哪里有什么大名呢?"钟彬道:"那可不是,筱惠经常和我们说起你,你不在学校的那段日子,她可想念你了,还领我们拜读了你的文章。"

这下虞懿琳更加不好意思了,赶忙说道:"哪有,我还要多向你们学习。"

钟彬与乔呈良离开后,柏筱惠和虞懿琳在路边散步,柏筱惠说道:"懿琳,我听说赵易铭的事情了。说真的,我很羡慕他。"

虞懿琳道:"羡慕?"柏筱惠道:"是呀,我真的羡慕他可以追求自己的理想。"

见虞懿琳低着头没有再说话,柏筱惠道:"懿琳,你在想什么?"虞懿琳道:"没想什么,我只是在思考你说的话,理想……"

柏筱惠道:"懿琳你知道吗?有很多青年学生都去了延安,我也好想去延安!"

虞懿琳抬起了头道:"延安是共产党的根据地,你也想当共产党?"

柏筱惠笑了笑道:"懿琳,其实我刚才没跟你说,我和呈良、钟彬,都是在共产主义学习小组认识的。"

虞懿琳一惊,柏筱惠道:"懿琳,你要不要加入我们?"虞懿琳沉思了一阵,点了点头。

西南联大的办学条件极其艰苦,校长梅贻琦邀请建筑大师梁思成、林徽因夫妇来设计校舍,但由于几乎没有建设经费,校舍只能因陋就简。

梁、林夫妇在昆明一直借住在尼姑庵里,他们曾将中国一流的校舍方案递交给了梅贻琦校长,却遭到了否定:"学校是没有钱来实施这样的方案的。"从一稿到五稿,从高楼到矮楼再到平房,梁思成最终得到了梅校长这样的回复:"除了图书资料室为砖瓦建筑，部分教室用铁皮做顶，其余通通是茅草屋。"

梁思成愤然道："茅草屋需要我这个建筑专家来设计吗？"梅贻琦道："国难当头，用茅草建大学实为迫不得已，我们能不能用茅草把校舍做得尽可能好看点？好用点？"

梁、林夫妇被迫按照建茅草校舍的思路修改方案，林徽因一边修改一边流泪，"国难当头"四个字在每个爱国知识分子心中都烙下了深深的疤痕。

教室尚且如此，宿舍便更是简陋。虞懿琳与几十名同学同住一室，每天晚上同学们都会趴在各自的床上，借着微弱的灯光读书。为了阻隔灯光，不影响他人，每张床与床之间仅以一张薄薄的黄色帐布相隔。

一日，虞懿琳碰见了乔呈良，虞懿琳笑着上前打招呼，却见乔呈良闷闷不乐。虞懿琳道："乔同学，你怎么了？"乔呈良叹了口气道："唉，虞同学，你不知道，我们实验室的金相分析仪①被日军的弹片打坏了，可是系里和学校根本没钱再买新的啊。你知道，学我们这个专业，要是没有办法做实验，就根本没法开展学习和科研工作啊。"

学校资金紧张，西南联大每一个学生都十分清楚，虞懿琳也有些着急："如今任谁也拿不出那么多钱来买新的仪器，更何况，如今在昆明，就算有钱也买不到你们需要的专业仪器吧？"

乔呈良点点头道："虞同学，你说得对，不过如果有钱能买到一些零件，我们系里的师生可以自己动手将分析仪修好，毕竟组装、维修机械本身就是我们的专业嘛。"

虞懿琳低头沉思了一阵，方才道："嗯，你别着急，我想总是会有办法的。"

虞懿琳回到宿舍，似是下了很大决心一般，将自己从家里带来昆明的皮箱从床下拿了出来，虞懿琳打开皮箱，里面是她心爱的葱白素绸旗袍、大红色回文缎大袄和青灰团龙宫织缎长袍。虞懿琳不舍地爱抚着这些她视之如命的衣裳，

---

① 即用于金属金相品质等级分析评级的仪器设备。

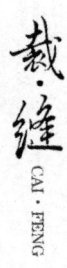

即便在来昆明的一路战火纷飞中,她也拼了命地不舍抛弃它们,一直将它们带到了昆明,可是如今,它们就要离开自己了。

虞懿琳把钱交给乔呈良时,乔呈良惊讶不已:"虞同学,你哪里来的钱?"虞懿琳道:"我当掉了几件不常穿的衣裳。"乔呈良知道虞懿琳裁缝出身,嗜衣如命,便道:"虞同学,这……这实在是太感谢了。"

虞懿琳道:"何谈感谢一说,我们千里迢迢去乡离家来到昆明,来到联大,不就是为了能学有所成,在这国家危难之际,用我们学到的知识来为抗日救亡尽一份自己的微薄之力吗?在这里,没有什么比学习更重要。衣裳终归是身外之物,你用它们换来的钱买零件,维修仪器,解了燃眉之急,我真的很欣喜。"

乔呈良很是感动:"虞同学,真的谢谢你,有你,有我,有许许多多咱们这样的年轻人在,我们的国家一定会好起来的。"

可惜,这些抱着知识救国理想的青年人,却因为贫困,有时不得不忍受着衣不蔽体的窘迫,这令身为裁缝的虞懿琳颇为痛心。

一日,虞懿琳在上课时,不经意发现柏筱惠的衣袖已然破损,腋下处更是开了一道口子。

下课后,虞懿琳叫住了柏筱惠:"筱惠,你这件浅蓝衫子真好看,能借我穿两天吗?"柏筱惠道:"懿琳,你的衣裳那么好看,怎么还要借我的穿?"虞懿琳道:"总穿自己的衣裳也没意思,不如咱们换着穿吧。"

就这样,虞懿琳与柏筱惠互换了衣裳,及至再换回来时,柏筱惠惊讶地发现,自己衣裳的破损已经被补得完好。虞懿琳还别出心裁地在缝补处绣了一行梅花,这样一来,不仅没有了修补的痕迹,还让衣裳增色不少。

柏筱惠感动道:"懿琳,谢谢你。"从此之后,虞懿琳裁衣妙手的美名传出,不少西南联大的同学因为没钱买新衣裳,都来求虞懿琳,虞懿琳也十分乐于无偿为同学们服务。

虞懿琳就读于西南联大时,著名学者朱自清先生是中文系的系主任。除了中文系的课程之外,虞懿琳还选修了文学院金岳霖先生的心理学课程和冯友兰先生的哲学课程。

在西南联大，金岳霖与林徽因、梁思成夫妇之间的感情纠葛人尽皆知。那时的虞懿琳初生牛犊不怕虎，竟大着胆子去问金岳霖："金教授，您如何区分对人的喜欢和爱呢？"

金岳霖倒不以为意，推了下眼镜，笑着道："爱与喜欢是两种不同的感情或感觉，爱说的是父母、夫妇、姐妹、兄弟之间比较自然而然的感情……喜欢说的是朋友之间的喜悦，它是朋友之间的感情。"

虞懿琳低头沉思了一阵，想起了自己与赵易铭之间的感情，问道："金教授，男女之间，可以有超乎于爱情之上的友谊吗？"

金岳霖点点头道："当然可以有。两个人为了共同的理想与信念，为共同的事业而奋斗，这种感情不就超越了寻常的男女之情吗？"

虞懿琳若有所思地点了点头："那金教授，真正的爱情究竟是什么样子的呢？"

金岳霖温和地笑笑，对着面前这个情窦初开的少女道："真正的爱情，是可以为对方付出一切，不计回报，即便守候一生，也无怨无悔。"

十六岁的虞懿琳当时并不能完全理解金岳霖话语的真正含义，她也没有想到，她会用自己的一生去践行金先生对于真爱的定义。

金岳霖又补充道："不过，你要记住，你是联大的学生，你还有很多重要的事情要做，而不是像寻常女子一般平庸处世，做妻生子过一生。"

金岳霖又问虞懿琳道："你喜欢林徽因林老师吗？"

虞懿琳道："林老师讲的建筑学我听不懂，但是我喜欢看林老师写的新诗，我最喜欢那句'如果我的心是一朵莲花，正中擎出一支点亮的蜡，荧荧虽则单是那一剪光，我也要它骄傲地捧出辉煌'。林老师人长得漂亮，又有气质，很让我等仰慕。"

金岳霖笑笑道："我曾经作对联打趣他们夫妻是'梁上君子，林下美人'，当时徽因很是不高兴，说道：'什么美人不美人的，好像一个女人闲着没事做似的，我还有好多事要做呢。'他们夫妇为了考察古建筑,走遍了中国的大江南北,不畏险,不惧难,这才是一个女子最美的地方。"

虞懿琳点点头道:"我明白了金教授,我也要做林老师那样的女子。"

虞懿琳热爱西南联大,热爱西南联大"民主自由、严谨求实、活泼创新、团结实干"的校风,热爱西南联大的学术氛围,也热爱西南联大的进步空气。虞懿琳深以自己为西南联大人而自豪。虞懿琳在自己紫色丝绒校服上衣的灰色袖口上,一针一线地绣上了西南联大的校徽,校徽是一个三角形的三等分,中心一点是正三角形的三点合一,也暗含三角形的稳定性。

一九三九年,虞懿琳修完了全部课程,正式从西南联大毕业。虞懿琳问柏筱惠:"筱惠,毕业以后,你打算去哪里?"柏筱惠道:"我要和乔呈良、钟彬一起去延安!"

虞懿琳瞪大了双眼道:"你们也要去延安?"柏筱惠点点头道:"我们要用我们在学校学到的知识来拯救我们的国家,我们也要去追寻我们的理想了。懿琳,你打算去哪里?"

虞懿琳低着头道:"我答应过我娘,要早点回家,所以,我还是要回重庆。"

柏筱惠笑道:"回重庆也没有关系,革命不分时间地点。懿琳,我相信,等抗战胜利了,我们还会再相聚的。"

毕业那天,虞懿琳与柏筱惠、乔呈良、钟彬等同学一起,合声高唱西南联大校歌。乔呈良朗声道:"八年辛苦备尝,喜日月重光,顾同心同德而歌唱!"

联大全体同学高唱校歌《满江红》:

万里长征,辞却了五朝宫阙。
暂驻足,衡山湘水,又成离别。
绝徼移栽桢干质,九州遍洒黎元血。
尽笳吹,弦诵在山城,情弥切!
千秋耻,终当雪。中兴业,须人杰。

便一城三户,壮怀难折。

多难殷忧新国运,动心忍性希前哲。

待驱除仇寇,复神京,还燕碣。

乔呈良又高声道:"西山苍苍,滇水茫茫。这已不是渤海太行,这已不是衡岳潇湘。同学们,莫忘记失掉的家乡!莫辜负伟大的时代!莫耽误宝贵的辰光!赶紧学习,赶紧准备,抗战,建国,都要我们担当,都要我们担当!同学们,要利用宝贵的时光,要创造伟大的时代,要恢复失掉的家乡!"

全体同学高唱凯歌:

千秋耻,终已雪。见仇寇,如烟灭。

大一统,无倾折。中兴业,继往烈!

维三校,如胶结。同艰难,共欢悦。神京复,还燕碣!

一曲高歌毕,虞懿琳与柏筱惠、乔呈良、钟彬拥抱在一起,同学们都抑制不住别离的泪水。虞懿琳更是哽咽道:"无论今生是否有机会再相聚,我都会永远记得你们,记得我们在联大的日子。"

玖　玉尺金剪

虞懿琳回到重庆后,柳氏差点认不得自己的女儿了。短短两年多的时间,虞懿琳已经出落成了一位亭亭玉立的妙龄女子,柳条青眼,眉梢粉面,腮凝新荔,鼻腻鹅脂,娴静似娇花照水,行动如弱柳扶风,真可谓质傲清霜色,香含秋露华。虞懿琳脱下了读书时常穿的喇叭袖分体学生装,换上了银缎暗团花旗袍,领口和袖口镶有两道绦子,绦子上绣的是花鸟蜂蝶图案,旗袍外罩一件红色的双排纽开身绒线披肩,脚蹬一双乳白色的高跟皮鞋。就连伯父虞绍义见了,也不禁心神一荡。柳氏不由得感叹道:"我的琳儿长大了,真是个大姑娘了。"

虞绍义在重庆重建了瑞祥昇,瑞祥昇搬到重庆后,受到了同样西迁至此的各界名流的喜爱,加之虞绍义经营有方,生意兴隆,迎来送往,并不亚于在北平城的时候。

虞懿琳回到重庆后,第一时间接任了姑母虞嬿如的位置,在瑞祥昇店中做起了裁缝。虞绍义起初还担心身为西南联大高才生的虞懿琳做裁缝有些大材小用,但虞懿琳并不介意,还乐在其中。虞绍义便也乐得店中有这么一位高雅美丽、富有学识,而又心灵手巧的裁缝,以此招揽生意。

早在一九二九年,南京国民政府便将旗袍定为国服。在十年的时间里,旗袍下摆由长变短,又由短变长,而其领与袖,也随着时间的推移,长长短短,不断改变。而服饰的演变，也在暗合和预示着时局的变化。虞懿琳自从回到重庆瑞祥昇后，以其独到的审美眼光、精湛的裁衣技巧，不断引领着重庆乃至全中国女性服装的时尚。

虞懿琳能根据女性不同的身材和体态，将裙子做得尽善尽美。小腿短小的，便替她制作长裙大摆款式，起到遮掩腿部不足之效果；腰围粗壮、肚腹肥胖的，便替她制作直筒裙，粗腰大肚的缺陷就不明显了；胸部不够丰满的，便替她制作开襟宽松裙，掩盖平胸的不足；若是身材矮小者，则进行整体设计，为其制作上下搭配的套装裙，从视觉上显得个子高大起来；若是高挑的好身材，就锦上添花，为她制作高腰身的开衩长裙，显示女性亭亭玉立之身姿。

总之，经过虞懿琳玉尺金剪刀的精雕细琢，凡是来瑞祥昇做裙子的女人都满意而归，虞懿琳也因此而声名鹊起。居住在重庆的名媛贵妇和摩登女郎纷至沓来。

一日，虞懿琳坐在店中，翻阅着新出版的《大公报》。一九二六年，吴鼎昌、张季鸾、胡政之合组新记公司复办《大公报》，并在复刊之日发表了《本社同人之志趣》，文章提出了"不党、不卖、不私、不盲"的"四不"方针。"四不"方针彰显了新闻专业主义的职业道德精神，其真实性、客观性与独立性使其成为当时最受欢迎的知名报刊。"七七事变"后，天津、上海相继陷落。《大公报》力主抗战，表示"一不投降，二不受辱"；天津版、上海版分别于一九三七年八月五日和十二月十四日停刊，一九三八年，方于重庆复刊。

虞懿琳阅读《大公报》，除了关心时事政治外，也看一些消闲性的花边新闻，其目的是为了洞察当今社会的审美变化，以兹寻求新的服饰设计灵感。

虞懿琳读得专注，以至于店中进来了客人都不自知。虞懿琳还未抬眼，便已感受到了气氛的异常。瑞祥昇内突然安静得出奇，不用说，便知店里来了大人物。

一身精致的粉色锦缎旗袍，三道银灰色的绲边，长发优雅地在脑后盘起，本就精致的五官施以淡妆，这是虞懿琳对民国第一夫人的第一印象。一听说是第

一夫人来了,虞绍义赶忙出来迎接。

蒋夫人在随从的陪同下缓缓步入瑞祥昇,虞绍义道:"夫人大驾光临,鄙店真是蓬荜生辉啊。"

蒋夫人冲虞绍义点了点头,说道:"我听说,你们店里的裁缝很是有名。"虞绍义赶忙拉虞懿琳到近前,说道:"夫人过奖了,这位便是鄙人的侄女,我们店里的裁缝,虞懿琳。"

蒋夫人上下打量着虞懿琳,说道:"嗯,不错,你有胆量为我裁制一身旗袍吗?"身为第一夫人,蒋夫人的挑剔是出了名的,尤其是在穿着上,更是精益求精。

虞懿琳礼貌地微笑道:"能为夫人裁制旗袍,是我的荣幸。"

蒋夫人点点头,虞懿琳道:"还请夫人随我来,容我为夫人量体。"

虞懿琳为其量好尺寸后,蒋夫人又道:"我的旗袍有几百身,也许有上千身,反正连我自己都不记得我究竟有多少身旗袍了,很多旗袍我连一次都没有穿过就放在箱底了。所以我一直想做一身旗袍,让人看一眼就忘不掉,与众不同,独一无二。你能为我做出这样一身独一无二的旗袍吗?"

虞懿琳笑笑,道:"夫人,懿琳幼时与姑母学艺,便相信,衣裳是穿在身上的精灵,都是有生命的。因此无论何等样的旗袍,只要穿在夫人身上,那便是超凡脱俗、独一无二的。"

蒋夫人道:"不愧是西南联大的高才生,果然与众不同。好吧,我便等着你的旗袍。不过有件事情一直困扰着我,不知你能否帮我解决?"

虞懿琳微笑道:"夫人请讲。"蒋夫人道:"旗袍前襟的盘扣,总是很难做出令我满意的式样,而且,盘纽因是缎制,很容易磨损。最关键的是,旗袍制成斜襟,胸前一块总是不平整,难以完美地贴合身体,技艺再高超的裁缝,都不能克服这个问题。"

虞懿琳沉思了一阵方才道:"夫人所说的这个问题,懿琳也曾经碰到过。还请夫人给我一些时间,懿琳会为您想出解决之道的。"

蒋夫人点点头道:"好,我希望,在你给我送旗袍的时候,你可以同时为我带来一个完美的解决方案。"

蒋夫人走后,虞绍义紧张地问侄女:"你能完成夫人提出的要求吗?"虞懿琳道:"我相信这个世界上的一切困难都有解决之法,因为万事都有规律可循。伯父,懿琳从小便在学习布料与衣裳的规律,我相信,我顺着规律一定能找到解决之法的。"

一个月后,黄山官邸,松厅别墅。虞家算是北平的旧式人家,过去在北平城,住的是六进的大四合院,雕梁青瓦垂花门,传统的老式建筑。来到重庆之后,虞绍义买了一套双层的三进大四合院,依旧是传统的样式。

因此虞懿琳一到松厅,立时为其中西结合的奢华风格所震撼,厅前丹桂摇曳,香气袭人,门额上高悬委员长手书的"松厅"两个大字。进得房中,青白相间的柱子,粉红色的墙体,色彩淡雅,屋内家具陈设精心雅致,凸显出卓尔不群。

蒋夫人换上了一身湖蓝色真丝喇叭袖旗袍,开衩处饰以蕾丝,头发妆容依旧是丝毫不乱。蒋夫人冲虞懿琳微微颔首。虞懿琳双手将其缝制的旗袍递给宋美龄,蒋夫人展开一看,道:"这件纺绸旗袍滚边上的青蝴蝶倒是真精致。"

虞懿琳道:"这件绢丝纺旗袍,用的是独幅旗袍料。之所以称之为独幅料,是因为其上面的图案不是印染上去的,而是针绣出来的。这件旗袍周身三寸宽的滚边上,是我以湘绣的绣法,用清水丝线,绣的一百只青蝴蝶。因此我敢担保,夫人的这件旗袍,绝对是独一无二的。"

蒋夫人将旗袍翻了过来,看到前襟,不由得一惊。虞懿琳微微一笑道:"传统的斜襟容易导致胸前一侧的布料不平整,将其改为对称的开襟,胸前的布片自左右胁下直接延伸至颈下,左右对称,保证其平整地贴合于肌肤。再与自领下垂下的布片以纽扣相连。"

蒋夫人奇道:"为什么你做的旗袍只有扣眼而没有盘纽?"虞懿琳并未立即答话,而是从包中掏出了一块素绢绣花手绢。虞懿琳将手绢一层层打开,手绢中包裹的三颗精致的小物映入蒋夫人的眼帘。

蒋夫人问道:"这是袖扣吗?"虞懿琳点点头道:"此物的灵感的确来源于男士西装上的袖扣。"虞懿琳托着手绢,将古法烧制琉璃金丝珐琅金属扣递给了蒋夫人。

虞懿琳解释道:"用这种金属扣扣在旗袍上的扣眼上,可以避免盘纽的磨损,我为您打造了金色、红色、绿色、蓝色和白色五套金属扣,可以根据不同的底料风格,搭配不同的旗袍款式。"

蒋夫人接过金属扣,不觉称赞道:"好精致的扣子,只是……我的旗袍都是斜襟的款式,虞小姐,你愿意留下来,专门为我裁制这种旗袍吗?"

面对蒋夫人的邀约,虞懿琳有些犹豫。虞懿琳利用在瑞祥昇店内做裁缝的业余时间,坚持给邹韬奋的《全民抗战》和自南京及上海迁来重庆的《新民报》《时事新报》写抗战文章。成为民国第一夫人的御用裁缝,自然是至高无上的荣誉与富贵,但深受进步思想影响的虞懿琳,却并不愿意与民国的政治核心走得太近。

虞懿琳犹豫道:"能为夫人裁制旗袍,自然是懿琳的荣幸。但伯父自幼视我如己出,养育之恩懿琳不能不报,瑞祥昇店里的生意,我也不能不顾。"

蒋夫人叹了口气道:"哎呀,既是如此,那便这样吧。每周一、三、五你来我这里做旗袍,二、四、六你回瑞祥昇,周末还能休息一天,可好啊?"

蒋夫人的语气不容置疑,虞懿琳也不敢不给这位第一夫人面子,便答应了。

拾　金风玉露

看着侄女一天天长成，虞绍义不禁开始担心起虞懿琳的终身大事来。虞绍义很害怕虞懿琳也像她的姑母虞嬿如一样，虚耗掉不少青春。

可虞懿琳听过金岳霖先生的一番话后，又因赵易铭之事，对男女之情早已看淡，并不着急结婚生子，更愿意在社会中发挥自己最大的价值。

但是该来的总是会来。虞懿琳成为蒋夫人的御用裁缝后，因其优雅的谈吐和丰富的学识深得蒋夫人的喜爱。蒋夫人拟在黄山官邸举办一次舞会，邀请国民党政界、军界高层，以及学界、工商界等居住在重庆的社会名流参加，虞懿琳也收到了舞会的邀请函。

对于这次舞会，虞绍义和柳氏显得格外兴奋，他们都希望虞懿琳能够通过这次机会，成功钓得金龟婿。但是虞懿琳对于这种想法不屑一顾，对母亲道："娘，我又不是那《格林童话》里的灰姑娘，成天灶台锅边地，就想着在舞会上用只水晶鞋钓到王子，改变命运。我这还有很多重要的事情要做呢。"

柳氏是个传统的家庭主妇，听了女儿的话很是不悦，道："灶台锅边怎么了？灶台锅边，相夫教子，才是女人的本分呢。"

虞懿琳赶忙赔笑道："娘，我不是那个意思。我也没说不要嫁人，只是咱们这种人家，就别再想着趋炎附势、攀附权贵了吧。"

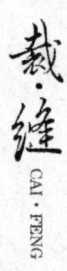

柳氏道:"不说攀附权贵,至少也得是门当户对吧。"虞懿琳道:"娘,这都什么年代了,还讲究这个?"

柳氏道:"娘当初要不是嫁给了虞家,你爹不在了,娘还能在这儿安安稳稳地过日子?怕早就流落街头了吧!这贫贱夫妻百事哀,你打小没受过苦,自是想象不到那受穷的苦处。"

虞懿琳早已听得头大,道:"娘,我知道了。"柳氏道:"知道了就好,赶紧好生打扮打扮吧。"

其实,以虞懿琳清雅秀丽的容貌,窈窕有致的身姿,无须打扮,便已是清水芙蓉。加之虞懿琳气质出众,又精于穿衣之道,在舞会上甫一现身,便引发了无数惊艳之声。

虞懿琳别出心裁,将传统的旗袍样式加以改良,保留立领款式,上衣借用清代马甲的设计,以深蓝色为底,领口和胸前的盘扣用艳粉色,盘扣自颈间垂直至腰间,摒弃了斜襟的款式,腰间用白色、艳粉色和深蓝色三种颜色的丝线绣出一圈牡丹,下摆用粉色绢纱,设计成大摆的款式。当时物资紧张,并不以骨感为美,而以圆润肥满为美。虞懿琳天生玲珑窈窕,加之身量较高,更显瘦削,是以这样的设计巧妙地掩盖其身材上的缺陷。裙装上下一体,两种颜色对比鲜明,别有一番风情。

黄山官邸中权贵云集,趁着正式的舞会还没开始,诸位达官贵人纷纷抓紧时间推杯换盏,纵是之前不和的派系之间,表面上也维系着和谐。虞懿琳并不喜爱这种觥筹交错的场面,独自一人,以手托肘,一手擎了一杯香槟,悠然站在一旁。

不少青年公子见如此美人,都想上前搭讪,却为其清高孤傲的气质所震慑,不敢上前。

正当其他人犹豫时,一位身着军装,肩配少校军衔,二十八九岁的年轻军官径直向虞懿琳走来。那人生得星目剑眉,眉目之间自有一股凛凛威风与浩然正气。此人本就身材高大,身着军装,更显身姿笔挺。

此人就这么直挺挺地朝虞懿琳走了过来,搞得虞懿琳也有些措手不及。四目相对时,虞懿琳却是一惊。

那人走到虞懿琳近前,伸出了戴着白手套的手,对虞懿琳道:"虞小姐,你好。在下符希仲,国民革命军第一百二十一军三六三师二团一营①营长。"

虞懿琳微笑着伸出手,道:"符公子,幸会。"

符希仲真诚地说道:"虞小姐,这么多年,我一直在找你,没想到在这里遇见了你。"

虞懿琳一惊,道:"找我?为什么要找我?"

符希仲道:"因为你是符某的恩人。当年如果不是你唤醒了我,符某如今也许还在沉睡之中,无法以身报国。"

虞懿琳道:"符公子如此说,懿琳真是愧不敢当。国家有难,匹夫有责,这是我等的本分,懿琳何功之有?更何况,符公子血战沙场,报效家国,真为吾等楷模,懿琳又岂敢忝居恩人之位?"

符希仲道:"希仲来之前,便听说夫人身边新来了一位技艺巧夺天工的御用裁缝,没想到真的是虞小姐你。虞小姐谈吐不俗,真令希仲钦佩,不知希仲可否有这个荣幸,邀请虞小姐共舞一曲?"

见虞懿琳点点头,符希仲冲虞懿琳伸出了手,虞懿琳一手搭在符希仲的左手上,一手搭在了符希仲的肩上,此时舞会已正式开始了,随着肖斯塔科维奇的《第二爵士组曲》响起,虞懿琳与符希仲步入了舞池。

原来,符希仲便是当年"一二·九"运动时,虞懿琳出口诘责的路人。当年符希仲自黄埔军校毕业后,对从军逐渐丧失了兴趣。当时符希仲去北平会见友人,恰逢北平轰轰烈烈的学生运动,虞懿琳的一句诘责,让符希仲认识到,连虞懿琳这等弱质女流都奋身报国,身为军人,家国有难,自己更应身先士卒。后来,其兄符希伯在淞沪会战中壮烈牺牲,更激发了符希仲的一腔敌忾之情。

---

① 此番号与邹崇恺、符廷镛等人的部队番号均为虚构。

虞懿琳此生第一次如此近距离地接触军装，左手搭在符希仲的肩章上时，其坚硬的材质与金属的冰凉，倒让虞懿琳心中生起了一丝异样的感觉。

军装可谓一直引领着民国服饰的改革。早在一九〇四年，清朝末年以西法操练新军，便用了西式缝纫法裁制军装。及至民国建立，临时大总统孙中山便于一九一二年颁布了中国历史上第一个彻底西方化、现代化的陆军服制——《军士服制令》。但直到一九三六年一月二十日，国民党颁布《陆军服制条例》后，才将所有军服统一：上衣为中山装，衣领较宽，胸口袋无褶襞，袋盖中央有尖角，胸口袋上缘是平齐的，位于第二颗纽扣处，其他方面则和以前相同。

虞懿琳轻移莲步，在华尔兹舞曲中轻盈地摇摆、旋转。一曲舞毕，符希仲尚是意犹未尽，本拟再邀虞懿琳同舞，谁料一名头戴绢纱礼帽，身穿西式洋装连身裙的年轻女子朝符希仲走了过来，道："希仲，你怎地也不来请我跳舞？"言罢，直接走上前来，挽着符希仲的胳膊，将其拉走，看都没有看虞懿琳一眼。

虞懿琳见状，刚要离开舞池，就被一名青年叫住。"小姐，不知是否有幸共舞一曲？"虞懿琳不好意思拒绝，便微笑着点点头。

跳舞时，虞懿琳因为心思烦乱，连那青年自我介绍的姓名都没有记住，似乎其父亦是一位政界要人。那青年见虞懿琳心不在焉，便笑道："小姐可是喜欢上了刚才那位符先生？"

虞懿琳皱皱眉道："什么？"青年笑道："小姐还不知道吧，这符希仲是一百二十九军军长符廷镛中将的儿子，现在与他跳舞的那位小姐叫邹汝芳，是第一百五十四军军长邹崇凯中将的女儿，也是符希仲的未婚妻。"

虞懿琳笑笑道："是吗？"那青年道："那是自然，他们两人自幼还是青梅竹马，感情好得很。"虞懿琳心不在焉道："哦……"

见自己的话并没有起到太多效果，那青年还待再说什么。此时一曲已毕，只见蒋夫人朝虞懿琳走了过来，那青年不好打扰，便告了声"抱歉"，离开了。

蒋夫人问道："玩得还算开心吗？"虞懿琳微笑道："多谢夫人相邀。"说话间，又有宾客前来找蒋夫人致意，蒋夫人便对虞懿琳道："失陪了，小虞。"

虞懿琳点点头,蒋夫人便离开,转而去招呼旁人。虞懿琳觉得无聊,在旁坐了一会儿,便向蒋夫人告了辞,准备离开。

虞懿琳刚朝门口走去,符希仲便跟了上来,道:"虞小姐要走?"虞懿琳点点头道:"嗯,我有些累了,先回去了。"

符希仲道:"那我送你回去吧。"虞懿琳道:"不必了。"符希仲还要坚持,却见邹汝芳冲上前来道:"希仲,我累了,你送我回去吧。"

虞懿琳见状,便转身要离开,符希仲拦住了她,对邹汝芳道:"我叫冯治平送你回去吧。"邹汝芳皱皱眉道:"什么?"

符希仲道:"我这儿还有事,你先回去吧。"这下邹汝芳真的恼怒了,走上前去,对着符希仲从牙齿缝挤出了几个字,道:"玩玩可以,别太过分!"说罢,又狠狠瞪了虞懿琳一眼,头也不回地走了。

虞懿琳心觉尴尬,没有再说什么,便径直走到衣帽间取自己的大衣。虞懿琳穿了一件蓝紫色华达呢风衣,左右领间对称绣着两只玉兰花,套在虞懿琳当日所穿的衣裙之外,更显出虞懿琳脱俗的美丽。

虞懿琳刚走进衣帽间,符希仲便从侍者手中接过了虞懿琳的大衣,准备服侍其穿上。虞懿琳从未被陌生男子服侍过穿衣,符希仲这样的殷勤令其很不适应。

虞懿琳穿好风衣后,符希仲又一路随着她走出了大门。一辆小轿车停在大门口,一位极为年轻的上尉级别的军官站在汽车旁,见虞懿琳与符希仲出来,赶忙将车门打开,说道:"小姐你好,我叫冯治平。"

虞懿琳礼貌地冲他点点头道:"你好。"虞懿琳尴尬地坐在汽车后座上,一路无话。汽车行驶至一处路口时,司机忽地一个急刹车,虞懿琳的前额差点撞到前排椅背。符希仲皱眉道:"怎么回事?"

司机回头道:"前面突然蹿出了一辆车,横着挡在咱们前头了。"符希仲从窗口向外看去,从前面的车上走下来一位女子,正是邹汝芳。

邹汝芳从车上下来,径直走到符希仲面前,说道:"下车。"符希仲不悦道:

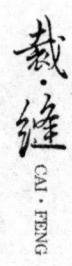

"你要做什么?"邹汝芳道:"我要做什么? 不如问问你要做什么吧。我未婚夫的车上坐了一个来路不明的女子,难道我作为未婚妻,没有权利过问吗?"

符希仲道:"这位是虞小姐,是蒋夫人的贵客。""哦……"邹汝芳故作恍然大悟状,"原来你是替蒋夫人护送她的客人,蒋夫人怎么将这么重要的差事交给了你呢?"

符希仲沉下声音道:"邹小姐,你别闹了。"这话骤然引得邹汝芳大怒,她说道:"邹小姐?!怎么? 当着野女人的面,连我的名字都不好意思叫了?"

符希仲道:"你说话放尊重点,虞小姐并没有得罪你。""姓虞的没得罪我,可是你得罪我了! 这男人婚前想玩玩没什么,可你不能当着我的面这么嚣张吧?"

符希仲道:"汝芳,你我之事回头再说。"又对司机道,"倒车,调头从另外一条路走。"司机按照他的嘱托,绕过了邹汝芳的车。从后视镜中依稀可以看到,邹汝芳立在原地,进退不得,怒不可遏。

及至到达虞氏宅门口,虞懿琳下车后对符希仲道:"感谢符公子相送,您请回吧。"符希仲还待说什么,却见虞懿琳并无挽留之意,只得悻悻离开。

回到家中,柳氏见女儿脸色不好看,便也不敢多问。

一九七九年十月一日那天,本该是举国同庆的日子,可虞曙昇却一直因为工作的事情心烦。虞懿琳安慰虞曙昇道:"别想那些烦心事了。今天是你三十岁的生日,你赵叔叔和冯叔叔两家人要来家里给你庆祝生日。"

虞曙昇摆摆手道:"我都这么大岁数了,还过什么生日?"虞懿琳道:"今儿不正好也是国庆节? 咱们几家人也好久都没在一起坐坐了。"

及至傍晚,赵易铭带着妻子陆秀琴、女儿赵建华,冯治平带着儿子冯思齐、女儿冯思嘉来到虞懿琳家。

冯治平还特地带来了一瓶葡萄酒,是在友谊商店用外汇券买的。赵易铭看后打趣道:"还是你们航天部好啊,老有外国专家来,总能有外汇券买这些洋玩意儿。"

冯治平起义后,随部被编入中国人民解放军第九兵团,这支部队在随后的朝鲜战争中两次入朝作战,立下了卓越战功,也付出了巨大代价。朝鲜战争结束后没多久,冯治平就脱去了军装,转业到航天部工作。

而冯治平的妻子乔依则读了卫校,毕业后一直在医院做护士,一直做到护士长,可谁知在四十五岁那年,忽然被查出罹患了脑癌,冯治平当时倾尽了家财,四处为其求医问药,却终是没能挽救乔依的生命。乔依过世后,冯治平很长一段时间都十分消沉,工作也因此受了不少影响。

尽管如此,冯治平在新中国成立后,依然担负起了照顾虞懿琳和虞曙昇的责任,冯治平总觉得,自己是在替符希仲照顾虞懿琳母子。在虞曙昇的印象中,这位冯叔叔虽说是行伍出身,却丝毫没有粗鲁之气,一直是温文尔雅,脾气很好。

冯治平比虞懿琳小一岁,因此虽说两人如今都已五十余岁,但虞懿琳仍把冯治平当成小弟弟看待,时不时拿他年少时的旧事打趣。但两人议旧事,总是十分默契地回避着什么。

符希仲与虞懿琳的故事,虞懿琳不愿提,冯治平不敢说,虞曙昇便也无从知晓。但是两人自相识起,冯治平便是全程见证者,他虽从不向任何人说起,内心却时常回想起那一幕幕往事。

舞会翌日,虞懿琳在瑞祥昇店中,店里忽然进来了一位穿军装的男子,手中还抱着一个大箱子。店中的伙计拦住了他,道:"先生要买些什么布料?"那人道:"我……我不买布,我找人。"

虞懿琳仔细一看,道:"冯连长,你怎么来了?"

冯治平看到虞懿琳,笑笑道:"虞小姐,这是送给你的。"说罢,将箱子打开,里面是整整一大箱白玫瑰。

虞懿琳皱皱眉道:"这是做什么?"冯治平道:"这是我们符营座送给虞小姐的呀。"

虞懿琳淡淡地说道:"这白玫瑰不是给死人扫墓的时候才带去的吗?为什么要送给我?"

冯治平道:"我们营座说了,这白玫瑰最配得上虞小姐清新脱俗的气质。"见虞懿琳不以为意,又赔笑道,"虞小姐,您别介意了,我们营座他从来没追过女孩子,不懂这个。"

虞懿琳道:"冯连长,若是没有别的事情的话,便请回吧。懿琳店中事务繁多,恕招待不周。"

冯治平道:"有,有事。那个……我们营座今天晚上想请虞小姐共进晚餐,不知小姐方便否?"

虞懿琳道:"今晚?抱歉,今晚不大方便。"冯治平道:"那明晚呢?"虞懿琳立时道:"明晚我也有约了。"

冯治平赔笑道:"虞小姐,您别这样。请您吃饭可是我们营座给我下达的任务,求求您,就当可怜我,帮我完成这次任务,行吗?"

虞懿琳见冯治平不过与自己一般大,十七八岁的年纪,说话办事又甚是机灵,对其甚有好感,见其为难,便不觉心软,叹了口气道:"唉,好吧。"

那冯治平立时雀跃道:"太好啦,今晚六点,我准时过来接您。"

当晚六时,冯治平驾驶着小轿车,准时停在了瑞祥昇门口。虞懿琳一身淡粉色丝绒中袖长旗袍,外搭一件米色披肩,足蹬米色酒杯跟皮鞋,鞋尖处各有一只缎带蝴蝶结。虞懿琳双颊未施粉黛,一双灵动的眼眸,自有一番夺人心魄的美丽。

走进饭店,见到符希仲,虞懿琳瞟了一眼桌上精致的菜肴与餐具,淡淡地说道:"如今重庆物资奇缺,符公子还如此铺张,怕是有些不大合适吧?"

符希仲听闻此言,只得尴尬地笑笑道:"虞小姐教训得是,符某今后定会改正。只是,虞小姐是符某的恩人,今日此番,就算是符某答谢小姐,因此隆重些,还请小姐原宥。"

虞懿琳微笑道:"既是如此,懿琳可否请求公子一件事?"

符希仲道："小姐有何事需要希仲效劳,希仲愿赴汤蹈火。"

虞懿琳道："公子口中我与公子的恩情,今日此番,便算是了结了。从今往后,我与公子便两不相欠了,若是无事,便不必再相见了,也不必再有什么瓜葛。"

符希仲一听此言,面色一变,道："这是为何?"虞懿琳道："什么为何?我不过是个裁缝,公子乃军中才俊,你与我本就无甚干系,更不必牵出什么关联来。"

符希仲深吸了一口气,转过身去,沉默了许久,方才转过身来,似是下了很大决心一般,对着虞懿琳道："可是……可是我想……我想娶你为妻。"

虞懿琳微笑道:"这便更是荒唐了,你我不过只有两面之缘,符公子便说要娶我,未免对自己的终身大事太过草率了吧?"

符希仲赶忙纠正道:"是三面!"虞懿琳失笑道:"好吧,公子若非将'一二·九'那天也算在内的话,那便是三面。可即便是三面,那又如何呢?"

符希仲道:"'一二·九'之后,我一直在找你,后来我去过北平瑞祥昇店里,却没有找到你。"

虞懿琳道:"你去过瑞祥昇店里找我?"符希仲点点头道:"不错。可惜后来家父召我回南京参战,我想国难当头,的确不能再坐视了,便离开了北平。"

身着中山装的符希仲曾与虞懿琳在瑞祥昇店中擦肩而过,当时令符希仲遗憾不已。符希仲道:"我当时没想到还能再碰见你,如今你我在重庆重逢,这便是上天的有意安排,我……不想再与你错过。"

虞懿琳道:"符公子乃国之栋梁,令吾等敬佩。只是……"符希仲道:"只是什么?"

虞懿琳笑笑道:"只是懿琳实是不愿与有家室的人有什么不清不楚的牵扯,至于符公子刚才说的,则更是无稽之谈。懿琳虽非出身于官宦人家,亦是大户人家之女,还不至于下贱到与人为妾。"

符希仲惊道:"虞小姐这说的是什么话?符某何时有了家室?"见虞懿琳只是淡淡微笑,并不答话,符希仲又道:"虞小姐难道指的是邹小姐?"

虞懿琳依旧没有答话,只是轻抿了一口杯中红酒。符希仲深吸了一口气道:"不错,我与邹小姐是青梅竹马,两家父母也有相许之意,但我并不想娶她。那日我送你回家之后,便前去找她,和她提了退婚事宜。"符希仲说到这里,似乎欲言又止,却强行止住了话。

可虞懿琳还是不禁追问道:"那她可否同意?"符希仲没有答话,只是摇了摇头,又道:"不过婚姻之事,本就是你情我愿,不是一厢情愿便可结为婚姻的。她不愿退婚,我慢慢说服她便是,虞小姐不必为此事忧心。"

虞懿琳浅笑道:"怕即便是她同意退婚,令尊与邹小姐的父亲也不会同意吧。"符希仲默然不语。

虞懿琳淡淡地道:"抱歉符公子,我有些累了,便先告辞了。"虞懿琳起身离席,符希仲道:"那我送虞小姐回去。"

谁料刚一出门,立时警报声大作。冯治平赶忙上前道:"营座,不好了,日本人又来轰炸了,赶紧找地方躲躲吧。"

虞懿琳一抬眼,只见远方天空中一排排日军战机伴随着巨大的轰鸣声朝自己所在的地方飞来。

最近的防空洞离虞懿琳符希仲所在的地方尚有距离,符希仲拉着虞懿琳一路朝着防空洞跑去,只见街上的人流纷纷往防空洞的方向拥去,及至虞懿琳她们赶到时,防空洞已是人满为患。

符希仲对虞懿琳道:"进不去了,我们只能找别的地方躲躲了。"说罢,准备拉着虞懿琳跑离,却听得虞懿琳"哎哟"一声,符希仲忙道:"虞小姐怎么了?"

虞懿琳咬紧了嘴唇道:"没,没什么。"符希仲一低头,见虞懿琳一足已跛,急道:"虞小姐脚崴了?"

虞懿琳道:"没什么,快走吧。"说话间,日军飞机投下的一枚炸弹正朝离虞懿琳不远处落下。符希仲眼见炸弹落下,立刻一把扑向虞懿琳,将虞懿琳紧紧护在身下。耳听一声巨响,炸弹将距二人不远处的房屋瓦砾砖块炸得四散。

过了许久,虞懿琳才从厚厚的灰尘中抬起头来。符希仲也起身,扶起了虞懿琳,关切地问道:"虞小姐,你没事吧?"

　　虞懿琳惊魂未定,一抬眼,望见街边的电线杆上,竟挂了一条被日军炸弹炸飞的、血淋淋的却又沾满炮灰的人腿,虞懿琳不觉失声惊呼。符希仲也抬头望了一眼,倒未觉得怎样,毕竟战场上的断臂残肢委实太多,早已见怪不怪。符希仲赶忙扶着虞懿琳行至他处。

　　虞懿琳这才想起拂去身上的尘土,缓缓地说道:"我没事,符公子没事吧?"符希仲皱皱眉道:"没事。"虞懿琳看出不对,再仔细一看,符希仲右臂肘间已被鲜血浸湿。

　　虞懿琳大惊,符希仲笑笑道:"不过就是流弹片而已,没什么大碍。"虞懿琳妙手裁衣,迅速将随身携带的手绢撕开,为符希仲包扎好伤口。

　　虞懿琳道:"符公子赶快去医院看看吧。"符希仲道:"真的没什么,跟战场上比起来算什么呢?还是先送虞小姐回家吧,外面太危险了。"

　　虞懿琳回到家中后,柳氏见女儿灰头土脸,知道遇见了轰炸,赶忙道:"娘一听飞机响,一想你还在外头,担心得不得了。琳儿,最近日军轰炸得这么频繁,你还是少出去吧。"虞懿琳点点头,心中却一直担忧着符希仲的伤势。

拾壹　阳明之计

这次轰炸整整持续了两日,重庆境内的报馆都在轰炸中化为了瓦砾,在重庆的《时事新报》《扫荡报》《新蜀报》《商务日报》《大公报》《红星日报》《国民公报》《新民报》被迫合作发刊,名曰《重庆各报联合版》。

一日,家中用人来报道:"小姐,外头有人想见您,说是姓符,还是位军官呢。"虞懿琳心道:这个符希仲,还真是执着,都找到我家里来了。面上却道:"请他进来吧。"

符希仲一进门,虞懿琳便关切道:"符公子的伤怎样了?"符希仲道:"早无大碍了。唉,可叹希仲一介热血之躯,却无法上阵杀敌,只能屈居于此,真令人着恼!"

虞懿琳道:"符公子身为军人,自然应当服从军令。如今委员长未派贵部出征,自然有他全局的考虑。"虞懿琳话虽如此说,但隐隐也有对政府当局不积极抗日的不满。

虞懿琳又道:"可叹懿琳身为女子,无法上阵杀敌,真可谓报国无门。"符希仲道:"似虞小姐这等美人,应教人好生怜惜保护才是,谁又能忍心让虞小姐以身犯险呢?"

虞懿琳忆起了林徽因"林下美人"之事,当即对符希仲的话语表达了反驳:

"符公子这话的意思难道懿琳是个一无所能的绣花枕头吗?"

符希仲赶忙道:"虞小姐误会了,希仲不是这个意思。希仲知道虞小姐才华横溢,又深明大义,只是希仲一见虞小姐,便心生怜惜之情,符某只愿此生好生保护小姐。"

见虞懿琳低首不语,符希仲又道:"符某今日前来,是听蒋夫人说虞小姐身体有恙,特地前来看望小姐的。"

虞懿琳笑笑道:"是这样的,近日日军轰炸频繁,家母担心我的安危,我便和蒋夫人称病,未再去黄山官邸。"

符希仲道:"原来如此,虞小姐身体康健便好。"虞懿琳点点头道:"嗯。"

符希仲环顾四周,见中式陈设的会客厅中,竟有一架钢琴,钢琴旁,还有一架古筝。符希仲问道:"小姐平日喜欢抚琴?"

虞懿琳笑笑道:"这都是这栋宅子原先的主人留下的。那人离开时嫌这些物件笨重,不方便携带,想要就地变卖,我见是极好的东西,便直接买下了。我上中学时响应新生活运动的号召,中西兼修,便同时学习了钢琴和古筝。后来去联大读书便荒废了多年,如今技艺早已生疏,不过能够聊以自娱,教符公子见笑了。"

符希仲道:"虞小姐德才兼备,才华横溢,令符某仰慕不已。"虞懿琳笑道:"符公子此言说得懿琳愧不敢当。"

说话间,柳氏自内室中出来。符希仲忙起身道:"这位便是伯母吧,伯母好,我叫符希仲。"柳氏见符希仲生得丰神俊朗,心生欢喜,忙道:"符公子,你好。我常听琳儿说起你,果然是一表人才。"

虞懿琳闻言一惊,心道我何时提起过此人了。符希仲倒并未揭穿,道:"那符某真是荣幸至极。"

虞懿琳生怕母亲将此事当真,赶忙道:"符公子若是无大事的话,我便送符公子出去吧。"柳氏嗔道:"符公子刚来,坐了没一会儿,怎地就要赶人家出去?"

虞懿琳道:"符营长军务繁忙,自然不能在此多待。"

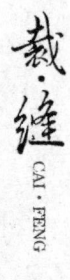

符希仲见虞懿琳不愿挽留自己,便也不再强留,道:"既是如此,符某便告辞了。伯母,希仲有空再来看您。"

符希仲走后,柳氏对虞懿琳道:"琳儿,这就是那位将军的儿子吧?"虞懿琳一惊:"娘,你怎么知道?"柳氏狡黠地笑笑,道:"你的事娘自然是万分关心的。店里的伙计都跟我说了,琳儿,此事你可要好好把握啊。"

虞懿琳皱皱眉道:"娘,你瞎说什么呢?此人和我一点关联都没有。"柳氏笑道:"琳儿,娘都听说了,他家世显赫,自己又是军中最有前程的年轻军官。难得的是,他对你一片痴心,琳儿,听娘一句,你嫁给他错不了。"

柳氏又道:"更何况,咱们瑞祥昇虽说是百年老字号,招牌响当当,但迁来重庆后,毕竟人生地不熟,况且如今时局动荡,咱们家也需要有个强有力的靠山啊。"

虞懿琳皱眉道:"娘,你要拿我当联姻的牺牲品吗?"柳氏道:"娘怎么会是这个意思?那符公子若不是倾心于你,娘才不会教你嫁他。再者说,娘可是过来人,别以为娘看不出来,你对那符公子也是有意的。"

虞懿琳脸颊有些发烫,嗔道:"娘,你说什么呢?"柳氏叹了口气道:"琳儿啊,这女人一生,能碰上个真心实意对你的人不容易,你一次不珍惜、两次不珍惜,到了第三次,老天爷恐怕就不会再给你这样的机会了。"

虞懿琳低头道:"娘,我明白了,我再好好想想。"

虞懿琳因向蒋夫人告了假,一直在店中为其缝制旗袍。瑞祥昇店中迎来送往,虞懿琳却不为所动,专心缝制手中的旗袍,直到一个人的到来打破了她的平静。

虞懿琳与来人虽只见过一面却是印象深刻。邹汝芳生得并不算难看,却也算不上美丽,举手投足间,透露出了符合她身份的大家小姐应有的气度。

虞懿琳见邹汝芳不理会店中伙计的招呼,径直朝自己走来,便抬起了头道:"邹小姐找我?"

以邹汝芳的家庭出身,她自然是留洋归来,受过良好教育的。但因其家有军中的高层背景,邹汝芳自然有一种骄纵之气。邹汝芳道:"你就是虞什么琳?"

虞懿琳微笑道:"在下虞懿琳,邹小姐有何指教?"

邹汝芳道:"都说你瑞祥昇的名气大,我想做身衣裳。"虞懿琳道:"邹小姐想做身什么衣裳?"

邹汝芳道:"我想做一身衣裳,胸前绣一朵红玫瑰,玫瑰就如我一般娇艳欲滴。我的心情好时,它便迎风盛放,我的心情不好时,它便低首凋谢。让我的男人看到它,便知我的心情好坏,好时时刻刻哄我开心。"

虞懿琳微笑道:"邹小姐,你这个要求在下怕是做不到。"邹汝芳哼了一声道:"看来瑞祥昇也不过是徒有其名,亏得还忝居着蒋夫人的御用裁缝。"

虞懿琳最厌恶旁人说瑞祥昇的不是,面上却不发作,道:"这只能说明邹小姐的要求比蒋夫人还要高。"邹汝芳皱眉道:"你这话是什么意思?"

虞懿琳道:"在下的意思是,邹小姐要的衣裳是任何人都做不到的,邹小姐是强人所难了。人生在世,很多事情不能强求,特别是不是你的东西,强求也是强求不来的。"

邹汝芳道:"这话应该是我对你说才是吧?!你不过就是一个裁缝,不要总想着攀龙附凤!"

虞懿琳微微一笑,道:"此事就不劳邹小姐费心了。邹小姐若是无大事的话,在下店中事务繁忙,恕不远送。"

邹汝芳冷哼了一声,转身离去。

其实,虞懿琳并不是没有对符希仲动心。以符希仲的玉树临风,又痴心一片,很难有女子抵抗得住。只是虞懿琳自幼丧父,心中难免有些自卑之情,不愿教旁人说自己是攀龙附凤之辈。

可是如今邹汝芳如此公然挑衅,激发了虞懿琳的好胜之情。虞懿琳自幼聪慧,在学校时成绩总是第一,早已养成了事事争锋的习惯。更何况,虞懿琳自幼嗜衣如命,以自己有一双裁剪缝制妙手为傲,对于裁缝这个职业,更是无比尊崇。此刻见邹汝芳公然贬低自己的裁缝身份,自然是不能容忍。望着邹汝芳的

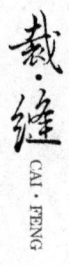

背影,虞懿琳攥紧了手中的剪刀,低声道:"侮辱我瑞祥昇,你一定会后悔的。"

符希仲向父亲表达了自己想迎娶虞懿琳的意愿,遭到了父亲符廷镛的强烈反对。符廷镛道:"我与崇凯兄如今虽深得委员长倚重,但仍是势单力孤,如今陈诚系虎视眈眈,你若是娶了邹小姐,两家关系稳固,才能方便你更好地在军中发挥才华。"

符希仲道:"可我并不喜欢邹小姐,希仲心中喜欢的人是虞小姐,只有娶了虞小姐为妻,我才能更好地生活,只有生活舒心,才能更好地在军中效力。"

符廷镛摇了摇头,叹了口气道:"希伯为国捐躯,希叔年纪尚幼,如今为父也只有指望你了。"

符廷镛提起符希仲在淞沪会战中牺牲的大哥,令符希仲心中感喟,只得劝慰父亲道:"父亲节哀,哥哥不会白死的,希仲定会为哥哥报仇的。"

符希仲在父亲处碰了钉子,心情低落,也不好再去找虞懿琳。

这边虞懿琳回到了黄山官邸,将新缝制的几件旗袍交给了蒋夫人。蒋夫人看后很是满意,但并没有试穿,便教人收了起来。

虞懿琳道:"夫人,懿琳有话,不知当讲不当讲。"蒋夫人道:"哦?说来听听。"虞懿琳道:"那日懿琳远远见到委员长,身上的衣衫已是半旧,如今抗战物资紧缺,委员长身先士卒厉行节俭,令懿琳心中很是感动。然而,委员长毕竟是一国之统帅,委员长的衣装关乎四万万国民之颜面,还是应如夫人一般,时时刻刻,保持端庄体面为上。因此懿琳想向夫人申请,为委员长裁一身衣裳,不知懿琳可否有这个荣幸?"

蒋夫人笑笑道:"说了这么半天,原来你还想做委员长的衣裳,好吧,我这便带你去见他,看看委员长愿不愿意穿你做的衣裳。"

虞懿琳第一次近距离单独见到这个中华民国地位最高的人,心中还是难免紧张,面上的笑容已有些僵硬:"委员长。"委员长微微欠了欠身,操着他特有的溪口方言答道:"虞小姐,久闻大名啊。"

虞懿琳道:"委员长说笑了,还请委员长允许懿琳为您量体。"委员长点点头。虞懿琳刚从包中掏出尺子,一本线装的《王文成公全书》从包里掉了出来,正好掉在了委员长的脚下。

委员长低头一看,虞懿琳赶忙将其捡起,委员长好奇地道:"你也喜欢看阳明先生的书?"虞懿琳笑道:"是,懿琳平生最崇拜阳明先生。"说罢,羞涩地将书收起。

委员长道:"哦?那你倒说说看,你对阳明先生的学说是如何理解的?"

虞懿琳道:"懿琳岂敢在委员长面前班门弄斧。"委员长道:"年轻人肯学习阳明先生的哲学,是再好不过的,不妨说来听听。"

虞懿琳含羞一笑道:"懿琳拙见,有辱委员长清听。孟子有云,富贵不能淫,贫贱不能移,威武不能屈,阳明先生真正达到了亚圣的要求。面对朝中刘瑾的威逼,先生没有屈服,面对贵州龙场的险恶环境,先生能悟出'圣人之道,吾性自足,向之求理于事物者误也'。大权在握时,亦是始终将国家大义放在首位。仰不愧于天,俯不怍于人。能做到这两句的人很少,可是王守仁先生做到了。王守仁先生胸怀天下,心系黎民苍生,难得的是,他并不只是一个闭门做学问的书生,其在军事上的成就,亦非常人所能及。平定宁王朱宸濠一役就是阳明先生心学'知行合一'最好的体现。也正是因为此,阳明先生每每都能不战而屈人之兵。"

委员长点点头道:"你对阳明先生思想的研究有几分深度了。唉,只可惜如今内忧外患,国中却无阳明先生这样的良将,为我内除'赤匪',外御日寇。"虞懿琳道:"懿琳倒以为,'赤匪'并非最大的内患。"

委员长皱眉道:"哦?"虞懿琳赶忙诚惶诚恐地道:"懿琳胡言乱语,还请委员长原宥。"

委员长淡然道:"但说无妨。"

虞懿琳小心翼翼地道:"懿琳读书时,对《明史》甚感兴趣,一方面是因崇拜阳明先生的缘故,另一方面,也是由于'崖山之后无中华',明代也是最后一个汉人建立的封建王朝。纵览《明史》不难发现,明朝王室最大的威胁并不是来自民

拾壹 阳明之计

间,而是皇室和权臣。从燕王朱棣,到安华王朱寘鐇、宁王朱宸濠,到刘瑾、江彬,无一不是拥兵自重。这其中,犹以明朝初年的胡惟庸为甚。胡惟庸乃明朝开国功臣,他与太师李善长相勾结,将其兄之女嫁与善长的侄子李佑为妻。两人在朝中勾结专权,图谋起事,最终事败被诛。可见权臣的危险尤甚匪类,若再以姻亲勾结其他朝臣,则危害更甚。"

委员长道:"想不到你一介小小女子,对于政治倒是颇有几番见解。"虞懿琳赶忙道:"懿琳不过是随口胡说罢了,若有不当之处,还请委员长见谅。"

委员长道:"那你倒说说看,你对如今之势,有何看法?"虞懿琳知道,这是个极度敏感的话题,若是回答稍有不慎,便有杀身之祸。

虞懿琳道:"懿琳不过是个裁缝,岂敢议论国事?"委员长道:"我就是想听听像你这样的普通百姓,是怎么看待党国的?"

虞懿琳越发小心地道:"委员长的军事天赋,可与阳明先生媲美。然而如今社会上不少报刊都说,军内派系斗争严重。不过依懿琳看来,此事定是谣传,先生是当今真正实现了阳明先生'知行合一'的人。"

虞懿琳从黄山官邸出来,回到瑞祥昇,却见到符希仲在瑞祥昇店门口逡巡,一直没有走进。

虞懿琳走上前去道:"符公子有事吗?"符希仲见到虞懿琳,先是一喜,后又黯然道:"虞小姐,我……家父说,我与你的婚事,恐怕还得缓缓。"

虞懿琳笑道:"令尊教符公子娶邹小姐吧?"

符希仲一惊,复又神色黯然地点点头。虞懿琳微笑道:"令尊定有令尊的考虑,符公子还是以大局为重。懿琳能得符公子爱重,已是此生有幸。"

符希仲道:"虞小姐真的这么想?"虞懿琳点点头道:"不过我有一事想要提醒符公子。"

符希仲道:"什么事?"虞懿琳道:"符将军与邹将军均是委员长的爱将,若是两家联姻不向委员长汇报,怕是不妥。"

符希仲沉默不语,过了许久方才道:"家父不许我娶你,虞小姐却如此为家父考虑,希仲真不知该说什么好。"

虞懿琳笑了笑,未再答话,转身走进了瑞祥昇。符希仲离开后,虞懿琳望着他的背影,嘴角浮起了一丝不易察觉的微笑。

符廷镛自黄山官邸回来后,面色甚是难看。符希仲道:"委座怎么说?"符廷镛道:"我本以为委座会很看好这桩婚事,谁料崇凯兄刚一提及此事,就遭到委座的一顿呵斥,痛斥崇凯兄与为父拉帮结派,我二人便不敢再多言。唉,看来你与邹小姐的婚事,怕是要作罢了。"

瑞祥昇店内,虞懿琳放下了手中的活计,抬眼道:"符公子找我有事?"符希仲面露喜色道:"虞小姐有空吗?我想和虞小姐单独说几句话。"

虞懿琳随着符希仲来到了茶楼的包厢中坐下,符希仲道:"虞小姐,家父同意你我的婚事了!"

虞懿琳轻晃着茶盏,悠然道:"哦?是吗?"符希仲道:"委座不同意我与邹小姐联姻,我便趁机再向家父提及你我之事,家父便同意了。"

虞懿琳微微一笑,未有答话。符希仲有些着急,道:"虞小姐可是不愿意嫁给符某?"

虞懿琳面颊升起了两团红晕,但瞬间又消失不见,道:"没有。懿琳早就说过,此生能得公子爱重,是在下的荣幸。"

符希仲奇道:"那虞小姐为何听闻此消息,反倒有些闷闷不乐?"虞懿琳沉默了一阵,方才道:"如果我说,委员长反对你和邹小姐的婚事,此事与我有关,你会怎样看待我?"

符希仲道:"嗯?"虞懿琳续道:"委员长乃一国之统帅,又怎么会无缘无故干涉起符公子的家事?是懿琳不愿公子迎娶邹小姐,方才在委员长面前'进谗',破坏了公子与邹小姐的婚事。"

符希仲听完后,未有愠怒,却微微一笑道:"虞小姐果然非同凡响,聪慧果断,异于常人。希仲的确没有看错人。"

虞懿琳道:"符公子如今知晓了真相,可曾后悔?"符希仲道:"怎么会?我感

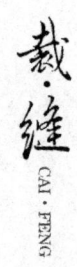

谢你还来不及。"

虞懿琳好奇道："我设计摆了令尊一道,你还要来感谢我?"符希仲道："你虽然身为蒋夫人的御用裁缝,但毕竟接近委座的机会不多,你能够冒险在委座面前进言,足见你对希仲用情之深,希仲深是感激。"

原来虞懿琳早知委员长对王阳明甚是推崇,早在一九〇八年,一位来自浙江的留学青年,在日本目睹了王阳明的流行。他在日后的自述中记载道:"我早年留学日本的时候,不论在火车上、电车上或渡轮上,凡是旅行的时候,总看到许多日本人都在阅读王阳明的《传习录》,许多人读了之后,就闭目静坐,似乎是在聚精会神、思索精义。"

这位有志青年,当时名为蒋志清,后来他研究王阳明著作,以王阳明的名言"大中至正"改名为蒋中正,他后来更习惯被国人称为蒋介石。

一九三二年,蒋介石对青年演讲《中国的立国精神》:"要知道日本所以致强的原因,不是得力于欧美的科学,而是得力于中国的哲学。他们日本自立国以来,举国上下,普遍学我们中国的是什么?就是中国的儒道,而儒道中最得力的,就是中国王阳明'知行合一''致良知'的哲学。他们窃取'致良知'哲学,便改造了衰弱萎靡的日本,统一了支离破碎的封建国家,竟成了一个今日称霸的民族。"

蒋介石把王阳明的心学奉作立国精神,且将"知行合一"与孙中山的"知难行易"结合起来:"总理所讲的'知难行易'的'知',同王阳明所讲的'致良知'与'知行合一'的'知',其为知的本体虽有不同,而其作用是要人去行,就是注重行的哲学之意,完全是一致的。"

虞懿琳因此故意引出王阳明的话题,引用明朝故事,暗示军中有人借联姻之名拉帮结派,可谓是煞费苦心。

虞懿琳对符希仲道："当然,以委员长的雄才大略,我一介女子的几句闲言碎语,定然是改变不了他的心意。他之所以会这么做,恐怕是心中对令尊以及邹将军早有顾虑。"

符希仲点点头道:"我明白,多谢提醒。"复又上前握住了虞懿琳的手,道:"虞小姐,请允许我叫你一声懿琳。懿琳,你放心,你若嫁我为妻,希仲定会好好珍惜你,此生定不会负你。"

虞懿琳道:"懿琳此生,能得君爱重,甚是感激。唯愿此生,相敬相惜,现世安稳,永不相负。"

拾贰　嫁入将门

列车进入北京站了,虞曙昇将自己从回忆中拉回了现实。是啊,自己就摊上了这么个出身,也是没有办法的事,要说母亲这一辈子也不容易……虞曙昇晃了晃头,强制自己不再回忆过去,只想眼下。

不管怎么说,虞曙昇这趟北大荒之行还是有些收获的,他一进门便对虞懿琳道:"妈,听说苏联人现在特缺生活用品,是这么回事吗?""你怎么突然想起问这个了?""你在国际部肯定了解不少这方面的事儿吧?赶快跟我说说。"

虞懿琳叹了口气道:"从目前了解到的情况来看,应该是这样的。苏联自新中国成立以来一直将本国大量的资源投入军事重工业当中。但是,从根本上而言,相较于西方,它的经济效率低下,科技水平落后。在与西方的较量中,它只能选择提高对军事重工业的资源投入比率,用投入换产出。这极大地压缩了民用轻工业、食品业的发展,这便出现了普遍性的民用产品紧缺。"

虞曙昇点点头道:"怪不得我们连长在边境把日用品卖给老毛子,赚了不少钱。"虞懿琳猜出了儿子心中所想:"怎么?你从北大荒回来,就惦记上干这个了?这风险可太大了!"

虞曙昇无所谓地笑笑:"风险越大,利润越大,不冒风险怎么能赚到钱?妈,你这阵子帮我留意留意,现在苏联那边最缺什么,卖什么利润最高。我也去找找我们连长,看看他有什么好的建议。"

虞懿琳道:"你是让你妈给你当情报员啊。"虞曙昇笑道:"那怎么了,你原先不就是干这个的?"怕虞懿琳想起旧事,虞曙昇赶忙把笑容一敛,道,"这不叫情报员,你这是在帮助社会主义大好青年,和邻国处在水深火热中缺衣少穿的老百姓。"

虞曙昇辗转联系上了旧日的连长李海生,第二次踏上了黑土地。李海生较过去发福了不少,但面色却较过去红润了许多,显然是婚后生活十分滋润。李海生一见虞曙昇,十分激动,捶了他几拳,又紧紧抱住了他:"嘿嘿,你小子!"

李海生领虞曙昇回了自己家。虞曙昇一进门,李海生就指着一位金发碧眼的中年女性对虞曙昇道:"你嫂子,她俄文名叫沙耶莫娃,中文名跟我姓,叫李莎莎。"虞曙昇对其点头问好道:"嫂子好。"

当初赵铁柱是这么跟虞曙昇介绍这位沙耶莫娃的:"那个苏联妞儿连长带回来过一次,我们都见过。嗬,那大长腿,小细腰,金头发,蓝眼睛,高鼻梁儿,别说,模样还真是挺俊。啧啧,跟咱这旮儿的妞儿比,还真是不一样,那小鹅蛋脸,白白嫩嫩的,怪不得连长被她迷得五迷三道的。"

虞曙昇再看面前这位沙耶莫娃,腰同肩粗,脸色红里泛着些暗黄,皮肤也粗糙得很,个子倒是高,站起来和虞曙昇几乎不相上下,但身材的粗壮却让这样身高的女人失去了女性应有的娇美。虞曙昇心中暗忖,别说是和她年龄相当的薛柠了,就算是年近花甲的虞懿琳,看起来也比她赏心悦目许多。

李海生似乎看出了虞曙昇心中所想,趁着妻子去厨房的工夫,咧嘴笑笑道:"嗨,她们那儿的女人都是这样,一生完娃就跟变了个人似的,模样跟年轻时差得老远。但我也知足,这些年要是没有她,我也过不上这日子。"

虞曙昇见沙耶莫娃回来了,赶忙从包里掏出一个小纸包,递给沙耶莫娃:"我本想给嫂子买件衣裳,但也不知道嫂子的尺码,就在商场里给嫂子挑了条纱巾,也不知道嫂子喜欢不喜欢。"

沙耶莫娃兴致勃勃地拆开来看,那是一条红底白印花的方巾,沙耶莫娃戴

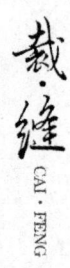

上后,肤色倒是提亮了不少。她笑着用有些生涩的中文道:"很漂亮,谢谢你。"其实虞曙昇并不会买这女人家的玩意,还是叫虞懿琳替他挑的。

李海生笑了笑道:"谢谢你啦,小子,还是你们北京好啊,啥稀罕物什都能买得着。不像俺们这儿,除了有点粮食,啥也没有。"

虞曙昇赶忙接道:"听说你把暖壶什么的卖给苏联边境上的人,挣了不少钱?"李海生道:"是啊,苏联现在不行了,国内啥用的也没有,老百姓的日子苦着呢。怎么,你也打上这主意啦?"

虞曙昇点点头道:"我回家后,一直没找到正式工作,我就寻思着,能从北京买点什么卖到苏联去。"李海生沉吟了一阵,道:"北京跟俺们这儿不同,北京是首都,啥稀罕物都有,就比如……就比如你这丝巾,对,这苏联老娘们也爱美不是?要不你倒腾点穿的戴的,保证能有不少人买。"

虞曙昇回到北京后就马不停蹄地开始筹备,但他发现,商场里的成衣价格,远高于在裁缝店自己制衣的价格,而一件好一点的的确良衬衫无论如何都要十几元。二十世纪八十年代初期,当时的城市职工平均工资只有四十元,衣裳算是不折不扣的奢侈消费品,如果按这个进价倒卖到苏联,不仅不好出手,利润也十分微薄。

回到家中,虞曙昇有些沮丧,打开收音机,想从新闻中寻找灵感。他的眼睛突然定住了,那是一台"红灯"牌收音机。在那个年代,结婚流行要"三转一响"——缝纫机、手表、自行车和收音机,这是每个人家都求之若渴的东西。

虞曙昇把自己的想法告诉了虞懿琳,虞懿琳叹了口气道:"既然你打定主意非要干这个,那就试一把吧。"

虞曙昇挠挠头道:"就是这个启动资金……"虞懿琳白了他一眼道:"我就知道!"虞懿琳从柜子里取出了一个漆盒,从盒中掏出了一个小布包,虞懿琳将布包打开,里面不多不少,整整五百元。

虞曙昇注意到,那个漆盒里还有一个镜框,里面是身穿婚纱的虞懿琳跟一个身穿军装的男人的合影。虞曙昇知道,那个男人就是他的父亲。

虞懿琳为虞曙昇拿钱的时候,眼光很自然地就落在了那张照片上,她迅速将眼神移开,快速取出装钱的小包,并重重地将漆盒合上。尽管如此,婚礼那天的情形,还是不由得浮现在她眼前。

由于虞懿琳与符希仲都非基督教徒,因此并未选择在教堂举办婚礼,而是选在了重庆著名的皇后饭店。该饭店是由国民党军统特务许忠五开办。礼堂内鲜花锦簇,中间挂孙中山像,两旁国旗、党旗,参加婚礼者八百余人,由委员长担任主婚人,何总司令担任证婚人,来宾中,中将四十五人,少将一百余人。

乐队奏响门德尔松《结婚进行曲》,符希仲身着陆军常服,由男傧相符希叔、冯治平陪同走出。虞懿琳的长发盘起,颈上配一串珍珠项链,身着芍药白色蝴蝶袖软缎的大摆礼服长裙,腰部收束,裙摆直垂脚面,头戴珠冠花环,脚蹬高跟皮鞋,披有五米的白色罩纱,用珠花固定在耳边,头戴一个花蕾珠宝编成的小花冠,手捧粉红和雪白相间的玫瑰花,挽着虞绍义的手臂走出,前有四位女傧相。虞嬿如与陈安和的儿子陈秋明、女儿陈秋君随在身后司纱。

全体宾客向孙中山像三鞠躬,由何应钦宣读证婚书,证婚人、主婚人、结婚人依次用章,新郎新娘交换戒指,相对一鞠躬,向证婚人、主婚人及来宾各一鞠躬,婚礼仪式在乐曲声中完成。

随后,虞懿琳换了一身银白色丝织旗袍,手挽符希仲,向到场来宾一一敬酒还礼。

婚礼结束后,虞懿琳随符希仲乘坐汽车回到符希仲家中。符家所居是依照国民政府官邸的级别修建,是独院式二层砖木结构花园住宅,以楼房与花园构成。舶来的英式洋楼原汁原味,院墙为实墙,符合了房主人深居与私密的要求。外墙饰以灰色鹅卵石,屋顶铺以红色鸡心瓦;楼前朝南是正方形的草坪,整齐而精致,三面环绕着香樟、松柏等树木,延伸出的葡萄藤与楼房水乳交融。正对着草坪的是露台门廊,门廊内冬暖夏凉,四把藤椅四角而置,与楼下客厅、餐厅相通,是会客与家庭聚会的绝好场所。

由于建筑的主人身居要职,因此官邸集居住、办公和军事于一体。英式洋楼一层办公,二层居住,互不干扰。符希仲与虞懿琳的新房就在二层,由于虞懿琳的来到,房中特地添置了一张梳妆台。

卧房墙上挂着两人之前在照相馆特地拍的结婚照。相片中符希仲身着陆军常服,站姿挺拔伟岸,英气逼人,上衣兜中露出了金色的怀表带,那是订婚时虞懿琳送给他的瑞士镀金怀表,表的背面刻有缠枝花纹。虞懿琳温柔娴静地坐在符希仲身侧,身穿牙白色鱼尾旗袍式礼服,衣领保留旗袍的款式,鱼尾式的裙摆恰到好处地衬托出了虞懿琳曼妙的腰臀曲线,礼服的肩部捏满细褶,袖子好似花瓣一般垂在肩头,下摆有如一朵盛放的太阳花,头披西式白纱,无名指戴有一枚镶嵌金绿猫眼石的戒指,那是符希仲送给她的订婚戒指。

虞懿琳推开房门的一刹那,看到房中床上铺满了红玫瑰花瓣,屋内花香袭人。符希仲有些不好意思地道:"我记得我送你白玫瑰反倒惹得你生气,这次便换了红玫瑰。"

虞懿琳知符希仲戎武之人,并不擅此花前月下之事,能够做到如此地步,实是不易,心里甚是感动。

房门关上后,符希仲双手揽住虞懿琳的纤腰,虞懿琳双手搭在符希仲的肩上,自后环住符希仲的脖颈。四唇相接时,虞懿琳能清楚地听到来自符希仲胸口有力的心跳声。

在符希仲的怀中,虞懿琳体会到了从未有过的感觉。看到符希仲,虞懿琳感觉好似有一股电流自头顶通到脚底,这是任何人都不曾带给她的愉悦与满足。虞懿琳心想,也许自己明白了金岳霖先生所说的"喜欢"和"爱"的区别。

在玫瑰花瓣的包裹下,符希仲与虞懿琳真正实现了灵魂与肉体的水乳交融。然而,芙蓉帐暖,春宵苦短之时,符希仲与虞懿琳都没有想到,这是他们此生第一次,也是最后一次,平静地享受岁月静好的夫妻生活。

就在新婚之夜的第二天,符希仲便接到军令,跟随部队紧急开拔。

原来日军第十一军为打击中国军队的抗战意志,消灭中国第九战区部队,集中第六、第三十三、第一〇一、第一〇六师团及三个旅团约十万兵力,在司令官冈村宁次的指挥下,采取奔袭攻击的方针,发动了湘赣会战,进攻长沙。

为打破日军战略企图,国民党第九战区代司令长官薛岳指挥十六个军三十多个师约四十万人的兵力,采取逐次抵抗诱敌深入的作战方针,计划在长沙附近赣北、湘北、鄂南三个方向消灭进攻的日军,史称第一次长沙会战。

符希仲的部队也在此列。人道"小别胜新婚",但新婚次日即遭遇这样的离别,对于夫妻双方来说,都是莫大的痛苦。此一别,不仅不知归期,更有可能生死相诀,对于虞懿琳来说,不能不说是残忍。

但虞懿琳平静地接受了这一切,并且认真细心地为符希仲整理行装。符希仲不忍道:"懿琳,我真是对不住你。"

虞懿琳温柔地笑了笑道:"既然我选择了嫁给你,就是选择了这种生活,无论今后的生活是苦是甜,是顺利还是坎坷,我都甘之如饴。更何况,如今国难当头,我不能如你一般上阵杀敌,这也是我能为你,为国家,为民族,为抗战,唯一能做的事了。"符希仲道:"懿琳,我此生能够娶到你,真是三生有幸。你不仅是一位好妻子,更是女中丈夫,令人敬佩。"

此刻对妻子充满了敬意的符希仲并没有想到,自己的妻子,这位看上去弱不禁风的羸弱女子,能为国家,为民族,为抗战,所做的,并不止这些。

离别之时,符希仲与虞懿琳紧紧相拥。在符希仲跳上军用吉普车的一刹那,虞懿琳用尽了力气喊道:"希仲,你一定要活着回来!"

符希仲走后没过几日,重庆街头的《全民抗战》头版,便刊登了一篇文章,名曰《舍家去妻赴国难:国军营长新婚翌日挥别妻子奔赴抗战前线》,文章署名华兰。

符廷镛在家中边喝咖啡边阅读这篇文章,见虞懿琳来了,便将报纸往她面前一丢,道:"这是你的杰作吧?"虞懿琳尴尬地点了点头道:"嗯。"

符廷镛眼也没抬道:"我不管你以前是做什么的、干过什么,进了我符家的门,就安安心心当我符家的媳妇,其他的事都与你无关,明白了吗?"

虞懿琳无奈地点点头,道:"我知道了,爹。"

原来虞懿琳知道符廷镛忌讳自己曾在委员长面前进谗破坏符、邹两家的联姻,便想出此举提振符家在社会民众中的口碑,以此讨好符廷镛。谁想符廷镛并不买账,马屁拍到了马蹄上,虞懿琳只得讪讪而回。

在符廷镛心中,虞懿琳太有心计,又不安分,符廷镛并不认为她能成为符希仲的贤内助,帮助符家在军中立于不倒之地。然而儿子符希仲偏偏被虞懿琳迷得五迷三道,符廷镛也只得妥协,任由其被娶进门来,只求虞懿琳嫁入将门后,能安分守己,不再惹是生非。

虞懿琳与符希仲成婚后,因为身份的转变,蒋夫人便不再让虞懿琳为其缝制旗袍,只是隔三岔五让虞懿琳来松厅,讨论些流行的服装样式。

一日,虞懿琳与蒋夫人讨论旗袍的长短问题,蒋夫人道:"我看如今街上的女子,旗袍是越穿越短,这也不甚雅观。"虞懿琳道:"女子服饰应以含蓄婉约为美,但如今裁缝为女子缝制的旗袍倾向于短款,怕是也有苦衷。"

蒋夫人道:"哦?有什么苦衷?"虞懿琳道:"如今抗战形势正紧张,前线物资甚是紧张,后方更不能在这种地方太过靡费了。"

蒋夫人若有所思地点点头。虞懿琳生怕蒋夫人怀疑,认为自己是在含沙射影地讽刺其做旗袍奢华靡费,赶忙道:"不过这些都是小事,重要的是,如今国内全民团结抗战,无论男女老少,都想要为抗战尽一份力。夫人,懿琳有个不情之请。"

蒋夫人道:"你说。"虞懿琳道:"懿琳想到政府里任职,为抗战尽一份力。"蒋夫人道:"符营长的军饷不够花吗?"

虞懿琳解释道:"这与金钱无关。懿琳生为女子,无法上阵杀敌,只好在后方为抗战做些辅助工作,即便是没有薪水,懿琳也是愿意的。"

蒋夫人笑道:"小虞呀,你在家安心为符营长做好贤内助,便是为抗战做出的最大贡献了。小虞呀,咱们女人,无论读过多少书,这男主外、女主内的规矩还是不能变的。"

虞懿琳无奈附和道:"这点懿琳还要多向夫人学习。"

虞懿琳从松厅回家,在路上看到一个熟悉的人影一闪而过。虞懿琳叫司机停车,道:"你先回去吧,我还有事,待会自己走回去。"司机点点头,刚要走,虞懿琳又道,"对了,跟老爷说,晚饭我就不回家吃了,我刚才看见了我姑妈,晚上我去她家。"

虞懿琳下车后,一路跟随着那个人影,只见那人神色紧张,步履匆匆,似是生怕有人跟踪。虞懿琳在重庆已多时,对街巷甚是熟悉,而那人似是初来乍到,没走几步便被虞懿琳堵在了一处死巷内。

那人看到虞懿琳一惊,手下意识地按住了口袋,道:"懿琳,怎么是你?"虞懿琳冷静地看着他按住口袋的右手,道:"怎么?想要掏枪?"

赵易铭尴尬地笑笑,道:"真没想到,能在这儿遇到你。"虞懿琳冷冷地道:"该说这句话的人是我,这里可是国民政府的所在地。"

赵易铭叹了口气道:"唉,一言难尽啊。"

一九三七年一月,为团结抗战,与《红色中华》报改名为《新中华报》一样,红色中华通讯社改名为红星通讯社。一九三九年初,中共中央将红星社与《新中华报》分开,红星社改建为独立的新闻通讯机构,同时在华北地区成立了晋察冀红星分社。

赵易铭初到延安时,由于曾在北大读过书,党组织便安排其在红星社工作,负责抗战信息的通讯和稿件的写作。

《新中华报》自武汉迁至重庆出版后,在以周恩来为首的中共南方局的领导下,坚持抗日民族统一战线政策,按照"有理、有利、有节"的原则,敢于斗争,善于斗争,发展进步势力、争取中间势力、孤立反共势力,同国民党顽固派进行坚决而又顽强的斗争,成为国统区人民心中的灯塔。

为配合《新中华报》在国统区的斗争,党组织便派赵易铭前来重庆,参与支援《新中华报》和从汉口迁来重庆的《群众》周刊的工作。

赵易铭带虞懿琳来到了《新中华报》的报馆,在推开报馆大门之前,赵易铭

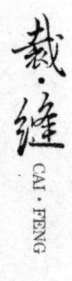

道:"懿琳,这算我给你的一个惊喜吧,见到这个人,你一定会欣喜万分的。"

走进报馆,虞懿琳见柏筱惠正手捧刚刚油印好的报纸与身旁的人讨论,她身边的人,正是乔呈良。虞懿琳惊喜道:"筱惠,真的是你?"

柏筱惠放下了手中的报纸,走过来与虞懿琳紧紧相拥,道:"懿琳,真没想到我们这么快就又见面了。"

故友重逢,互诉离情与近况。柏筱惠道:"懿琳,我和呈良都已经是共产党的预备党员,赵易铭早已转正了。我在延安的时候,还是《中国妇女报》的编辑和记者。懿琳,你现在怎么样?还在给报纸投稿吗?"

虞懿琳想起符廷镛的告诫,低头道:"我……"还是乔呈良为其解围道:"前段时间我在《全民抗战》上看到一篇文章,文章写得很是真实感人,署名华兰,懿琳,那是你写的吗?"

虞懿琳点点头。柏筱惠道:"懿琳,你就打算这么过下去?"虞懿琳道:"怎么过下去?"柏筱惠:"我记得你在学校时是很有理想与抱负的。怎么?你现在就想在家中安心做官太太?"

虞懿琳低声道:"那……那我还能做什么?"柏筱惠道:"你要不要加入我们,一起为抗战做些事情?"

虞懿琳沉默不语。柏筱惠对着乔呈良、赵易铭讥笑道:"是的,人家是资本家的大小姐,又是国民党高官家的少奶奶,自然不愿意跟咱们混在一起,出生入死地拼命,因为人家的命金贵着呢。"

虞懿琳并不恼怒,只是淡淡地道:"我需要考虑一下。"

拾叁　狼烟遍地

　　符廷镛的小儿子符希叔随着兄长符希仲上了前线，符家每日用餐时只有虞懿琳与符廷镛相对而坐。符廷镛本就不喜欢虞懿琳，虞懿琳也看不惯符廷镛的旧式军人作风，两人相对无话可说，甚是尴尬。

　　与之相对应的，邹汝芳遭遇退婚之后，最初哭闹了几天，时间久了，她逐渐平静了下来，只终日出去跳舞、会友，以作乐来疗情伤。初时父亲邹崇凯也劝慰过她几句，可是没过多久，邹崇凯竟提出，要邹汝芳嫁给另一位年轻军官，那人与符希仲一样，也是将门之子，不用说，这自然又是一桩联姻。

　　邹汝芳得知此事哭闹不已，她自幼与符希仲青梅竹马，从小便认为，自己长大以后必然是符希仲的妻子，从未想过要嫁给别人。为了反抗父亲的安排，邹汝芳将自己关在房中自绝饮食。但她毕竟自幼养尊处优，坚持了不到两日，便已受不住，好在母亲胡惠玲悄悄给她送来了饭食。

　　邹汝芳一见饭菜，登时也顾不得自幼养成的礼数仪范，狼吞虎咽了起来。胡惠玲在旁边忙劝道："慢点，慢点，你爹睡了，我偷偷拿出来给你，他不会发觉的。"

　　邹汝芳吃完后，将碗筷递还给了母亲，但胡惠玲却没有想走的意思："我说芳儿，你这么着，什么时候是个头啊？"

邹汝芳倔强地道:"当然是到我爹打消了教我嫁给那个莫名其妙的人的念头为止。"胡惠玲道:"好,就算他这次不让你嫁给这个人,那么以后呢?你还能一辈子不嫁人?你不嫁他总要嫁别人,你又不了解你爹这回为你选的人,凭什么就认定人家不好?兴许之后的还不如他呢。"

邹汝芳紧闭着嘴,并不言语。胡惠玲叹了口气道:"芳儿,我苦命的儿啊,娘知道你心里头怎么想的。你心里头还惦记着符家老二是不是?可人家已经娶了亲了,难不成我们这样的人家,你要去给人家做小……"

邹汝芳打断她道:"娘,你说什么呢?!""是啊,这是不可能的。要不然,你便是盼着那女子早早死了,你去给人家做填房?"

邹汝芳见母亲说得难听,便将头转向一旁。胡惠玲却依旧道:"娘知道,娘的话你不爱听,既然不爱听,咱就更不能这么做。这强扭的瓜不甜,那姓符的不愿娶我闺女,我家闺女还不稀罕他呢。娘可听说了,你爹这回为你挑的人,论家世、职级,都比那姓符的强,你干吗不嫁了,气死那个姓符的?"

邹汝芳听了,嘴上虽没说什么,但是心中已开始松动。

邹汝芳按照父亲邹崇凯的安排嫁了人,然而她同样也没有摆脱同虞懿琳一样的命运,成婚没多久,丈夫便上了前线。

一九三九年十月二日,符希仲用望远镜望向河对岸,他们将日军围在甘坊这个赣北小镇已经一周了。薛岳将军想要再创造一次万家岭大捷,企图全歼这个日军特设师团,但是日军的顽强与诡诈超乎想象,双方对峙许久,甘坊始终未克。

符希仲放下了望远镜,在战壕中坐了下来。这是他平生第一次参加如此大规模的对日作战。符希仲刚坐下,冯治平就凑了过来:"营座,这对岸怎么这么安静啊?"符希仲说道:"你也这么觉得?加强警戒,密切观察对岸动静。游动哨再加一倍。"

是夜傍晚,符希仲四处巡视,他与冯治平刚走到岸边,就被一名哨兵拦住:"口令。"符希仲轻咳了一声,营里总共也没有多少人,没人不认识他这个营长,这个哨兵的执着劲儿让他觉得有趣,他面色严肃地说出了口令,然后问他:"你叫什么名字?"哨兵立刻立正,行了个军礼,答道:"报告营座,属下是一连三班杜维鹏。""哦。参军多久了?""报告营座,两个月零四天。"符希仲点点头:"继续警戒。""是!"

符希仲还没走远,就再次听到杜维鹏的声音:"口令。"符希仲一回头,见杜维鹏拦住了一名农民模样的人。符希仲不禁莞尔,冯治平也在一旁微微笑了起来。符希仲心想,看来这个新兵脑子不太好使,一根筋,当地农夫怎么会知道什么口令?果然,那农夫答不上来,愣在原地。农夫的反应早在符希仲的意料当中,但接下来发生的事,则令符希仲目瞪口呆。

杜维鹏盘问农夫:"干什么的?"那人堆笑道:"嘿嘿,老总,这不是,捡点弹片,卖到铁匠铺去……"按照规定,国军打完的炮弹还需要将弹壳捡回,用大车运到后方点数,与上次所发数目一致才能领取新的炮弹,可见国力之衰弱。但是对待日军打来的炮弹的碎片就没必要了,因此日军的碎弹片对于国军来说无疑是一笔外财。国民政府国库亏空,很多部队的军饷都发不出来,尤其是底层的士兵和下层军官,生活更为艰难,因此他们不得不想出各种办法来增加收入,在两军长时间对峙的情况下,不少士兵便挑着担赶着驴马捡了弹片卖给铁匠铺,只为能吃上一顿饱饭。

但是如今在甘坊,战事紧张,官兵已经没有时间跟精力去捡日军的弹片了,这便便宜了当地农民。

符希仲远远地听到了两人的对话,还未来得及说什么,杜维鹏便又道:"捡弹片?把你的背篓打开给我检查检查。"那人很老实地打开了自己的背篓,杜维鹏用步枪枪托扒拉了几下,里面除了几枚散碎弹片,什么也没有。

杜维鹏问道:"你家就住在这边?""嗯。"杜维鹏又道:"可镇上铁匠铺的王掌柜他老娘病了,这几天都没开张,你怎么卖给他?""嗯?"那人一愣,随即说道,"是,我这是卖去宜丰那边的铁匠铺的。"

杜维鹏没再说话,而是迅速用枪口抵住那人胸膛,厉声道:"你不是当地人,

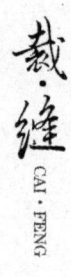

说！你到底是什么人？"符希仲见状，赶忙和冯治平快步奔了过去。但就在两人赶过去的一瞬间，那扮成农夫的人已经拨开了杜维鹏的枪口，反手捉住杜维鹏手腕。杜维鹏自然奋力反抗，但对方擒拿技了得，杜维鹏根本无法摆脱他的控制，连喊叫都不能，眼看便要窒息。

好在那人一看符希仲和冯治平朝自己的方向奔来，立刻弃了杜维鹏，三步并作两步逃走。冯治平立刻朝那人逃走的方向开枪，可是没想到他这几枪立刻引来对岸日军小规模的火力压制。这边的国军听到枪响，也纷纷拉开枪栓准备进入战斗状态，然而假扮农夫的人早已在黑暗中消失不见，符希仲赶忙下令制止了兵士们开枪的冲动。他心里明白，对方的火力压制只不过是为了掩护探子逃脱，而日军在这个时间节点冒这么大风险派探子来，恐怕明天就要有大动作了。

符希仲走到杜维鹏面前，杜维鹏赶忙从地上爬了起来，拍了拍身上的灰尘，对符希仲敬了个军礼。符希仲挥手示意他不必，而后问道："你怎么看出他是个细作来的？"杜维鹏又敬了一个军礼，方才道："报告营座，属下便是宜春人，我们这里的人说话，说'去'都是切音，当地农户乡音怎么可能不重？此人说话口音和我们大不相同，将'去'说成'克'，一个外地人怎么会大老远地跑来捡弹片？所以我拿王掌柜的事诈他，没想到他果然中计，其实属下并不知道镇上铁匠铺的掌柜姓什么，更不可能知道他家里的事了。"

符希仲点点头道："嗯，你小子挺机灵。这一仗若打好了，便升你做排长。"杜维鹏又是一立正敬礼："谢营座。"

这时，一名上尉急匆匆地跑了过来，到符希仲面前，气喘吁吁地道："哥，怎么回事？开战啦？"符希仲皱皱眉道："跟你说了多少回，在战场上没有哥，叫营长！"符希叔笑嘻嘻地敬了个军礼道："营座！"符希仲无奈地摇了摇头，伸手替他整了整衣领，说道："不是开战，不过比开战更严重，我怀疑日军明天要大规模突围了。你赶紧回去做好战斗准备，我这就去向上峰汇报此事。"符希叔依旧笑着敬了个军礼道："是，营座！"

符希仲将日军细作的事汇报给了上峰,然而他们还没来得及做反应,日军的突围便已经开始了。对岸日军集结了全部主力,猛攻围守国民革命军兵力最弱的部位,而那个部位恰巧就是符希仲部所在地。

一见对方有动作,符希仲立刻命人以马克沁重机枪进行火力压制,可是没想到,日军为了突围不惜血本,竟然使用了150mm的榴弹炮和100mm的加农炮。符希仲还没反应过来,眼前便飞满了部下的断臂残肢。

全团官兵一边后撤一边请求增援,但国民革命军的火力实在无法与日军相提并论,全团拼尽全力牵制日军,但待增援赶到时,日军106师团已突破重围,并一路西进。符希仲所部国民革命军连同赶来的增援一道追击,106师团却陆续攻下了大瑕街、石街。

与此同时,主战场的日军早已开始后撤,106师团明白自己完成了牵制部署在赣北国民革命军的任务,便以更快的速度突击,直至武宁。

围歼日军106师团的希望破灭了,国民革命军被迫向宜丰、凌江口转移。理论上说,这一仗虽说没有完成既定目标,但是并不算打了败仗,因为整个长沙会战才刚刚开始。但是这些年国民革命军打的败仗实在是太多了,百姓风传国民革命军又打了败仗,纷纷蹲在路边等着捡国民革命军逃跑路上掉落的物品。

但此次是有规模、有组织的转移,国民革命军官兵一路上并没有遗失什么东西,躲在路边等着"捡洋落"的人们见状,纷纷离开了,毕竟战事进行得正紧,万一"洋落"没捡着,再被国民革命军抓了壮丁,那可真是偷鸡不成蚀把米。

可偏有不怕死的,杜维鹏正随着部队行军,忽然腰间掉落了一物,杜维鹏刚想低头去捡,却见一名小男孩从路边冲了过来,抢了杜维鹏的东西便跑。那孩子兴许不止十岁,但由于营养不良,面色发黄,四肢干枯,看起来连十岁都不到。

那东西是杜维鹏的母亲在他小的时候给他绣的一个锦袋,他自幼带在身上,这也是他从军后留下的唯一的私人物品。杜维鹏自然不会任由锦袋被人抢去,立刻扑了上去,没想到那孩子虽说瘦小,力气却不小,两人竟在地上厮打起来。

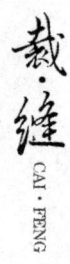

杜维鹏的排长周涟见状，呵斥道："干什么呢？"杜维鹏腾出有限的精力回答道："报……报告，他抢……抢我东西。"

周涟自幼家境不错，不了解民间疾苦，他始终不理解，将士们在前线为国杀敌，可老百姓为什么对当兵的却是又怕又恨。如今居然还明目张胆地抢东西，这令周涟怒不可遏，他当即端起枪，冲着那孩子吼道："住手！放下东西！快滚！"

那孩子抬眼看了一眼周涟，却低下头使出更大力气来抢夺，两人抢夺的力气太大，那锦袋"刺啦"一声，被撕裂了，几粒被磨得光滑圆润的石子骨碌碌地滚了出来。杜维鹏幼时，家境贫穷，买不起玩具，母亲便用磨刀石一下下打磨，磨成了这几颗圆滚滚的石子给他当弹珠玩。杜维鹏登时愣在当地，却没想到那孩子的反应比他还激烈，竟然哭了起来。

这下倒教杜维鹏哭笑不得，说道："你把我的东西弄坏了，你怎么还哭了？"那孩子哭着道："你这里怎么连个银圆都没有？我还等着去给我娘买药、买吃的呢。"

不知为何，杜维鹏突然不怪罪那孩子了，反倒生起了一丝恻隐之心。他从怀中掏出了自己的军粮，递给那孩子，说："拿着吧，钱我也没有，只有这点吃的，拿回去吃吧。"

那孩子瞪着杜维鹏不说话。杜维鹏问他道："你叫什么名字？"那孩子发了半天怔，方才道："方兴儿。"他答完便转头要走，杜维鹏又叫住了他，杜维鹏低头看了看那孩子的赤脚，竟将自己脚上的草鞋脱了下来，递给他，说道："拿去穿吧。"

周涟在旁边见状，摇了摇头，叹了口气。当时国民政府财政紧缺，就连中央军都配发不起鞋子，下级军官和士兵们只能穿着自己打的草鞋，唯有周涟因为家境富有，穿着皮鞋。方兴儿拿起了鞋，一溜烟就跑没了影。周涟说道："你要干吗？打算光着脚行军？"杜维鹏说道："我背包里有打了一半的草鞋，过几天就能打完。"周涟无奈地摇了摇头，说道："打完了新鞋，怕是又要送给不知哪儿冒出来的乞儿。像你这么周济,怕是到了宜丰,你就要光腚了。"

杜维鹏低着头,不敢答话。周涟从包中掏出一双旧皮鞋,扔到杜维鹏脚下:"赶紧穿上,可别再给老子送人了!"杜维鹏低头穿上鞋,刚要敬礼谢周涟,却见符希仲已来到了他们面前,显然,之前的一切已被他看在眼里。杜维鹏跟周涟赶忙立正敬礼,符希仲只摆了摆手,示意他们继续行军。

为组织反攻,蒋介石抽调符廷镛前去支援长沙前线。偌大的符家官邸便只剩下了虞懿琳一个人。

后方重庆,山城地处蜀地,麻将之风盛行。迁居至此的国民党官太太们很快便入乡随俗,一双双纤纤玉手,噼里啪啦地推起了麻将牌。

符廷镛要求虞懿琳做一个合格的符家儿媳妇,要求之一就是要融入官太太的生活圈子。虞懿琳因此被迫加入了太太麻将团。

虽说国民革命军将士在前线浴血奋战,后方的官太太们却依旧享受着悠闲的生活。虞懿琳自幼家境优渥,并不是斤斤计较之人,又天资聪颖。在麻将局中数虞懿琳年纪最轻,丈夫官职也最低,虞懿琳总是故意输给其他的太太们,又做得不露痕迹,是以没过多久,虞懿琳便在太太们中赢得了极佳的口碑。

一日,在麻将桌上,军政部兵工署张副署长的太太说道:"你们知道吗?兵役司李副司长新娶了个姨太太,据说过去是重庆的交际花。"

外交部吴参事的太太用手绢掩口笑道:"那他家里那位母老虎似的老婆,能容得下吗?"张太太道:"他本是将那女人养在外头当情妇的。谁想不巧被他老婆撞破了好事,这便干脆娶进了门来了。"

吴太太笑得更欢了:"都说李副司长惧内,这回也算扬眉吐气了一把。"虞懿琳怯怯地道:"那李太太……想必很是伤心吧。"

张太太道:"我说小虞啊,你还是年纪太轻,经的事情太少。等你到了我们这个岁数就知道了,这男人呀,都是靠不住的,没几个不向往着三妻四妾的,关键就是看咱们女人能不能处理好。就说我们家那口子吧,当年也有过这事儿,

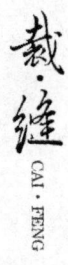

你姊姊我呀,就睁一只眼闭一只眼,牢牢把家里头的钱把住了。这不,没过多久,他就玩腻了,乖乖地回来了。"又问吴太太,道,"你说,是不是这么回事?"

吴太太不愿太多暴露自家隐私,便微微一笑,点了点头。张太太似得到了支持一般,又对虞懿琳道:"所以我说这男人都一样,只要咱们不自乱阵脚,他们玩腻了早晚会回来。小虞呀,别看你现在年轻漂亮,可总有老的一天。这外头比你年轻、比你妖艳的女人多了去了。哦,对了,听说你还是大学生,可这男人可不看你读过多少书,他们只看……"张太太的话没往下说,但眼神中已经透露出了一丝下流的意味。

符希仲生得丰神俊朗,又是将门之子,身边自然不乏爱慕者。一念至此,虞懿琳便听不下去,却又不敢表露,只得故意放炮道:"三万!"吴太太惊讶道:"呀,我和了!"说罢,把牌一推。张太太沮丧道:"哎呀,又输了!"

麻将团太太们说的话显然触动了虞懿琳,虞懿琳自幼便有报国的理想与抱负,结婚后更是不愿让自己成为无所事事的家庭妇女,最终遭到丈夫的嫌弃。

傍晚,《新中华报》报馆,虞懿琳对柏筱惠道:"我想好了,我愿意和你们一起。我能为你们做什么?"

柏筱惠道:"真的吗?太好了。我们正在商量呢,组织上派我们去参与帮助上海《华美晨报》的工作,懿琳,你若是跟我们一道,我们便向上级请示一下。"

虞懿琳道:"去上海?"柏筱惠道:"上海是敌占区,但是上海市区内有不少租界,我们可以在租界内开展抗日救亡的宣传工作。"虞懿琳点点头,坚定地道:"筱惠,我们一起去上海。"

拾肆　隐秘战线

一九四〇年,上海。从小在内陆长大的虞懿琳,第一次站在黄浦江边,任由海风夹带着潮湿的鱼腥味道不断拍打她的脸颊。这一次的离家她有诸多的不舍,但是就如乔呈良所说:"从日军侵华的那一天开始,我们就已经都没有家了。"

虞懿琳离开重庆前给符希仲留了一封长信:

希仲吾夫见字如晤:

　　君见信时,妾已身在沪上。遍观今日之中国,遍地腥云,日军虎狼遍街。君在湘浴血奋战,妾不忍独享安宁。妾此生幸而得君,然又何不幸而生今日之中国。国家有难,妾绝不忍坐视。妾不幸生为女子,无力上阵杀敌,唯有竭尽余之心力,唤醒国人抗日救亡之勇气。妾至爱君,即此爱君一念,令妾别无他顾,唯奋身救亡,牺牲吾身之福利,为天下人谋永福。
　　君与妾夫妻之恩不过一日,却胜似百年相守。妾此生唯愿与君生死相随。然与其使君先死,毋宁妾先君而死。盖因妾身羸弱,必不能禁失君之悲,君先死留苦与妾,不若妾请先君而死。若君此役不幸成仁,妾愿随君而去,为抗日救亡洒尽余最后之热血。若妾不幸于沪上死于敌手,则望君于阵上奋勇杀敌,则妾于九泉之下亦可瞑目矣。

妻　懿琳

在信中慷慨激昂的虞懿琳来到上海后,才真正明白,她所面临的工作绝不仅仅是向民众宣传抗日救亡那么简单,而正如她在信中所写,她未能如丈夫符希仲一般于战场上杀敌,却在看不见的战线上,经历着更为凶险的战争。

虞懿琳立志投身报国,却在蒋夫人和符希仲处碰壁,未能找到途径投身抗日救亡运动。如今在上海为中共做情报工作,虽说出乎她的意料,但反倒能完成虞懿琳毕生报国的理想。

全面抗战之后,上海只有《大美晚报》和《华美晚报》因系外商经营可以继续出版,所有中国人所办正规的日报均遭封禁的厄运。为了在上海沦陷后,使租界的民众仍能听到抗日的呼声,杨清源、蔡晓堤等民主爱国人士筹建了一个以外商名义出版实则为中国抗日爱国人士所掌握的日报,使之担当抗日宣传的重任。

该报聘请美国人密尔士为发行人,在美国特拉华州注册创办《华美晨报》,以便得到租界当局的保护与日伪抗衡。一九三七年十一月,上海第一家挂洋旗而实际上由中国爱国报人主持的报纸《华美晚报晨刊》问世,为抗日宣传开辟了一条行之有效的新途径。后来上海涌现出了许多类似的"洋旗报"。《华美晚报晨刊》于次年四月正式改为《华美晨报》。

《华美晨报》最初由中共地下党员革命报人恽逸军任主笔。一九三八年一月又出版了《华美周报》,由中共地下党员金学成担任主编。

一九三八年后,经理蔡晓堤抵抗不住来自日本流氓特务机构"黄道会"的压力,中国共产党地下组织得知这一情况后,由金学成出面将《华美晨报》接办,成为一家直接在共产党领导下的抗日报纸。该报表面上的内容是介绍日本的风花雪月,实际上是在中国地下党的支持下以"中日亲善"为幌子专门宣传抗日、收集敌伪情报的抗日报刊。报馆的工作人员,基本都身兼记者编辑和地下党情报员的双重身份。

虞懿琳进入《华美晨报》工作后,才清楚地明白这份工作真正的意义所在。柏筱惠对虞懿琳道:"懿琳,我们从学生时代起,就想以身报国,如今机会来了。不过,这份工作是在日本人眼皮底下,的确很危险,懿琳,你想好了吗?"

虞懿琳道:"我既然决定了和你们一起来上海,就没有后悔过。"虞懿琳在上海期间,接受了中共地下党对其进行的简单的情报工作训练。在实际的工作中,虞懿琳逐渐由一名普通的爱国报人成长为一名熟练的情报工作者。虞懿琳发现,自己越发爱上了这份极富挑战的工作。为配合情报工作的开展,虞懿琳不得不每日穿着精致修身的旗袍,化名冯鼎苏,装扮成涉世未深的美丽少女,穿梭于上海的十里洋场,周旋于日军的高级官佐之间。

由于担心报馆工作人员身份特殊,会引起敌人怀疑,虞懿琳为了掩饰身份,在报馆旁开了一家裁缝店,操起了老本行,借用裁缝的身份开展地下工作。虞懿琳本就是裁缝出身,对于流行服饰有着特殊的敏感,一双裁衣妙手,总能将女人的衣裳做得合身漂亮,因此虞懿琳裁制的服饰,深得女性顾客的喜爱。

一日,一身着宽松的素绢中袖旗袍、腹部微微隆起的女子来到店中。那女子见虞懿琳上穿明黄色立领、窄袖、中袖、斜门襟、镶阔边、盘扣紧身束腰中式古典上衣,下着一条红色大摆裙,一身衣裳十足惊艳,便不觉赞叹道:"小姐,侬可真会穿衣裳。"

虞懿琳受到赞扬,自然心中欢喜,道:"多谢夫人夸奖。夫人来店里想选身什么衣裳?"那女子道:"我现在还选什么衣裳?都是好几个孩子的妈妈了,不过是来店里转转,看看时新的款式,有钱还要留着给孩子花的。"

虞懿琳见那女子相貌气质不俗,打扮却有些寒酸,衣角袖口都有些磨边。只见那女子轻抚店中做好的成衣,爱慕的眼光在衣裳上挥之不去,而后又恋恋不舍地离去。

虞懿琳是爱衣之人,见到此种情形,便问店里的伙计:"你认识这位夫人吗?"伙计说道:"怎么不认识?她和你一样,也姓冯,她的丈夫姓李,是个律师。"

虞懿琳又道:"她的家境很窘迫吗?"伙计道:"哎呀,据说她丈夫都不怎么给她钱花的。"虞懿琳点点头,道:"那她没有出去做职业妇女?我看她倒也像读过书的。"

伙计说道:"侬说对了,她以前似乎也是上过学的,还在报纸上发过什么文章,不过女人家嘛,还是要在家生养孩子的。"

虞懿琳点点头,道:"你知道她的地址吧?把她的地址给我。"伙计答应了。

不知为何,虞懿琳对这个女子有着天生的好感,虞懿琳以她对客人身材的敏感,依据自己的目测,为冯女士裁了一件蝴蝶袖旗袍,而后,带着这件旗袍敲开了冯女士房门。

虞懿琳报出了自己的化名:"我姓冯,名鼎苏,是《华美晨报》报馆旁裁缝店的裁缝。那日我在店里见到夫人谈吐不俗,因此特来拜访。"

冯女士赶忙道:"快请进。"冯女士为虞懿琳沏好了茶。虞懿琳看到冯女士桌上散落的报纸,道:"我听张师傅说夫人也是上过学的,我有时兼职为报馆打杂,不知夫人有没有兴趣给我们报纸写些东西呢?"

冯女士道:"我就是个家庭主妇,还要带孩子。"虞懿琳一眼瞟见桌上的手稿,惊道:"这篇《产女》是你写的?"冯女士微笑着点点头,道:"冯小姐知道这篇文章?"虞懿琳道:"我在林语堂先生的《论语》杂志上读过您的文章。"

虞懿琳这才知道,眼前这位已被痛苦的生活侵染了容颜的冯女士,就是在上海文坛已小有名气的方青。

方青为虞懿琳的真诚所感染,逐渐给虞懿琳讲述了一些自己的故事。当虞懿琳了解到方青长期为丈夫的出轨和家庭的收入所困时,一方面庆幸自己当初来上海投身革命事业而非在家当少奶奶的抉择是正确的,一方面又劝说方青道:"冯姊姊,你如此好的文采,为何不继续投稿挣些钱呢?"

方青对于虞懿琳的劝说很是犹豫,但虞懿琳并不习惯勉强别人,依旧时常为方青送来一些衣裳布料,适当资助她的生活。

一九三九年年底,在国民党第九战区代理司令长官薛岳的指挥下,国民革命军第三十集团军克复罗坊、会埠、修水三都,日军被迫退回武宁、靖安、奉新,中国军队以伤亡三万余人的代价,换回了日军伤亡两万余人的战果,第一次长沙会战就此结束。符希仲因在此次战役中作战英勇,被擢升为团长。其父符廷镛也被擢升为中将集团军司令。

符希仲凯旋后,看到了妻子留给自己的长信,既心痛又震惊,有意前去上海找虞懿琳,却因身份所限,不敢擅自离渝。符希仲想象不到,自己的妻子在上海,会对整个抗战,乃至整个世界大战的战局,产生如此大的影响。

一九四〇年的一天,虞懿琳接到任务,前往日本满铁上海事务所。日本满铁上海事务所的全称是南满洲铁道株式会社,是对中国的政治经济和风俗习惯进行调查,搜集情报,为日本侵华活动服务的机构。

事实上,日本满铁上海事务所中,有不少中共秘密党员,著名红色间谍中西功也在其中。虞懿琳此次接到的秘密任务是与事务所中的一位秘密党员接头,将其收集到的信息带回,但虞懿琳对于自己要见的人的姓名、相貌、年龄等信息一无所知。

虞懿琳对着门口的卫兵亮了亮自己的记者证,由于《华美晨报》名义上为日伪政府资助,虞懿琳的身份使她可以畅通无阻地进入。事务所的调查部,需要搜集涉及中国政治、经济、军事、社会、文化、自然资源等各方面的信息,虞懿琳此次受邀来到事务所,名义上便是为调查部提供信息。

"冯小姐,请。"一名戴着眼镜,身材瘦削,面孔白皙的青年人操着一口流利的中文对虞懿琳道。虞懿琳冲他点点头。

那人领虞懿琳进了办公室,道:"冯记者,近日有什么新的社情民情吗?"虞懿琳点点头,从包里掏出一份文件,递给那人,道:"这是我们报馆新采集的资料,里面有国军的最新动向。"

那人道:"听冯记者的口音,好像是西北人。"虞懿琳抬起头道:"太君好耳力,我们西北老家风沙可大着呢。"那人道:"风刮得疾,天气倒好。"虞懿琳笑道:

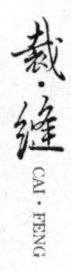

"天气么……时而日出时而雨,东边日出西边雨。"

那人道:"看来天公真作美啊。"虞懿琳道:"天公作美不作美,都是太君说了算。"那人低头看了看虞懿琳递来的材料,道:"辛苦了。"随手从抽屉中拿出一个信封递给虞懿琳,道:"冯记者,这辛苦费你可得省着点花,路上千万别丢了。"

虞懿琳点点头道:"多谢。"走出事务所时,经过卫兵的例行搜身,虞懿琳顺利回到了报馆。

虞懿琳回到报馆后,将装满钞票的信封打开,赵易铭拿出钞票,一张一张细细查验,终于在其中一张上看出了端倪。赵易铭将那张钞票取出,用药水浸透,逐渐显出了其上的字迹,原来日军准备袭击山西根据地派往敌后的干部。

虞懿琳按照赵易铭的指示,火速将这份情报通过地下电台发给了上级组织,得到情报后组织立即改变了护送干部的路线,让日军的偷袭扑了空。

送出这份情报不久,虞懿琳前去找方青,却在路上察觉到有人跟踪。为了不使无辜的人受累,虞懿琳临时改变了路线,一路走到了人流密集的外滩,在人群中反复穿梭,直至确定摆脱了跟踪,方才回到了报馆。

虞懿琳将这一情况告知了赵易铭,赵易铭皱着眉头,沉思了一阵方才道:"懿琳,也许你不大适合做我们这份工作。"虞懿琳道:"为什么?"

赵易铭道:"你的长相太出挑了,个子又高,太容易引人注目。如今特高科和军统都对我们的行动有所察觉,你再继续执行任务,怕是有危险。"虞懿琳道:"你是说,我不是一名合格的地下工作者?"

赵易铭道:"我不是那个意思。我是说……干革命工作固然重要,但是咱们革命者的人身安全更重要。懿琳,我不希望你……出危险。"虞懿琳闻言,低下了头,她不知道赵易铭这么说,是因为不满意自己的工作,在找借口,还是对自己尚念旧情,真心关切自己,又或者,赵易铭只是把自己当成他的一名普通的战友,只是出于爱护战友的目的才这么说。

虞懿琳道:"那我该怎么办?"赵易铭道:"我向上级请示一下,看能不能把你调去别的地方,暂时避一避风头。"

一九四〇年年底,赵易铭将伪造的身份证明和船票交给虞懿琳,道:"你先去香港待一段时间,等时机成熟了,你再回来。组织安排你去香港大学做教务助理,同时帮助咱们在香港的同志开展工作。咱们的《华美晨报》过去的主笔恽逸军同志现任中国青年记者学会海外办事处主任及香港分会总务部主任,你去港配合他开展中国青年记者学会香港分会的工作。"

虞懿琳点头答应了。赵易铭欲言又止,最终只是道:"懿琳,你一定要保重。"虞懿琳道:"香港虽远离大陆,但好在至今未受战火侵染,还算平安。反倒是你,易铭,身在敌人的心脏,还要多加小心才是。"

赵易铭终于鼓起了勇气道:"懿琳,过去……我一心想投身革命,对于别的事,没有考虑太多。你……是个非常难得的好姑娘,聪明、美丽、深明大义,我认识的女子中,没有人能及得上你。而我出身贫寒,这么多年随着革命队伍颠沛流离,实在是……"

虞懿琳明白赵易铭的意思,赶忙用手止住了他,道:"你我如今是革命同志,我们之间的革命友谊远比金坚。易铭,我会永远帮助你,支持你,信任你。你永远都是我最信赖的人。至于其他,我如今是国民党军官符希仲的妻子,我深爱我的丈夫,也祝福你能早日找到归宿。"

赵易铭抿抿嘴唇,点点头道:"懿琳,我祝你幸福。"

虞懿琳从小到大,第一次坐船出海,但是她并没有太多兴奋的心情。站在船头,看着海面波涛暗涌,虞懿琳心想,从北平到长沙,从昆明到重庆,再从上海到香港,幼时在北平城长大的她从没想过自己的人生会如此颠沛。她不知道这样的生活还会持续多久,不知道今后还要去什么地方,更不知道自己有生之年,还能不能回到自己的故土北平。

思乡之情涌上心头,虞懿琳不禁泪水盈眶。"小姐,看下您的证件。"虞懿琳掏出证件,看到证件上自己的化名"冯鼎苏",不由得想起了远在重庆的丈夫符希仲,冯姓便是谐音符姓,而鼎苏则是希望中央苏区能鼎立天地间之意。一念至此,虞懿琳擦干了泪水,心中默默道:"希仲,为了你,为了我能更配得上做你

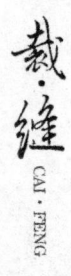

的妻子,为了我们的将来,我相信我做得没有错。"

符希仲回到家中,见着一身黑色西装的男子从父亲的书房中走出,符廷镛随后走了出来,见到符希仲,对那男子说道:"嗯,这就是我儿子,你有什么想问的就问他吧。"符希仲冲他点了点头,将他让进了会客室。

那穿西装的男子坐定后,对符希仲道:"符团长,鄙人姓刘,就职于军统,想向符团长调查一下尊夫人的事情。"

符希仲一听这话,立刻皱了皱眉,说道:"在结婚之前,你们不是都把她调查了个底儿掉,怎么又来问她的事?"

虞懿琳在大学期间虽与赵易铭、柏筱惠交好,但她最终没有加入共产党。由于符希仲家世和身份特殊,虞懿琳在和符希仲成婚前,军统事先调查了她的背景,特别是确认了她和共产党没有密切联系,方才允许她嫁给符希仲。

那位刘先生说道:"之前是调查过了,只不过现在情况有些变化。据我们所知,尊夫人在上海与共党来往密切,甚至……还在为他们做事。"

符希仲噌地一下站了起来,说道:"这绝无可能。"刘先生嘴角微微上扬,对符希仲做了个手势,示意他坐下,而后道:"可不可能,都要用证据说话。符团长,我想问你,你们成婚之后,你便调去了前线,等你回来之后,她已经离开了。对吗?"

符希仲勉强点了点头。刘先生又道:"那之后,她可曾再回来过?"符希仲摇了摇头。"那她可有书信寄回?"符希仲再次摇了摇头。

刘先生又微微一笑道:"也就是说,你在新婚之夜后再没见过她,那你如何能肯定她就一定和共党没有关联呢?"

符希仲被他问得哑口无言。刘先生继续道:"尊夫人的事,我们会继续调查。当然,如果真如你所说,你们之间没有联系,并不知情,那是最好。你和令尊都乃党国之栋梁,我也不希望你们受到牵连。不过,一旦尊夫人回渝或有书信寄来,你一定要第一时间上报,否则,恐难逃包庇之嫌啊。"

符希仲再次噌地一下站了起来,冷冷地道:"她在做什么我的确不知道。但如今国共合作，我相信，就算她在和共产党合作，也是为了党国，为了抗日大计。家国沦丧，前线将士浴血拼杀，每天都有人流血，每天都有人牺牲，可你们却在后方，整天算计这个，调查那个，就不怕寒了前线将士们的心吗？"

　　刘先生闻言，微微一笑，随即向他拱手告辞，离开了符家。

拾肆　隐秘战线

拾伍　三大家族

香港大学的主建筑是一栋英式传统风格的建筑,四面楼阁包围起了中间的几进院落,院中曲径通幽,绿荫遍地。

接待虞懿琳的是一位东南亚籍微胖的少女,那少女面色有些黝黑,性格却甚是活泼,操着不是很流利的中文对虞懿琳道:"冯助理你好,欢迎你来港大。"

虞懿琳道:"谢谢,同学你叫什么名字?"那微胖少女道:"我叫炎樱。"炎樱带虞懿琳来到了她的宿舍。

在港大安顿好后,虞懿琳按照赵易铭的指示找到了恽逸军,加入了中国青年记者学会香港分会,成为恽逸军的助手。

中国青年记者协会于一九三七年在上海成立,由范长江等人发起,后于一九三八年于汉口改名为中国青年记者学会(简称"青记学会")。

虞懿琳有时会问恽逸军:"恽老师,听说您二五年参加国民党,二六年加入共产党,三二年投身新闻界,日伪特务将您列入了暗杀黑名单前列,还对您实行了绑架暗杀。您不过是一介书生,真的不害怕被人暗杀吗?"恽逸军道:"古语说得好,'民不畏死,奈何以死惧之'。为家国而死,重于泰山,有何可惧?"

虞懿琳道:"要是全中国的国民都像恽老师一样,那日本人侵略的阴谋就不会得逞了。"恽逸军道:"日本人早晚会被赶出中国去的,这场战争,中国是必胜的。"事实上,虞懿琳虽说自幼便一心投身抗战事业,但她对于抗战的胜利却没有太多信心,因此听到恽逸军此言,不由得好奇道:"恽老师,您怎么能那么肯定?"

恽逸军道:"你看过毛泽东主席写的《论持久战》吗?文章里写得非常好,'中日战争不是任何别的战争,乃是半殖民地半封建的中国和帝国主义的日本之间在二十世纪三十年代进行的一个决死的战争'。日本虽说是一个强大的帝国主义国家,但它的侵略战争是退步的、野蛮的;中国的国力虽然比较弱,但它的反侵略战争是进步的、正义的,又有了中国共产党及其领导下的军队这种进步因素的代表。日本战争力量虽强,但它是一个小国,军力、财力都缺乏,经不起长期的战争;而中国是一个大国,地大人多,能够支持长期的战争。日本的侵略行为损害并威胁其他国家的利益,得不到国际的同情与援助;而中国的反侵略战争能获得世界上广泛的支持与同情。因此抗战必胜。"

虞懿琳在恽逸军身边工作的日子,令她受益匪浅。恽逸军知识渊博,对中外历史上的重大事件、典故、人物如数家珍。他惊人的记忆力在新闻界可谓首屈一指。

恽逸军文思敏捷,日写数千言,下笔如有神。有时候虞懿琳帮他处理稿件直到深夜,还会有多家报社派人到他处取评论文章,他总是叫来人稍坐,一挥而就且无须修改。

虞懿琳在港大的身份虽然是教务助理,但虞懿琳早就对港大文科的课程心仪已久,因此时常趁青记学会工作不忙时,前去旁听。

一日,虞懿琳在课堂上碰到了炎樱,虞懿琳上前跟她打招呼,看到炎樱身旁有一位瘦瘦高高的年轻女子,身着墨绿旗袍,双大襟,周深略无镶滚,桃红缎的直角纽长三寸左右,领口钉一只,下面另加一只作十字形。

虞懿琳对服饰有天生的敏感,便道:"这位同学,你这身桃红柳绿,除了你这浑然天成的身材,一般人还真是不敢轻易尝试。"

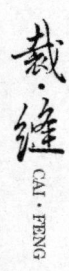

那女子见虞懿琳夸奖,笑笑道:"你莫不是想说我是个瘦竹竿吧?"虞懿琳一听那人口音,倍感熟悉,道:"同学是上海人?"炎樱道:"你猜得没错,她是上海人,叫作张九莉。"

虞懿琳不禁赞叹道:"你就是张九莉?那个写了《我的天才梦》的张九莉?"张九莉笑道:"我说出名要趁早,看来我现在还真是有些名气了。冯小姐,你看过我的文章?"

虞懿琳道:"不仅如此,我在上海的时候还看过你写的《霸王别姬》,那和我以前看过的所有历史小说都不一样。张小姐,也只有你,能把女人的心思写得那么淋漓尽致。"

炎樱打岔道:"别站在这儿说了吧,走,我们去喝下午茶去。"

三人边喝下午茶边讨论时下流行的服饰,虞懿琳本就是裁缝出身,其对服饰的深刻理解令张九莉和炎樱颇为折服。虞懿琳道:"我在上海时发现了一家裁缝店,掌柜姓张,人很会做衣服,将来你若回到上海,可以去他家看看。"

张九莉道:"侬不晓得我,我小时候没有穿过好衣裳,如今总想穿得鲜艳夺目些。"虞懿琳不由得好奇道:"看张小姐的谈吐,实在不像是出身贫寒,何出此言?"

张九莉道:"我家确是上海的大户人家,可惜我父母早早就离了婚,我父亲又娶了北洋时期的总理孙宝仪的女儿。我那后母……哼。"这是虞懿琳继姑父陈安和之后,第一次在他人口中听到孙宝仪的名字。

张九莉给虞懿琳讲述了其与后母孙永璠发生争执后遭到父亲责打和拘禁,后独自逃出家投奔母亲的旧事。虞懿琳能理解张九莉的无奈与痛苦,便劝慰道:"都过去了,谁没有个悲惨的童年呢,如今侬在香港,也算小有名气,还是珍惜当下吧。"

一九四一年年初,香江之畔,虞懿琳再也无法抑制对丈夫的思念,主动向上级组织提出要求回到内地。但当时恰逢重大的情报节点,中共上海地下党组织人手严重不足,党组织便指示虞懿琳先回上海,继续支援地下党工作一段时间。

然而以虞懿琳的身份回到上海,人身安全确实堪忧,上海地下党组织一时间也无法为其找到合适的安身之地。虞懿琳于是想到了张九莉,前去找张九莉,道:"爱玲,有件事情我想和你商量。"

张九莉道:"什么事?"虞懿琳道:"我回上海有些事情,但是一时间找不到合适的落脚之地。你看,我能不能借住在你家?"

张九莉沉吟了一阵方才道:"你要住在我父亲家?"虞懿琳点点头。张九莉有些犹豫,虞懿琳道:"骨肉至亲是断不了的,我回到上海之后,定会多加劝说伯父。"张九莉道:"也罢,反正张家的宅子空着也是空着,我给我姑妈写封信,教她想办法让你住进张家去。"

对于虞懿琳的到访,张九莉之父张廷重起初甚是不情愿,但当他见到虞懿琳之后,便立时改变了想法。

当时,孙宝仪早已过世。孙永璠的兄弟姐妹一路从杭州辗转来到上海,一家人便也借住在张家。张家空房本已十分紧张,再多一个虞懿琳,张廷重自然是不愿。

但张廷重一见虞懿琳生得美丽,举止大方得体,便心生了几分好感。虞懿琳早从张九莉口中得知张廷重长年吸食鸦片,既然寄人屋檐下,自然不能不有所表示,便给张廷重带去了不少现大洋,称是自己借住在此的饭钱。张廷重自然乐得笑纳。

虞懿琳初见张九莉口中的刁蛮后母孙永璠,但见其肤色白净,双眸明亮,也算是个美人儿,言谈举止都有大户人家女子的风度,倒教虞懿琳有些自惭形秽。

张家宅邸虽大,但有张九莉的弟弟张九林、孙永璠的幼弟幼妹以及虞懿琳居住于此,也甚是拥挤。好在虞懿琳大多数时日都是早出晚归,甚少与他人交流。

然虞懿琳天性善良,对于幼者甚是爱护。虞懿琳时常见到一男一女两个少年在张家门廊前戏耍,男的便是张九莉的弟弟张九林,女的则是孙永璠最小的

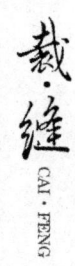
妹妹孙永琏。

孙永琏时年十四岁,是孙宝仪最小的五姨太所生,既是孙宝仪十六个女儿中最小的一位,也是孙宝仪二十四个子女中最年幼的孩子。

孙永琏四岁时,父亲孙宝仪就逝世了。父亲去世后,孙永琏一直跟着年长的哥姊生活。与其他树倒猢狲散,核心人物一死,就分崩离析的家族不同,孙宝仪离世后,孙家的五位夫人和二十四位子女一直还在一起生活,年长的哥哥主动扛起养家的重任,资助年幼的弟妹。

孙永琏就是一直在哥哥们的资助下读书,她曾在杭州的一家教会小学读过书,后又到上海的中学学习英文,说得一口流利的英文。

孙永琏与张九林年龄相仿,加之自幼丧父,与从小就没有母亲疼爱的张九林算是同病相怜,因此两人经常在一起玩耍,也算是在这乱世中寻求仅有的慰藉与温暖。

虞懿琳见孙永琏生得美丽,一双大大的眼睛惹人爱怜,心中甚是喜欢,便拿出了自己看过的英文书送给孙永琏。孙永琏礼貌地道:"谢谢姊姊。"

虞懿琳笑道:"不用客气。"孙永琏道:"我们下午要去颜家吃下午茶,冯姊姊,你和我们一起去吗?"虞懿琳初时有些犹豫,不愿在公开场合太多露面,但是禁不住孙家人的热情相邀,便与之一同前去颜家。

颜家即民国前总理颜惠兴的宅邸。颜惠兴是孙宝仪的妹婿,历任北洋政府外交部次长、外交总长、国务总理等职。孙宝仪组建内阁后,颜惠兴曾出任农商总长,后再次任国务总理兼内务总长。

孙永琏向颜惠兴介绍了虞懿琳。其实对于虞懿琳来说,颜惠兴算不得陌生。当初姑父陈安和在孙宝仪内阁中任职时,时常提起这位当时内阁中的农商总长,但由于虞懿琳身份特殊,用的又是化名,并不能多说什么,只能对颜惠兴礼貌地一笑,道:"久闻您的大名,久仰。"

由于颜惠兴尚在人世,颜家相对孙家来说阔绰得多。上海滩各国租界林立,各国文化传入上海滩,又为上海人所吸纳改良。颜家当天的下午茶便承袭了英国贵族下午茶的传统,采用下午茶的专用茶:祁门红茶、大吉岭红茶、伯爵红茶、锡兰红茶。若是喝奶茶,则是先加牛奶再加茶。点心是用三层点心瓷盘装盛,第一层放三明治、第二层放传统英式点心司康饼①、第三层则放蛋糕及水果塔,由下往上开始吃。司康饼的吃法则是先涂果酱,再涂奶油,吃完一口,再涂下一口。点心的食用礼仪是由淡而重、由咸而甜,茶点的食用顺序应该遵从味道由淡而重、由咸而甜的法则。先品尝带点咸味的三明治,让味蕾慢慢品出食物的真味,再啜饮几口芬芳四溢的红茶。接下来给英式松饼涂抹上果酱或奶油,让些许甜味在口腔中慢慢散发,最后才品尝甜腻厚实的水果塔。

有时颜家也会做些中式茶点,如生磨杏汁炖官燕、黑松露虾饺皇、黄金鲍鱼酥、松茸白汁菌菇盒和燕窝杨枝甘露等。颜府众人用下午茶时,虽说有数位用人在旁服侍,但整个餐厅竟是十分安静,只听见轻微的茶盏相碰的声音。

席间,颜惠兴轻咳了一声,道:"诸位,在下想向各位宣布一桩喜讯。"众人都停下了手中的茶匙,抬头看向颜惠兴。

颜惠兴笑道:"小女樱生已与孙家的长公子以庄订了婚,下个月即将成婚,届时还请各位莅临。"众人皆道恭喜。

孙以庄,即通惠实业公司总经理孙震方的长子。安徽寿州②孙氏是清末民初新兴的家庭实业集团,近祖为孙家鼐。孙家鼐有六子,其中长子孙多鑫、次子孙多森和幼子孙多钰,均在天津经营实业,孙震方为孙多森之长子。孙家鼐,字燮臣,号蛰生、容卿、澹静老人,清咸丰九年状元,与翁同龢同为光绪帝师。累迁内阁学士,历任工部侍,署工部、礼部、户部、吏部、刑部尚书。一八九八年,以协办大学士授命为京师大学堂(北京大学前身)首任管理学务大臣,一九〇〇年后任文渊阁大学士、学务大臣等。

能与这样的家族联姻,自然是令颜惠兴欣喜不已。虞懿琳虽说很想亲眼见证这两大家族的联姻,奈何其不便在公开场合抛头露面,便只能作罢。虞懿琳

---

① Scone 的音译。
② 现寿县。

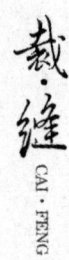

想象不到,这一场联姻还会带来更为深远的影响。

虞懿琳重回上海,与赵易铭、柏筱惠等人重聚,几人俱是欣喜无限。赵易铭道:"懿琳,能看到你平安回来,这真是太好了。"

柏筱惠也想说什么,却忽地俯身干呕,没有说出话来。乔呈良见状,赶忙为其端来了一个大茶杯,并用嘴轻轻吹了吹杯内的茶水,递给柏筱惠,见柏筱惠喝完水依旧不适,赶忙为其找来一方手帕。柏筱惠边喝水边干呕,乔呈良上前,轻拍柏筱惠的后背,道:"筱惠,好些了吗?"柏筱惠先是摆摆手,复又用微弱的声音道:"我没事。"

虞懿琳已是结了婚的人,如何看不出这其中端倪,关切地问乔呈良:"筱惠怎的了?"乔呈良道:"如今上海滩天气炎热,筱惠怕是有些中暑,已经月余了。"

赵易铭将虞懿琳拉至一旁,叹了口气道:"唉,如今正当紧急关头,筱惠她偏偏又……有了身孕,不方便执行太过危险的任务。懿琳,幸亏你此时回来支援我们。"虞懿琳道:"易铭,你不必这么说,我虽还不是共产党员,但我一直以一名共产党员的标准要求自己,组织需要我在哪里开展革命工作,我便会在哪里。"

拾陆　血染党旗

赵易铭道:"如今,日军在中国国内的战线越拉越长,在日本的一次御前会议上,陆、海军头目就今后在亚洲的军事动向是北进还是南进,差点吵了起来。日军的这一决策,影响到整个世界战局的走向:若日军北上,则苏联红军无暇西顾,抗击入侵的德军;若日军决意南下开辟太平洋战场,则苏联红军就有可能南下援助中国战区。日本究竟是南进还是北进对于我党下一步的决策有着重要的意义。延安中共中央两次致电我们的上级,询问日本北进、南进的动向,但是我们一直没有得到准确的情报。如今我得到情报说,我党在日军内部的一位重要人物已经获知日军的决策内容,需要我们这边进行接应。如今日军对我们加强了戒备,我和呈良都不好出面,组织指示我们派一位女同志前去,如今筱惠身子不方便,懿琳,你能完成这个任务吗?"

经过了在上海和香港情报工作的洗礼,如今重返沪上,虞懿琳已经成长为一名成熟的情报工作者,对于这份工作,培养起了坚定的理想信念。因此虞懿琳听到赵易铭的问话,立刻坚定地道:"我会努力完成组织交办给我的所有任务!"

赵易铭道:"懿琳,辛苦你了。这次你还要去满铁事务所找你的老朋友,不过满铁事务所的日本人见过你,你一定要多加小心。"

赵易铭说得没错，虞懿琳的确是要去找她的老朋友。日本满铁上海事务所门前，虞懿琳换了一身农妇的装扮，一身短打，腰间系着毛巾，头顶一只大草帽，口上戴了一只自制粗布口罩，推着一辆木制手推车，口中大声吆喝着："卖鸡蛋了，新鲜的鸡蛋！"

曾经与虞懿琳有过一面之缘的日本满铁上海事务所雇员，中共地下党党员郑中道悠闲地走了出来，慢悠悠地踱到虞懿琳面前。虞懿琳赶忙道："先生，买点鸡蛋吧。"

郑中道皱皱眉道："天气这么热还出来卖鸡蛋啊？"虞懿琳赔笑道："没法子，早起的鸟儿有虫吃嘛，都是为了挣口饭吃。"郑中道抬头看了看天空，道："是啊，天儿这么热，这北边的鸟儿还成群结队地往南飞，真是令人费解啊。"

虞懿琳听懂了郑中道话中的意思，赶忙道："先生，您还是买点鸡蛋吧。"郑中道点点头，掏出了口袋中的香烟，点燃了火，一口口地嘬着，说道："你这鸡蛋新鲜不新鲜啊？我得好好挑挑。"

郑中道说罢，低下头去，一颗一颗地仔细地查看着鸡蛋，口中还不停抽着香烟。虞懿琳倒没有阻拦，只是附和道："新鲜，新鲜着呢。"郑中道专心致志地盯着鸡蛋，一颗颗地挑，虞懿琳则眼也不敢眨一下，目不转睛地盯着郑中道的脸。

终于，郑中道的烟抽完了，鸡蛋也挑完了，郑中道一共挑了六枚鸡蛋，这令虞懿琳很是不喜，不由得抱怨道："先生，看你衣冠楚楚的，怎么如此寒酸？"郑中道一拍口袋道："囊中羞涩，东西太多，负担不起呀。"

郑中道拿了鸡蛋即转身离去，进入日本满铁上海事务所前，被卫兵拦住，卫兵反复查看鸡蛋后，方才放了他进去。

而虞懿琳没走几步也被日本卫兵拦住，要求她交出郑中道刚刚付给他的钱款，虞懿琳自然是不干，争执道："这是我卖鸡蛋挣的，你们凭什么拿去？"看到日本兵拿枪对着自己，虞懿琳这才认了厌，乖乖交出了钞票。

虞懿琳浑身上下沾满了土腥味道，致使日本兵不愿靠近。日本兵查验过钞票无异后，方才还给了虞懿琳。虞懿琳接过了钱，胆怯而又不满地看了日本兵一眼,方才默默地走开。

虞懿琳在上海的一处里弄里找到了赵易铭,她一刻也不敢耽搁,赶忙教赵易铭找来纸笔,凭借记忆写下了郑中道通过吸烟的频率传递出来的摩斯密码。

赵易铭接过虞懿琳递过来的纸条,正打算按照密码本译制情报,却忽听外头有异常的响动。赵易铭一激灵,说道:"不好,敌人恐怕发现我们了。"赵易铭话音刚落,柏筱惠就从屋外冲了进来,说道:"老赵,懿琳,日本特工朝我们这个方向来了。你们赶紧走。"

柏筱惠因为身体原因,只能在秘密据点留守,负责后勤工作。此刻听柏筱惠如此说,虞懿琳赶忙道:"筱惠,你的身体要紧,你先走,我掩护。"

赵易铭道:"都别争了!你们俩都走,我来断后。"柏筱惠坚定地道:"不行!老赵,你是我们的上级,你手里单线联系着好几位情报人员,你绝对不能牺牲或被擒!"

赵易铭道:"就因为我是你们的上级,才得由我来掩护。你们快走,再不走就来不及了。那边的窗口有一条我之前预留的逃生通道,懿琳,你护着筱惠走,千万别让她摔着。"

柏筱惠摇了摇头:"老赵、懿琳,你们都别说了,我身子不方便,逃也逃不了多远,我不能成为你们的拖累。就让我……最后再为组织做一点事吧。"

柏筱惠说罢,头也不回地就冲了出去,还反手将屋门从外锁住。赵易铭拼命地拍打门:"筱惠、筱惠,你开门,不要干傻事!"柏筱惠在门外道:"老赵,你放心吧,我绝对不会背叛咱们的组织的,因为我是共产党员,我……什么也不怕。"说罢,头也不回地走了。虞懿琳随手拎起了一把椅子,要向屋门砸去,却听得外面一阵枪声。

一听到枪声,赵易铭瞬间冷静了下来,他一把拦住了虞懿琳,说道:"没用了,咱俩赶快撤离吧。"

赵易铭拉着虞懿琳一路狂奔,来至黄浦江边,却一把抱住了虞懿琳。虞懿琳一惊,头却死死地被赵易铭按在他的肩膀上,动弹不得。赵易铭轻轻在她耳

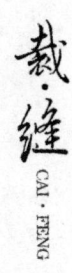

边说道:"别动,这江边有日本特务,你我暂时假装恋爱中的情人,待避过了他们的追击再赶去我们的秘密据点。"

虞懿琳靠在赵易铭的肩膀上,浑身吓得冰冷,一句话也说不出来。赵易铭轻轻握了下虞懿琳的手,说道:"别怕,有我在,不会有事的。你只要装作什么都没发生的样子,日本人就不会发现我们的。"

虞懿琳浑身战栗着道:"可是筱惠她……"赵易铭叹了口气道:"党和人民不会忘记她的。"虞懿琳哽咽着道:"她……她肚子里还有孩子……"赵易铭沉默了许久,方才道:"党和人民,不会忘记她的。"他说完这句之后,两人都没有再说话。

二人靠在一起,好似一桩雕塑一般,一动不动,任由黄浦江边的海风胡乱地吹打着面颊。不知过了多久,赵易铭忽然道:"我们走吧,日本特务撤了。"

赵易铭带着虞懿琳来到了他们的备用联络点。那是江边一座已经被废弃了的仓库,里面除了尘土、蜘蛛网和少量废箱子之外,一无所有。

赵易铭也不嫌脏乱,席地而坐,抓紧时间将虞懿琳带回的情报译了出来。内容如下:日本海军的南进主张获胜,日本侵华大本营做出如下决策——在德军深入苏联境内后,日军将不从中国北面进攻苏联去援助德军,而是全力南下掠取英美在西南太平洋地区的资源,称霸东南亚。郑中道向在上海的中西功和在南京的日本籍中共党员西里龙夫证实,日本确已采取了南进的部署。

日军之所以做出这样的决策,事实上经历过一个一百八十度的大转弯。一九三九年,日军挑起了著名的诺门坎战役,战事以日本关东军大败结束。在陆、海军的南进、北进纷争中,诺门坎事件成了最后一个决定性的砝码,天平倒向了海军一边。陆军由于战败而丧失了发言权。

诺门坎事件最终使日本朝野倾向于海军的南进方针。中国战场的地位也由配合北进来了个一百八十度的大转变。一九四〇年,日军入侵法属印度支那,随着同美国的矛盾无法调和,山本五十六的偷袭珍珠港计划最终将南进由设想变成了现实,也彻底改变了整场世界战争的走向。

赵易铭通过上级组织将虞懿琳带回的情报传回了延安中共中央，为党中央及早准确判断当时日本侵略军的世界战略意图提供了有力的佐证。周恩来评价说："这个情报是国宝。"

只有虞懿琳知道，为了这个宝贵的情报，有一位无私无畏的女共产党员献出了生命，还有一个无辜的小生命，也随着伟大的母亲一道，为民族的解放贡献出了自己的生命。

拾陆　血染党旗

拾柒　重返山城

在上海的任务完成后,虞懿琳主动申请回重庆,得到了批准。由于身份特殊,虞懿琳无法郑重地和张家、孙家众人告别,只是留了一张便笺和些许钱款,便不告而别。虞懿琳并不知道,自己此生还能不能再见到他们。

虞懿琳与组织上的众人告别时,赵易铭将她拉至一旁,说道:"你是国军军官的夫人,身份特殊,回到重庆之后,定要倍加小心才是。千万不要暴露了身份,这也是组织的纪律,记住了吗?"

虞懿琳点点头道:"你放心吧,我知道分寸。只是如今毕竟是国共合作,如果可能的话,我还是希望能够和他一道,共同为抗日做些事情。"

赵易铭点点头道:"我知道。只是国民党表面上虽说同意和我们合作,事实上背地里时常做反共的勾当。懿琳,你替我们做过事,我怕他们可能会为难你……"虞懿琳道:"你放心吧,我会保护好自己的。"

虞懿琳看到远处的乔呈良面色憔悴,短短数日,已瘦脱了相,好似变了一个人一般,不由得叹了口气。

赵易铭也叹道:"唉,筱惠和呈良在延安时期就两情相悦,后来到了上海,形势紧急,没法正式举行婚礼,只能秘密结婚。后来,筱惠又有了孩子,只是没想到,筱惠她……"

虞懿琳不知道该怎么劝乔呈良,只是说道:"如今上海滩危机四伏,同志们,你们都要多加小心。"

时隔一年有余,虞懿琳重回山城,心境已是大不相同。虞懿琳心中幻想了无数次她与符希仲重逢时的场景,却无论如何也想象不到是这样一番情境。

虞懿琳刚一迈入符家宅邸的大门,就看到符希仲脱去了军装外套,只穿一件白衬衫与军裤,双膝跪在门廊处。

虞懿琳见状大惊,赶忙走上前去搀扶。符希仲一见虞懿琳,又惊又喜,却没有说话,只是用手推开了虞懿琳。

虞懿琳无法,只得硬着头皮走进了宅邸,正撞见满面怒容的符廷镛。符廷镛一见虞懿琳,更是火上浇油,用鼻子"哼"了一声道:"你还知道回来?!"

虞懿琳赔笑道:"爹,这么长时间未能在身旁侍奉您,是儿媳的罪过。我一个同窗在上海,我过去找她,谁想这兵荒马乱的,一时半刻地就没能及时回来……"

符廷镛又"哼"了一声,道:"扯什么鬼话!上海是沦陷区,你去那里做什么你心里最清楚!早晚我符家得败在你的手里!"

虞懿琳自知理亏,不敢在符廷镛面前逞强,怯怯地道:"爹,我有什么错,都任您责罚,但不知希仲做错了什么,您要这般责罚于他?"

虞懿琳不提此事还好,一听虞懿琳之言,符廷镛更是一股悲愤之情涌上心头,道:"做错了什么?你自己去问他!倒是我符廷镛做错了什么?老天爷要这么惩罚我!"

虞懿琳听得一头雾水,知道在符廷镛面前问不出什么来,只得道:"希叔呢?"谁料虞懿琳话音刚落,符廷镛立时双目赤红,牙关紧咬,一字一顿地道:"希叔?你还来问我?你怎么不去问他?!"

虞懿琳此时更是丈二和尚摸不着头脑,立在当地,进也不是,退也不是,更不敢再说什么。符廷镛见状,用颤抖的双手指了指书桌。虞懿琳赶忙走上前

去,见书桌上赫然放着一封"阵亡通知书"。虞懿琳这一惊非同小可,道:"这……这是……"

虞懿琳双手哆哆嗦嗦地拿起了那封"阵亡通知书",看到上面清楚地写着"符希叔"三个字,心中不由得百感杂陈。其实,虞懿琳与符希叔总共不过见过三面,还有一面是在婚礼上。在虞懿琳的印象里,这个小叔子是那种很典型的高官家庭的孩子,自幼生活无忧,也热爱安逸的生活,心性单纯,也很是依赖符希仲这个哥哥。老实说,虞懿琳对于符希叔没有特殊的好感,但是也没有任何恶感,此刻得知噩耗,除惋惜一个年轻的生命外,更多的是对再次丧子的符廷镛发自肺腑的同情。

符廷镛忽然平静了许多,缓缓地道:"我符家世代忠烈,若希叔真是战死沙场,则吾亦算欣慰,也可告慰列祖列宗。可是……他不是!"虞懿琳奇道:"这阵亡通知书上写得清清楚楚,希叔是在豫南战役的战场上为国捐躯,怎么会不是?"

符廷镛似乎瞬间苍老了许多,道:"希叔他不是死在敌军的枪口之下,而是,死在了他最爱、也最信赖的哥哥手下!"虞懿琳不禁大惊失色,再也顾不得和符廷镛说话的礼仪,急道:"这!这怎么可能?!"

符廷镛似是自嘲般地冷笑道:"他们不过是为了顾及我的面子,方才给希叔算作了烈士。可叹我也还一直蒙在鼓里,若不是前日我追问希叔牺牲时的细节,那孽障编不下去了,才和我亲口承认,我怕是要被愚弄一世!"

虞懿琳让自己逐渐平静了下来,试探着道:"爹,希仲平日里对希叔甚是爱护,我想,此中定有隐情……"

虞懿琳此言让符廷镛更是恼怒,道:"果然是沆瀣一气!能有什么隐情?!不过是那孽障下令任何人不得后退,希叔回头想退几步去找他,便被他立毙于阵前。"

虞懿琳听完后倒吸一口冷气,身体不由自主地打了几个寒战:想不到符希仲竟是如此大义灭亲之人,那自己参与中共地下党之事……虞懿琳一念至此,不觉冷汗湿透脊背。

虞懿琳心中打着自己的小算盘,对符廷镛的话全然没作反应,符廷镛却依旧滔滔不绝:"我的大儿子希伯早就为国捐躯,如今希叔也……上峰倒是嘉奖我符家为党国尽忠,可是……我只想要我的儿子回来!"

虞懿琳顾不上安慰这个饱受丧子之痛的老人,一直在心中反复盘算着:要是让希仲知道我在上海是为共产党工作,怕是凶多吉少。怎么办?要不要再次逃离这个家?不,不行,我已经走过一次了,既然决定回来,我就不会再离开。最坏的结果无非就是一死,共产党人是不怕死的!

虞懿琳忽然惊讶于自己的这个想法,她回想起重回上海时,与赵易铭的一番对话。"懿琳,如今你也为我们工作了这么长时间,有没有想过加入我们?申请入党?"虞懿琳思及自己国民党军官夫人的身份,怕因为自己身份尴尬,不被共产党所信任,便道:"我想,我距离一名合格的共产党员还有很大的差距,我还需要继续努力,易铭,再给我一段时间吧。"

虞懿琳没有想到,如今,她真的已经在思想上把自己当成了一名共产党员了。她回想起了柏筱惠大义赴死时说的话:"共产党员,什么都不怕。"她又回想起了恽逸军曾经和她说过的话:"民不畏死,奈何以死惧之。为家国而死,重于泰山,有何可惧?"虞懿琳此时终于明白了为什么那么多共产党人在艰苦的环境下依然前仆后继,因为这种信仰的力量是无比强大的。

此时的虞懿琳已然不再恐惧,她诚恳地对符廷镛说道:"爹,此事既然是希仲之错,那么儿媳也有错,儿媳愿一同受罚。"说罢,对着符廷镛微微欠了欠身,并不理会符廷镛惊讶的眼神,径直走了出去。

虞懿琳走到门廊处,在符希仲身旁跪了下来。符希仲一惊,道:"你这是做什么?"虞懿琳微笑道:"我陪你一起呀。"

符希仲道:"这怎么能行?你身子柔弱,受不得这个的。"虞懿琳淡淡一笑,心想我在上海和香港时什么没有受过?说道:"能与你在一起,我没有什么受不得。"

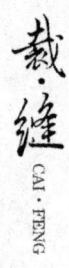

符希仲心下甚是感动,道:"懿琳,你的心意我领了,只是你舟车劳顿,本已十分辛苦了,还是先回房歇着吧。"

虞懿琳嫣然一笑,没有再答话,但也没有离开。符希仲见妻子倔强,只是长叹一口气,亦没有再开言。

时至夜间,符希仲见夜风转凉,不由得道:"你这身子熬不得大夜的,你又只穿了一件单薄的旗袍,还是回去吧。"虞懿琳道:"我说要陪你,岂有半途而废之理?"

符希仲皱皱眉道:"你这女人,在什么地方都要逞强,迟早是要吃亏的。"虞懿琳一听此言很是不悦,道:"何为逞强?如今男女平等,男人做的事,女人也一样能做。"

符希仲不欲与她再作争辩,只是将自己的衬衫脱掉,披在了虞懿琳身上。这一下符希仲便赤膊了。虞懿琳心有不忍,只得将衬衫重新为符希仲穿上,默默起身离开。

及至翌日,符廷镛总算"赦免"了符希仲。符希仲回到房中,虞懿琳赶忙为其端上茶水,又俯下身去为其捶腿。

符希仲轻抿了一口茶水,道:"懿琳,我没事,你歇着吧。说真的,见到你回来,我真的太欣喜了。"

虞懿琳一抬眼,道:"嗯?"符希仲道:"说出来不怕你笑话,你不在的时候,我时常会做噩梦,有时梦到你被日本人戕害了,我想上前救你,手脚却似被束缚住了一般,动弹不得。有时梦到你安然无恙,却只是对我回眸一笑,告诉我你永远也不会回来了。"

一别经年,音讯全无,虞懿琳能理解符希仲在全然没有任何希望支撑的情况下等待的痛苦。话说到此,虞懿琳不知该怎么问出心中的那一层令自己都感到羞愧的隐忧。

虞懿琳柔声道:"懿琳自幼便习仁义礼智信,自然懂得誓诺重于山的道理。懿琳与君定下一生之约,自然不会轻易毁弃。不知你……是否也如我一般?"

符希仲虽是大男人心思,不懂女人家的弯弯绕绕,但也绝非愚钝之人,听得虞懿琳此问,如何不懂她的意思?不觉有些恼怒,道:"你当我是那三心二意之人吗?我与你成婚之前,便许下过信诺,此生定不负你。希仲虽非圣人,却也不羡那三妻四妾、左拥右抱的齐人之福,更不是喜新厌旧的负心薄幸之徒。我爱你敬你,我……到底该怎么做,你才能信我……"说到最后时,符希仲已是痛心疾首,不欲再多言。

虞懿琳见状,赶忙劝慰道:"我不是那个意思,我不告而别,是我的不对。我知道等待的滋味有多苦,我只是想说,若你真的做了什么,我也不会怪你,因为我能理解。"

符希仲道:"你不理解!你不理解你在我心中的地位。我怎么可能……"符希仲向来不语怪力乱神,更是不信赌咒发誓之事,因此此时甚是着急,不知该如何在虞懿琳面前表明自己的心迹。

虞懿琳觉得如若再纠缠下去便是无聊,何况二人久别重逢,更不能为此事煞了风景。虞懿琳赶忙上前,轻抚符希仲的脊背,道:"好啦好啦,我自然是信你的。都是我的不是,你可莫要再生气了吧。"

符希仲见虞懿琳不再计较,自己自然也不会再做纠缠,便温厚一笑,回身握住了虞懿琳的手,深情地道:"懿琳……"

如果说当初虞懿琳前去上海,是将她与符希仲裁开了一道裂痕,那么如今,虞懿琳要亲手将这道裂痕缝补上。虞懿琳就势假倒在符希仲怀中,两人久别重逢,真如久旱逢甘霖一般。

多少次的循环往复也诉不尽离愁别绪,云翻雨覆之后,虞懿琳瘫倒在汗流浃背的符希仲怀中。虞懿琳忽地想起了一事,虽说明知煞风景,却也不得不问:"那个……希叔的事,到底是怎么回事?"

符希仲一闻此言,顿时神色一黯,道:"是我对不起他。"虞懿琳安慰道:"你也别太难过了吧。"符希仲道:"懿琳,你有所不知,此全为我之过。大哥走了,我一直全力护着他,他就是太信任我了,所以才会……当时那情形,敌强我弱,若

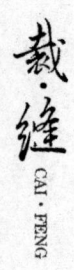

不杀他以振军心,怕是要一溃千里了。"

虞懿琳心中一紧,真实战场的残酷状况逐渐在她眼前浮现。

拾捌　自断手足

那是一九四一年初,适逢农历新年,日军为打通平汉铁路南段,消灭汤恩伯集团军有生力量,向豫南地区发动了大规模进攻。

面对日军的进攻,国民党军队依旧采取避其正面锋芒,迂回前进,绕至日军后方夹击的战略。

烟火四起,乱石横飞。日军在舞阳等地进攻受挫后,一再改变作战计划,用飞机连续轰炸郑州、洛阳等地的城市和部队。符希仲奉命固守沙河,遭遇了日军的猛烈进攻。

事实上日军的地空协同、步炮协同和真正的现代化军队还差得很远,然而即使这样,国民党军队的战斗力依然无法和日军匹敌,特别是在白刃战中,日军士兵大都受过专业的训练,而国民党军队经过长期的战争损耗,大部分士兵都是刚抓来的壮丁,毫无战斗经验。

面对日军猛烈的炮火,符希仲不敢和敌人硬拼,他采取一贯的策略,与日军打时间差,日军炮火轰击时,他便命令部下躲在掩体里。而日军冲锋时,他则令部下迅速修整被炸毁的掩体,以备日军下一次炮击时使用。

但今天,符希仲本能地感到不对劲,弹点稀稀拉拉,不成规律。符希仲立刻下令转移,二连连长符希叔拿着驳壳枪,干掉了两名冲上来的日本兵,随后吼

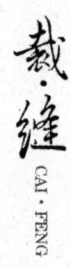

道:"一排掩护,其余的弟兄随我走。"

正当此时,大批日本步兵已经冲了过来,杜维鹏立刻扔出了两颗手榴弹,其他士兵也纷纷投弹,但是这根本阻挡不住日本兵前进的步伐,前面的日本兵倒下了,后面的日本兵又踩着同伴的尸体冲了上来,战争瞬时演变为了白刃战。

冯治平拿着一把驳壳枪刚干掉了几个日本兵,却见到自己连中的士兵纷纷倒下。眼见阵地要失守,他也立刻加入了拼刺刀的行列。

冯治平算是白刃战的老手了,他一出手就刺倒了三名日本兵,日本兵见状,立刻有三四个人围了上来,日本兵知道他不好对付,纷纷扎稳了丁字步,四十五度角持枪,摆出一副可守可攻无懈可击的姿势。但冯治平完全不按常理出牌,他趁一名日本兵立足未稳,上来就刺向了他的咽喉。拼刺刀一般都是刺腹部,冯治平的"不守规矩"激怒了日本人,他们纷纷主动向冯治平进攻,但这一下便破了他们好不容易摆好的守势,冯治平瞅准破绽,左冲右突,接连刺伤了两人。可随即又有日本兵补上来,冯治平一见势头不好,立刻拉上枪栓,朝一名日本兵开了一枪。那人自然登时了帐(阵亡),但这下其他日本人更是怒不可遏,白刃战不能开枪对日军来说是铁打的规矩,日本人最讲规矩,自然容不得这种不讲规矩的人,他们气势汹汹地朝冯治平而来,可冯治平却不为所动,腾挪自如,再次利用日本兵的破绽刺死了一人。

正当冯治平寻找下一个下手的目标之时,一人忽然从背后勒住了冯治平的脖子,将他掀翻在地,而后压在他身上,用手狠掐冯治平的脖子。冯治平与那人身材差距较大,奋力反抗却毫无效果,他的气力一分分地丧失,正当此时,一枚雪亮的利刃从日本兵胸前穿出,鲜血顺着刀刃渐次流淌了下来。

冯治平用力推开压在自己身上的尸体,见到了刚救了自己一命的周涟。冯治平说道:"你怎么跑到我们连阵地上来了,你们连长呢?"周涟痛苦地道:"我们刘连长殉国了,我们连的阵地也失守了。"

经过一天的激战,双方均伤亡惨重。日本人的攻势渐缓,但是很显然,他们并没有要撤退的意思。符希仲在战壕中清点人数,整个营战斗减员将近一半。

一连连长殉国,由周涟接任,杜维鹏升任排长。

白天的激战让很多人迅速进入了梦乡,但二连连长符希叔却辗转反侧。白天的时候,二连的阵地离符希仲最近,符希叔的反应也算迅速,因此二连的伤亡人数最少,他也是营里唯一一位没有直接跟日本人拼刺刀的连长。

想起拼刺刀,他心中升起一阵恶心。在战场上,他这种恶心的感觉多于恐惧,炮火震得他恶心,白刃溅血也让他感到恶心,就连底层士兵有时开的一些低俗的玩笑,都会令他感到恶心。

他望着天上的星辰,不知为何,忽然想起了他上学时在学校话剧社演莎翁名作《哈姆雷特》时的一句台词:"星辰拖着火尾,露水带血,太阳变色,支配潮汐的月亮被吞噬得像一个没有起色的病人。"

上学的时候,话剧社对他的吸引力远胜过学校里的功课。他从小生在戎武之家,大哥符希伯好战,二哥符希仲善战,而父亲符廷镛,根本就是为战争而生的。可他却不一样,他厌恶战争,厌恶一切有关暴力的事物。他小的时候并不知道自己除了当兵还能做什么,但是自从进了话剧社,他便找到了方向。如果任由他发展下去,他或许会成为一名知名的话剧演员,甚至是一名剧作家。因为他不仅爱演,也爱创作,他在校期间创作的两出舞台剧都收获了不小的反响。

但是父亲符廷镛显然不允许他这么做。在他看来,演话剧与倡优无异,是下九流的行当。所以符希叔中学一毕业,就在父亲的安排下从了军,并且一直跟随符希仲。

符希叔忽然羡慕起天上的彗星来,它们尚能够自由落体,随意地落在任何一个地方,而他自己的人生轨迹则早被规划好了,一丝一毫都偏离不得。想到这里,他忽然无比渴望结束这场战争,只要战争结束了,没有仗可打了,父亲总不会再教自己打仗了吧?快点结束吧。符希叔回想起白天时看到刘连长残缺的尸身,竟有些羡慕起他来,毕竟,他再也不用打仗了,而自己,还不知要在这场无尽的战争中煎熬多久。

翌日天色尚未泛白,符希仲便叫了三位连长前来,面色严肃地道:"刚接到

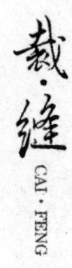

上峰指令,今日一战,务必守住阵地,不得后撤一步。"符希仲知道,上峰下这样的命令,是想教他们拖住日军,以配合战略目标,帮助大部队顺利转移。但他心里也清楚,要执行这样的命令,需要用多少人的生命作为代价。

当日的战斗果然如符希仲所料,日军的进攻更为猛烈。刚接任一连长的周涟举着驳壳枪大喊:"兄弟们,跟我上。"杜维鹏冲锋在前,与日本人缠斗在一起。但冲锋的日军在己方强大炮火的掩护下,来势汹汹。杜维鹏身边的战友,一个接一个地倒下。

杜维鹏刚用刺刀刺倒了一名日本兵,迎面飞来一物,差点将杜维鹏撞倒。杜维鹏奋力推开,低头一看,原来是一条血淋淋的人腿,也分不清腿的主人是国民党军队的还是日军的。

被人腿砸到的不仅有杜维鹏,还有符希叔,准确地说,砸到符希叔的也许都算不上腿,只是一块残缺的尸身,符希叔望着那块血淋淋的东西,胃中再次翻腾起来。就在这个当口,他部下的两名排长都已壮烈殉国。

符希叔忍着胃部的不适,环顾左右,只见整个连里已剩下一个排不到的兵员,而日本人,好似蝗虫一般,杀之不尽,源源不断地拥来。

"哥!"他本能地回过头,想去找符希仲。但是他并不知道,就在他回头的一瞬间,符希仲刚对传令官说了一句话:"传我令,所有官兵,无论官职高低,凡敢言后撤者,阵前立毙。"

符希仲话音刚落,传令官还未离开,就见到符希叔气喘吁吁地跑到他跟前,说道:"哥,我们连的人都打没了,一连跟三连也撑不住了,咱们撤吧,再多打一会,整个营的人都没了!"

符希叔此言一出,传令官显得很是尴尬,立在当地,低着头,不敢看他们二人,更不敢作声。而符希仲则紧皱着双眉,眼中似有怒意,却更是充满了痛惜与爱怜。他就这么盯着符希叔,盯了一阵,眼神逐渐变得坚定起来。

符希叔不明白,在如此紧张的战场上,符希仲怎么还会用这么久的时间不说话,只默默地盯着自己。符希叔不由得问道:"哥,你怎么了?"

符希仲紧绷着的双唇终于吐出了几个字："二连长符希叔擅言后撤,扰乱军心,现予就地正法!"符希叔还没反应过来符希仲口中最后几个字的含义,一支冰冷的枪口便伸到了自己眼前,他盯着那枪口,恍若在梦中,不敢置信。而枪口的主人,则缓缓闭上了双眼,扣动了扳机……

符希叔倒下的时候,双眼圆睁。符希仲不敢看他的眼睛,只是对传令官道:"传令下去,全营官兵,敢言后撤者,必效符希叔之下场!"传令官显然受到了不小的惊吓,连"是"都忘了说,只敬了个礼,便匆匆跑开了。

传令官走后,符希仲缓缓蹲了下来,用手合上了符希叔的双眼,但是他心里清楚,符希叔死前的眼神,他一辈子也忘不了。

那场仗,符希仲已经忘了自己是怎么打的了。兴许是因为受了极大的刺激,符希仲整个人都处在麻木之中。但正是这种麻木,使他忘却了生死。而全营官兵因为符希叔的死,均奋勇向前,无人敢生退却之心,最终打退了日军的疯狂进攻。

符希仲说完后默然不语,虞懿琳伏在他胸前,轻轻用手抚着他的胸膛,温柔却又坚定地道:"国难当头,自然要有非常之牺牲,民族会记住你们的牺牲的。"

后来虞懿琳才知道,由于在豫南会战中的出色的表现,符希仲受到上峰嘉奖,分配给他一个齐装满员的加强团。

符希仲没问虞懿琳这些年的经历,他不想问,他一方面相信虞懿琳,另一方面也害怕问出他不想听到的结果。而虞懿琳也对自己的经历只字未提,她不知道怎么向符希仲解释自己的所作所为,她唯有在心底默默地道:"希仲,我没有做对不起你的事,但是依旧希望你能够原谅我。"

拾捌 自断手足

拾玖　清歌魅舞

虞懿琳回到重庆后,重新加入了"太太团",过上了少奶奶的生活,时而穿着月白蝉翼纱旗袍端坐于麻将桌前,时而身穿乌绒阔滚豆绿软缎长旗袍与其他官太太们轻啜下午茶,打趣着重庆官场上的家长里短。

一九四一年十二月,香港沦陷,在港的众人纷纷逃离香港。恽逸军、张九莉等人先后离开了香港,回到了上海。恽逸军进入了著名的特务机构——岩井公馆,继续为上海的中共地下党组织工作。

在香港的孙夫人也于同期回到了重庆,在继续她之前一直为之奔走的"中国民权保障同盟"工作的同时,还支持路易·艾黎等人发起工业合作社运动。

蒋夫人为了欢迎姊姊回到重庆,特地在松厅举办了一场小型的私人宴会,邀请国民党政府内部高官及家属出席。虞懿琳夫妇也接到了邀请函。虞懿琳明白,以符希仲的官职并没有资格受邀,蒋夫人是念在与自己的旧交上方才邀请他们出席。

松厅之内,华灯盛放,舞乐悠扬。虞懿琳看得出,与上次宴会相比,蒋夫人的心情明显好了许多。日本南进政策的确立,触动了英国在东南亚岛屿的殖民利益,委员长认为有了英国这一盟军,抗日的压力会相对减轻许多。

无论任何时候,虞懿琳在服装上永远保持着得体与出挑。为了不在各位高官太太面前显得寒酸,虞懿琳穿了一件湖蓝色乔其纱旗袍,肩部用蕾丝罗织出了将近齐肘长的蝴蝶袖,下摆宽松,行走摇曳生姿,外搭一件苹果绿鸵鸟毛斗篷,飘逸之中透露出一丝贵族豪奢之气。

为了不显得太过张扬,给夫家带来麻烦,虞懿琳进入松厅之后,便将斗篷脱在了衣帽间,只以一身淡雅的旗袍面见蒋夫人。

虞懿琳挽着符希仲的手步入松厅,两人郎才女貌,又青春正好,英姿挺拔配上温婉可人,真是妒煞旁人,惹得一片艳羡之声。

符希仲携虞懿琳前去拜会蒋夫人,蒋夫人见符希仲夫妇来了,便道:"小虞,你我许久未有谋面,这可令我着实想念。"

虞懿琳道:"委员长为国事可谓夙兴夜寐,靡有朝矣,夫人为贤内助,亦是日夜操劳,懿琳岂敢打扰?"

蒋夫人和蔼地一笑,道:"符团长为党国尽忠,也甚是辛苦。"符希仲赶忙道:"不敢,报效国家,乃吾辈之本分。"

此时又有客人前来与蒋夫人交谈,符希仲便与虞懿琳从蒋夫人处离开。

宴会正式的舞曲已经响起,虞懿琳挽着符希仲的手双双步入舞池,两人已成婚一年有余,虽说聚少离多,却心心相印,因而此番共舞,较之初见时要默契许多。

委员长知道自己在会使客人们不自在,因此每当松厅举办宴会时,他都会先陪客人们小坐一会儿,而后离场。

一曲舞毕,蒋夫人扬声道:"感谢诸位今天来访,如今正逢战时,一切从简,本应请乐队前来伴奏,然而委员长不愿如此靡费,便改为留声机伴奏。"

谁料此时邹汝芳道:"夫人,可那钢琴空闲着不是可惜?汝芳自幼学习钢琴,不知可否献丑,为夫人伴奏呢?"

邹崇凯此番带女儿前来,本是想借此机会为女儿寻一佳婿。邹汝芳被符希仲退婚后,心中一直郁郁,不愿再寻良人。此番亲眼见符希仲与虞懿琳夫妻情浓,心中不免嫉恨,便有意在蒋夫人面前出这个风头。

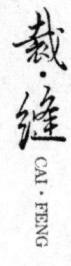

　　见蒋夫人点头允许，邹汝芳走到钢琴前面坐下，十指指尖碰触到光洁的琴键，乐曲就如高山流水般倾泻出来。邹汝芳演奏的是《塔兰泰拉舞曲》，该曲目原作者是吉他音乐大师皮埃松卡，后著名作曲家、钢琴家李斯特以此体裁创作了李斯特《塔兰泰拉舞曲》，邹汝芳演奏的便是李斯特的版本。这段舞曲对于演奏者对音色的控制要求极高，要在优美恬静之中，透射出一种淡淡的忧思。

　　邹汝芳不愧是留洋归来，又自幼练习，钢琴技艺臻于化境。邹汝芳一开始演奏，在场众人便都忘记了跳舞，不自觉地为乐曲所吸引，全神贯注地倾听。

　　蒋夫人亦是留洋归来，作风西派，对于钢琴演奏也颇为在行，此时一听邹汝芳弹奏，便知其技艺深浅，不由得连连颔首赞赏。

　　邹汝芳一曲奏毕，可谓余音绕梁，令众人意犹未尽。邹汝芳道了声"献丑"，眼见众人的反应，便还想继续弹奏。

　　虞懿琳一见邹汝芳上前演奏，心中便盘算着如何挫挫她的风头，此时，虞懿琳赶忙朗声道："邹小姐的钢琴弹得真是精妙绝伦，只是弹了这么久，也该歇歇了。"

　　邹汝芳一见是虞懿琳说话，眼中精光一现，道："虞小姐什么意思？莫不是虞小姐也要上台献艺？"邹汝芳故意称虞懿琳为"虞小姐"而非"符太太"，一方面不认可她的身份，另一方面也有讽刺她商贾之家出身的意思。

　　邹汝芳知道，虞懿琳从未出国留过学，从小受的教育也趋于传统，自然不能在西洋乐器上有太高的造诣，此番居然敢公开挑战自己，邹汝芳认为，虞懿琳绝对是自讨苦吃。

　　谁料虞懿琳微微一笑道："既然邹小姐这么说，懿琳自然也不敢不从。"回身对蒋夫人道，"有辱夫人清听了。"

　　虞懿琳缓步提裙，走上前去。邹汝芳见虞懿琳真的上来了，倒是始料未及，只得起身，悻悻地离开，走到一旁，准备看虞懿琳的笑话。

　　虞懿琳坐了下来，道："懿琳自幼在北平长大，小时在学堂读的都是传统文章，后来在大学读中文系时，我就时常想，自洋务运动起，我们便一直倡导西学中用,那么该如何将中国文化与西方艺术结合起来呢?我家祖上有位才女,作过一首《采桑子·相思》,诉说女子闺阁思念良人的心绪。如今战事紧张,将士们在前方冲锋陷阵,后方又有多少女子在饱尝相思之苦呢?懿琳斗胆,想用钢琴演奏一首古筝传统曲目,为各位献唱《采桑子·相思》。"

虞懿琳此言一出,包括蒋夫人在内的所有人均是一惊,用西洋乐器之王钢琴来演奏中国民乐曲目,这可真是闻所未闻。邹汝芳在旁浅笑,心想这可真是滑天下之大稽。就连符希仲也有些担心,不知妻子究竟意欲何为。

原来虞懿琳搬到重庆后,由于家中旧主人留下了一台钢琴,虞懿琳舍不得将其卖掉,便时不时掀起琴盖来弹奏。但虞懿琳上中学时练习过的钢琴曲谱早已散佚,虞懿琳只能将小时候谙熟的古筝曲子放在钢琴上弹,想不到试一下,还果真别有一番风味。

虞懿琳当时弹奏的是古筝名曲《汉宫秋月》。虞懿琳将其结合钢琴的演奏方式稍加改变,改为钢琴的和弦,弹奏的同时,朱唇轻启,轻唱出了一曲《采桑子·相思》:

朱雀桥边鸳鸯戏,并蒂莲栽,并蒂莲栽,梦中依稀,良人音犹在。
窗外鹂音思无邪,红豆满怀,红豆满怀,春去秋来,痴心总不改。

曲调本就哀婉曲折,加之虞懿琳的吟唱,众人眼前不觉浮现出了一副残阳斜照里,于闺阁中独自徘徊,思念驰骋沙场的情郎的女子形象。一曲吟毕,众人皆是久久不能释怀。

事实上虞懿琳的琴技远不及邹汝芳娴熟,但其独出心裁,另辟蹊径,别具一格,令在场诸人耳目一新。余音落地许久,松厅之内却仍是寂静,蒋夫人终于打破了这种静谧,道:"小虞果然是我民国的才女,这番中西结合,真教人叹为观止。"就连在一旁的孙夫人也道:"从没听人弹奏过这样的钢琴曲,果然别有一番风流韵味。"

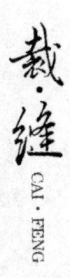

　　符希仲虽与虞懿琳成婚一年有余,却从未见识过妻子在音乐方面的才华,是以当日竟令符希仲对虞懿琳更是刮目相看。

　　然虞懿琳终究是小女人脾性,斜睨了一眼在旁气得七窍生烟的邹汝芳,心中暗暗冷笑,得意不已。

贰拾　远征滇缅

虞懿琳与符希仲夫妻团聚,平静的日子并没有维持太长时间。一九四二年一月的一天傍晚,虞懿琳坐在客厅中翻看报纸,符希仲问道:"报上有什么新闻?"虞懿琳笑道:"报上说的新闻你想必早就知晓了,无非是政府与英国方面签署了《中英共同防御滇缅路协定》,中英形成军事同盟,中国为支援英军在缅甸①抗击日本,同时,也是为了保卫中国西南大后方,组建了中华民国远征军。"

符希仲听完后没有说话,心中却有些按捺不住。在别人看来,符希仲或许有些好战,他身体的每一个细胞,似乎都是为了战争而生的。但是虞懿琳并不这么看待自己的丈夫,她清楚地知道,符希仲之所以那么"好战",是因为他比任何人都爱好和平。

在家的日子里,符希仲曾对虞懿琳道:"懿琳,我真想这场战争赶紧结束,给你一个安宁的生活。"虞懿琳道:"希仲,我能理解你,你的付出,更是为了这片土地上所有人的安宁生活。"

符廷镛对于符希仲主动要求加入远征军的态度显得有些暧昧。一方面,远征军即将去的地方是中国古代所称的蛮夷之地,前去作战凶多吉少,另一方面,

----
① 时为英属地。

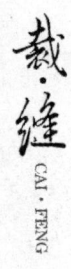

滇缅战场远离中国内陆地区,参与这样的战争,胜了上峰未必会记大功,而败了则是大过。但符希仲执意前去,符廷镛也不好阻拦,毕竟经过了一系列战争的洗礼,符希仲早已成长为一名有独立战斗能力的指挥官,符廷镛也相信儿子的判断。

符希仲与虞懿琳商议此事,符希仲本意是想征求虞懿琳对自己加入远征军的意见,谁想虞懿琳却道:"去是自然要去的,只不过,我也要同去。"

符希仲自然是不允,道:"这怎么可以?这不是儿戏!那是战场!最残酷的战场!你一个女人家怎么可以去?"

虞懿琳道:"谁说女人不能上战场?那军队里的女军医不是女的?你放心,我能照顾好自己,绝对不会拖累你。"

符希仲仍旧是摇头,道:"不行,懿琳,我虽然舍不得与你分别,然而你陪我出征却是万万不行的。战事紧急,我无暇照拂你,而且,带你去也是对部队的不负责……"

这下虞懿琳有些恼怒,道:"你仍旧认为我是百无一用的拖累!我和你上前线是想以己之力为国效力,绝非留恋儿女情长,我虞懿琳岂是那等不明大义之人?更何况,我曾在云南生活过一段时间,对那里的环境十分熟悉……"虞懿琳压低了声音道,"我还可以用我的方式帮助你,帮助你的部队……"

虞懿琳在暗示些什么,似乎符希仲也是了然。符希仲思考了一阵便道:"好吧,不过你我要遵守君子协定,但凡情势危险,你定要听我的,不要固执,尽快回来。"虞懿琳点头应了。

符希仲又道:"你之前在上海滩做了什么,我猜也能猜到。懿琳,说真的,我真的很钦佩你,也很欣赏你。但是真实的战场和你之前所在的地方还不一样,你要做好心理准备。"

符希仲当时想的是,虞懿琳到了前线,一见战场艰苦,便会畏难,自己主动回来。但符希仲显然是低估了虞懿琳投身抗日的信心与决心。

符希仲与父亲告别时,符廷镛亦有些不舍。符廷镛虽在表面上为符希叔之事怪罪符希仲,但心中清楚,如今符希仲是他唯一的儿子了,他无论如何也不能再失去他了。符家世代从军,在军界为家族带来无上荣光的同时,也不得不遭受其带来的生离死别之苦痛。

正当广阔的华夏土地饱受战争侵袭之时,欧洲大陆上同样难以求得安宁。英法等国的绥靖政策没有使其逃过卷入战争的厄运,一九三九年,德军攻入波兰,第二次世界大战爆发,随后的第二年,英法军队在敦刻尔克经历了弃甲丢盔大溃败之后,英伦三岛岌岌可危。此时英国希望借助中国长期抗战的经验和力量,支援它在远东殖民地,特别是缅甸、印度、马来西亚方面的军事战局,挽救远东大后方的危机。

因此,在英国的求助下,中国方面以杜聿明为代理司令长官,由中缅印战区参谋长史迪威指挥,集合中国精锐力量的中国远征军约十万人向缅甸进发。

符希仲的部队便在其中。为了不给符希仲带来麻烦,虞懿琳装扮成野战医院里的女护士。虞懿琳在西南联大时曾学过一些简单的急救知识,加之裁衣妙手,包扎、缝针等事,都不在话下。

但是,由于傲慢的英国人过于高估自己,轻视中国军队的力量,又不愿外国军队深入自己的殖民地,一再拖延阻挠中国远征军入缅,预定入缅的中国远征军只好停留在中缅边境。

时隔三年,虞懿琳再次回到了曾经带给她无限美好回忆的云南。只不过,在西南联大的日子里,虽说生活艰苦,精神却是无限享受的。同窗亲如手足,恩师谆谆教诲,一切都是充满希望的。在西南联大的学生们都觉得,纵然战火带来了无尽的苦难,但只要他们奋发图强,定会改变这个国家的命运。

但是此番再次入滇,虞懿琳一路所见都是绝望。虽说日军还没有打到云南来,但是民众的情绪是无奈、恐慌与绝望的。他们不忍离开这片滋养他们的沃土,又无力抵抗侵略者,只能在此坐以待毙。

远征军的到来毫无疑问给他们带来了一线希望。符希仲的部队驻扎在腾

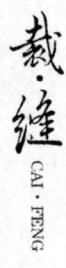

冲,这里矿产丰富,四季如春,从古至今,都是兵家必争之地。

腾冲县内林荫遍地,水流潺潺,自然形成的温泉随处可见。在这样一处山清水秀的地方驻扎,虞懿琳却顾不得欣赏美丽的风景。为了能尽早适应真正的战场生活,虞懿琳每日都认真地跟着野战医院的军医学习医疗知识。

当地居民遇到重度伤病,前来求助野战医院,有时军医会伸出援手,帮忙治疗,但是由于医疗资源有限,大多数时间,军医不愿轻易为百姓治疗。

一日,只见一名头缀五彩璎珞,身着前短后长"卐"字纹刺绣右衽大襟衣,外套坎肩,系围腰,耳配银质耳环的当地彝族妇女前来,状甚痛苦。那名彝族妇女的汉语并不是很好,只是一个劲指着自己的右眼。虞懿琳赶忙轻翻其右眼睑查看,只见其眼皮内长了一颗小脓包。

脓包长在眼皮内里,只要眼睑微动,便会摩擦眼珠,致使疼痛不已。但是解决也是再简单不过,只需要用消过毒的银针将脓包挑破即可。但野战医院的军医觉得这点病痛实在微不足道,便不愿意分出精力来照顾这位彝族妇女。

虞懿琳见状,便道:"这位阿姊,你不要着急,你坐在这里,我来帮你。"在人的眼珠上动针,稍有不慎,便可能致盲。虞懿琳过去不过是做些给军医打下手的活计,从来没有干过这等精细活儿,此时出于善心应下来了,心中也是不免惴惴。

虞懿琳一边给银针消毒,一边想,自己从生下来就拿针,却从来没有这样紧张过。虞懿琳知道,此刻若是紧张,有害无益,便逐渐平定了心绪,深吸一口气,走到那彝族妇女面前,拈起银针,在翻开妇女眼睑的那一刹那,虞懿琳突然出奇地镇定,对准了脓包,轻轻一挑,脓包破了,虞懿琳也松开了手。

那彝族妇女瞬间感到轻松了许多,再也没有疼痛的感觉了。她对虞懿琳千恩万谢,通过她不熟练的汉语和辅助的手语,虞懿琳才知道,她的名字叫作欧其阿依,原本住在山里,后来因为被县城里一户汉人大户人家的公子看上,才嫁到了县城。

欧其阿依一双深邃的黑眼珠嵌在其小巧精致的面庞上,显得格外美丽,我见犹怜。虞懿琳对欧其阿依道："如今边境战事紧张，日本人不知道什么时候就会打过来，若是可以的话，还是去乡下避一避为好。"欧其阿依点头应了。

时局果然不出虞懿琳所料。一九四二年一月初，日本展开进攻后，英军一路溃败，英国人不得不收起他们的狂妄自大，急忙请中国军队入缅参战。中国成立远征军第一路司令长官部开赴缅甸战场。但是，由于已经失去作战先机，缅甸保卫战失利。这主要由于英国一直极端坚持先欧后亚的既定战略，战局一旦不利，便对保卫缅甸完全失去兴趣，一再撤退，使中国远征军保卫缅甸的作战变成了掩护英军撤退的作战。

一九四二年四月十四日凌晨，英缅军总司令亚历山大急电中国远征军司令长官部，请求解救被包围在仁安羌的英军。

四月十九日下午，新三十八师师长在孙将军的带领下收复了仁安羌油田，解救了英军七千多人和被日军俘虏的英军官兵、美国传教士和新闻记者等五百多人。消息传出，中、英、美三国轰动。仁安羌之战是中国远征军入缅后第一个胜仗，孙将军以不足一千的兵力，击退数倍于己的敌人，救出近七倍于己的友军，轰动全球，史称"仁安羌大捷"。

孙将军原为财政部税警总团第二支队上校司令兼第四团团长，是时任财政部部长宋子文的嫡系。一九三二年"一·二八"抗战的时候，税警总团以第八十八师独立旅的身份参战，战功卓著。此间孙在训练上下了很大功夫，将中国传统教育和美国军校的教育方式相结合，制定出适合自己部队需要的训练制度和方法，形成了一套与国民党军队其他部队不同的训练操典，被大家称为"孙氏操典"。一九三七年全面抗战爆发，九月，税警总团开拔奔赴淞沪会战前线。他在苏州河周家宅一线血战中被日军火炮击成重伤，全身中弹片十三处，昏迷三天。

次年伤愈后，孙又率部参加了保卫武汉的战斗，两次立下战功，在军界崭露头角。国民政府迁都重庆后，孙奉命赴长沙重组税警总团，并担任总团长。重组的缉私总队为淞沪会战后伤愈之税警总团残兵加上新募为主，规模三团，经过两年严格的训练，缉私总队由原本之三团残兵、新兵逐步扩张至六个团规模。

一九四一年十二月,财政部被迫交出缉私总队半数兵力给国民党军队,重组为新编第三十八师,作为交换条件,孙晋任为少将师长,隶属于的第六十六军,成为中华民国当时的主力部队之一。

四月二十日,盟军中国战区参谋长史迪威中将轻信英方关于在仁安羌和乔克柏当之间有敌军三千余人的情报,命令包括符希仲部在内的国民党军队长途奔袭至乔克柏当。

接到命令后,虞懿琳隐隐感觉有些不对,但她又说不出哪里不对,只是对符希仲喃喃地道:"根据目前的战势来判断,日军在仁安羌一带总共的兵力也不超过三千人,怎么可能还有三千人在仁安羌和乔克柏当之间?"

符希仲对妻子如此直接地议论军事有些不满,道:"军令如山,上峰既然下了命令,我就不得不从。"

事实证明,虞懿琳的直觉并没有错,部队到达乔克柏当后,根本没有发现日军的踪迹,只有部分英军在新三十八师的掩护下撤退。符希仲这才发觉被骗,赶忙退回到棠吉,然而这一来一回,已然浪费了三天宝贵的时间,使得日军抢先攻占了棠吉。

贰拾壹　厉兵秣马

符希仲向来不肯服输,在棠吉向日军发起了猛烈攻击。战场上重机枪的扫射声令虞懿琳阵阵心惊,然而虞懿琳不得不强行镇静,随着军医们穿梭于各个战壕之间,抢救受伤的战士们。

又一阵急速的扫射袭来,虞懿琳赶忙俯下身去,躲在战壕中,还高声提醒着其他军医和护士隐蔽。

扫射声渐渐低了下去,身旁的一名年轻的战士站起身来,举起枪,刚要射击,就见一颗子弹径直从他头上戴的钢盔中穿过,在钢盔正中,留下了一个鲜红的血洞。虞懿琳一时间吓呆了,那战士在她身旁倒下,她都忘记了闪避。虞懿琳缓过神来后,质问身旁的陆军医:"不是有钢盔吗?钢盔不防弹吗?"

陆军医显得习以为常,道:"钢盔只不过是防流弹片和石子,像这种直直的子弹穿透,是不可能抵挡的。更何况,就算子弹是斜着打过来的,钢盔可以将子弹弹出,但子弹射过来巨大的冲力也会使人的脖颈瞬间折断,导致死亡。"

虞懿琳躲在战壕中,耳听外面的炮声似除夕夜的鞭炮声一般不停歇。这是虞懿琳第一次真实地感受战场的残酷,一个个前一秒还和虞懿琳说话的小伙子,在下一秒钟就变成了一具具尸体。

硝烟的气息最初呛得虞懿琳根本喘不上气,但强烈的求生欲望让虞懿琳逐

渐适应了这股气息。多年后,远离战场的虞懿琳甚至还有些想念那股味道。那股气息象征着青春,象征着理想与信念,更象征着她与符希仲那段夫妻同心、并肩作战的日子。

经过两天两夜的激烈战斗,符希仲终于重新夺回了棠吉。但虞懿琳丝毫体会不到得胜的喜悦,她整个人都被之前战场上的恐怖气氛包裹着,身子时不时地在发抖。

符希仲见状,明白她是受到了惊吓,走过去扶住了她的肩膀,安慰她道:"没事了,战斗结束了,我们已经夺回棠吉了。"

虞懿琳依旧在打寒战:"可是这场战争还没结束,不是吗?而且没有人知道,它究竟什么时候能结束。"

符希仲叹了口气道:"这里和你在上海时大不相同。也许敌后战场是女人的世界,但是正面战场的确不适合女人。懿琳,你不该来。"

虞懿琳一听这话,心中的恐惧暂时被压了下去,她不服气地道:"我相信我慢慢会适应的。"

四月二十四日,在日军的猛烈攻势之下,第六军被迫放弃雷烈姆,日军随后从雷烈姆北进。此时防守腊戍已无意义,符希仲等部不得不于四月二十六日放弃棠吉。

史迪威于四月二十七日下午下令部队放弃曼德勒,向北转移,但为时已晚,日军连续攻占棠吉、八莫、腊戍、密支那等地,切断了第五军的后路,并越过中缅边境,侵入中国云南滇西境内,攻占了畹町、龙陵等地,并于五月五日抵达怒江西岸的惠通桥地区。中国远征军急调第七十一军入滇对日军实施反击。同时,五月五日,刚刚抵达怒江东岸的第三十六师及两个工兵连炸毁了惠通桥,将敌阻于怒江西岸,双方隔河对峙,这才阻止了日军继续向中国大西南的进一步扩张。

五月八日,日军攻占密支那,杜聿明按蒋介石的命令向国内撤退。因八莫、密支那等地已经被日军占领,部队只好越过铁路,由西面绕道缅北密林回国,途中多次冲破日军阻击。五月九日,由于在杰沙发现日军,并且新三十八师先到杰沙掩护的只有一个团,杜聿明认为日军有可能从南北包围,将远征军歼灭,因而下令各部队分路回国,自寻生路。

五月十三日,部队在曼西破坏了所有重装备,徒步进入原始森林。新三十八师师长孙立人没有听从杜聿明的命令,向西撤往了印度英帕尔。

杜聿明率领第五军直属部队和新二十二师,离开密瓦公路,改道向西北方向追去,翻越没有人烟的热带雨林野人山地区。部队缺医少药,断粮达八天之久,一度迷失方向,历尽艰难困苦,很多人因为饥饿、疾病死去,还有一些人因为忍受不了折磨而自杀。

后来,一架美国飞机在野人山上空发现了这支军队,盟军随后空投了电台、粮食、药品,辗转达两个月之久,使得这支军队终于走出了野人山。由于预定回国路线所经的中缅国境已有大量日军把守,这支部队最后还是改道去了印度。杜聿明所部最终于七月二十五日抵达印度雷多,沿途因饥饿和疾病死亡两千余人。

新编第二○○师师长戴安澜屡建奇功,掩护了英军的平安撤退,后在翻越野人山对敌作战中不幸殉国。战役结束后,英美政府高度颂扬远征军,授予孙将军、戴安澜将军(追赠)功勋章。

面对日军的阻击,虞懿琳忽然提出了一个大胆的想法:"不要追随原部队建制了,如今日军肯定早已封锁了边境,恐怕回国也是回不去的了。倒不如……追随孙将军,一路向西撤退,以图将来的反攻。"

符希仲道:"你是要我违抗军令?"虞懿琳道:"将在外,军令有所不受。更何况,非常时期必有非常之手段。仁安羌战役中孙将军的作战才能令人叹服,我相信他的判断不会错。"

符希仲内心深处早对自己及整个部队的未来感到十分茫然无助,如今虞懿琳提起了孙将军,他亦佩服孙将军的领兵能力与为人,便如同抓住了一根救命稻草般，说道："好吧，我也相信夫人的判断不会错。"符希仲率部前来，孙将军自然是万分欢迎，将其部整编入新三十八师。符希仲随孙将军掩护盟军，于五月二十七日走出林区，抵达印度，当时全军军容整肃，锐气不减。

中国远征军此次出征打出了让英美盟国盟军钦佩的战绩，并达到了一定的战略目的。从一九四二年三月中国远征军开始与日军作战，至八月初中英联军撤离缅甸，历时半年，转战一千五百余公里，浴血奋战，屡挫敌锋，使日军遭到太平洋战争爆发以来少有的沉重打击，多次给英军有力的支援，取得了同古保卫战、斯瓦阻击战、仁安羌解围战、东枝收复战等胜利。

当然，缅甸的失守给后来的作战带来了极为消极的影响，使日本可以直接威胁印度，也使中国彻底失去了滇缅公路这唯一的陆上交通线，之后不得不开辟从印度飞越驼峰的空中航线，即"驼峰航线"。但是，远征军的首次出征掩护了英军撤退，保存了力量，得以保卫印度，并消耗日军部分力量，阻滞了日军进攻中国西南大后方，从而赢得了时间，配合国内部队阻敌于云南境内怒江天险以西，最后形成长期对峙，粉碎了日军从缅北进攻中国西南大后方的企图。这次远征作战，也是中国自甲午战争以来首次出国作战，不仅体现了国际主义和民族牺牲精神，也让中国军队重新屹立于世界舞台之上。

一九四二年八月，符希仲随孙将军到达印度，进驻印度兰姆伽训练基地，并同新二十二师一起改为中国驻印军番号。

一九四一年十二月七日，日本海军的航空母舰舰载飞机和微型潜艇对美国海军太平洋舰队在夏威夷的基地珍珠港以及美国陆军和海军在瓦胡岛的飞机场实施了突然袭击，史称"珍珠港事件"。珍珠港事件直接导致了美国对日宣战，太平洋战争正式爆发。

美国参战后，即开始对中国军队实施援助。因此，在兰姆伽训练营受训的中国驻印军，利用美援物资，配备全副美式装备后，战斗力得到了显著提高。

兰姆伽训练基地位于印度东北部的比哈尔邦①,是远离城市的偏僻小镇。很多人想象不到,就是从这个小镇上,走出了中国第一批现代化军队,走出了一支让日军战栗不已的复仇之师。

从出征前的十万大军,到撤退时的四万人,六万条鲜活的生命只换来了遥遥无期的胜利。史迪威向蒋介石建议,在印度训练十万中国军人,由美国出资、出装备。

兰姆伽在一战期间原是英军修建的一座战俘营,关押过两万名意大利战俘。这里没有腾冲那样秀丽的山水、如画的风景,有的只是干涸的河滩和荒凉的山谷。但是其最大的利好便是交通便利,驻印军各部在三十平方公里的范围内绕镇分散驻扎,营地就设在公路两旁,整齐划一,红砖砌墙,方平瓦屋顶,木架结构,室内一律是白色墙壁。各部队彼此之间有柏油或土质公路相连。

基地里设有各种军事技术学校,如战车学校、通讯学校、工兵学校、指挥学校等,附设有各种训练场地,包括坦克和汽车驾驶训练场、武器射击靶场和各种战术演习场,还有一些附属设施,如医院、加油站等。除军事训练必备的设施之外,还有游泳池、电影院、酒吧等场所。

根据史迪威的意见,中国驻印军为"X 部队",驻守云南边境线的原中国远征军(又称"第二次远征军")则为"Y 部队"。美国人负责装备和训练,英国人负责后勤,兵源来自中国。

第一批兵源是撤退至印度的新编第三十八师,还有杜聿明第五军残部,共两万多人。

美国人充分履行了他们的承诺,先后有七千多名美国人来到兰姆伽,担任教官职务。然而,由于中美文化的巨大差异,甫一开始,便发生了不少误会。

一日,虞懿琳走在营区的路上,见符希仲部一连连长杜维鹏带着一队士兵在屋檐下静坐,几名美国教官坐在对面抽烟,显得一副无可奈何的样子。

---

① 比哈尔邦在二〇〇〇年时分出南部,成立加尔克汉德邦,因此兰姆伽基地现属加尔克汉德邦。

豫南会战后，杜维鹏升任排长。符希仲本有意让杜维鹏留在团部，给自己做秘书，但杜维鹏坚决要求上前线带兵杀敌。来到兰姆伽之后，符希仲有意锻炼杜维鹏，才许了他当连长带兵。

虞懿琳见势不对，赶忙上前道："杜连长，出了什么事？"杜维鹏一见虞懿琳来了，愤怒道："夫人，他们侮辱我们。"虞懿琳惊道："怎么回事？"

杜维鹏看了看虞懿琳，欲言又止。倒是底下一名士兵嘿嘿一笑，从兜里掏出了一枚花花绿绿的东西。虞懿琳自幼受的是传统中式教育，乍一见此物，尚未反应过来，及至看清，面颊早已羞红。

杜维鹏喝止道："不可对夫人不敬！"复又道，"夫人，您说，他们发给我们这个，这不是侮辱我们道德低下吗？"

虞懿琳沉思了一阵，转头对美国教官道："I'm sorry, Sir. We Chinese people devote ourselves to be 'self-disciplined especially when being alone'. We tend to behave ourselves and maintain the ethical relationship and morality all the time. So, if you sent them these……Ah, en, these condoms, you would be misunderstood by them as you are showing your contempt for their morality.（抱歉，先生，我们中国人讲究'修己慎独'，即便无人时，也要严于律己，维护人伦关系和道德秩序。所以，您发给他们这个……安全套，被误会为对他们道德上的蔑视。）"

那美国教官耸了耸肩，道："We advocate freedom and equality. Therefore, the normal physiological desires should be respected. Distributing condoms is the way of showing moral respect. They really confused me.（我们提倡自由与平等，人正常的生理欲望是应该被尊重，分发安全套正是体现了道德上的尊重。他们的想法真是令人费解。）"

虞懿琳点点头道："I see, Sir. I will explain to them clearly about what happened today. At the same time, I hope this little misunderstanding will not affect our cooperation.（我明白了，先生，今天的事情我会向他们解释清楚。同时，希望这个小小的误会不会影响我们之间的合作。）"

美国教官点点头道:"That's as it should be. And lady, your English is really good.(这是自然。不过女士,你的英文确实很好。)"虞懿琳微笑道:"Thank you. You may call me Mrs. Fu.(谢谢,您可以叫我符夫人。)"

美国教官道:"Mrs. Fu, I am Major Crawford. This is my partner, Army Captain Miller. We are all tank corps.(符夫人您好,我是陆军少校克劳福德,那边那位是我的搭档,陆军上尉米勒。我们都是坦克兵出身。)"

虞懿琳诚恳地道:"The tank operating foundation of Chinese Army is very weak. I hope that you can really give us a hand.(中国军队的坦克操作基础很薄弱,希望你们来了,能够切实地给我们提供帮助。)"

虞懿琳对杜维鹏道:"他们没有侮辱你们的意思,只是两国思维观念不同,他们认为这是给予你们的尊重和理解。如今我们结为盟军,自然要相互理解。慢慢地你们就会了解,他们并没有恶意。叫战士们散了吧。"

杜维鹏道:"明白了,夫人。"

贰拾贰　战地之花

驻印军开始在兰姆伽受训后，大批青年从国内被源源不断空运而来。其中相当一部分是优秀的基层军官，还有一批是高校学生。仅西南联大就派出了一千一百多名学生，学校甚至做了规定，大四学生入伍可累积学分。

由于地面道路被日军封锁，所有的军官和士兵都必须飞越著名的驼峰航线，全程八百多公里，飞行时间四个多小时。

上机前，他们被集中到昆明，在巫家坝机场乘坐美军运输机前往印度。在登机之前，所有人都要接受体检，防止带去传染病。检查工作由中国军医进行，每个人从皮肤到脏器都被仔细检查一遍，然后由美国军医进行复查，合格者在胳膊上盖上一个宽约半寸、长约一寸的蓝色戳记，就像检疫过的猪肉盖上印鉴一样，凭此戳记登机，别的没有任何手续。虽然这种办法很简便，却引起了受检官兵的反感，认为这种行为是歧视中国人，但鉴于美军的盟友地位，不便明言。体检完毕后，各人按要求精简个人行装，扔掉多余的东西，等待登机。

登机一般安排在拂晓时分。乘坐美国道格拉斯公司 C-46 或 C-47 军用运输机，每机乘坐三十二人以上，面对面坐在沿机身中部两侧设置的帆布座椅上，后来人多了也有坐在机舱地板上的，每人手里都拉着帆布带，防止飞机遇到气流颠簸时被摔出去。

航线经澜沧江、怒江，飞越雪山，然后经中印缅边界，直达印度北部阿萨姆邦的汀江。几乎所有人都是第一次乘坐飞机，对这种庞然大物都感到很新鲜，但这种新鲜感很快就被晕机带来的不适所代替。因为飞机一般得在山谷中起伏穿行，特别是在途经已为日军所控制的地区，又没有战斗机护航的情况下，颠簸得十分剧烈。

因此登机后，每个人都会领到一个纸袋，以便在呕吐时使用。这条经过驼峰的航线气候恶劣，经常会有飞机失事。好在绝大多数人对此一无所知，所以并不很担心。飞机起飞后机内温度迅速下降，在途经雪山时降到最低点，尽管身穿棉衣，但大多数人还是感到非常寒冷。由于缺乏乘机经验，每个人都吐得面无血色，加上高空寒冷，冻得僵硬，犹如过了一趟"鬼门关"。

当时，第一批赴印度的官兵被命令留下棉衣以供新兵穿着，因为长官们听说印度天气炎热，用不着棉衣，结果机上体质较弱的竟因此丢掉了性命。而飞机顺利抵达汀江机场后，刚下飞机已经近乎被冻僵的官兵们一下子又会被当地的暑热所包围，而且由于气压变化，听力也受到影响，需要休息一段时间才能恢复。

新抵达的官兵会被安排进临时营房，按要求进行洗澡和消毒，穿来的旧衣物被回收焚烧，然后领到全套新衣物，并在当地休整一两天。最后乘坐火车南下，到加尔各答，换船从恒河抵达最终的目的地——兰姆伽。

有一部分人，抵印后没有多久，便又上了前线。其中，第六战区工兵第二团团长傅克军带领的工兵部队历经长途跋涉后，仅在兰姆伽基地受训半个月，由于日军在印度汀江地区发动了攻击，他们便立刻前往前线，配合美国空军，抵抗日军。

这场抗争十分惨烈，从一九四三年五月到一九四五年九月，与日军的交战几乎每日都在进行，最好的时候，可以一天击退日军十公里。然而遗憾的是，这场长达两年之久的战役鲜见于历史记载。

美国人为受训官兵分发的军需品可以用"奢侈"来形容：钢盔一顶，军服（夏

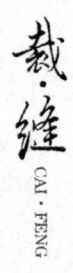

冬装)各两套,羊毛衫夹上衣一件,棉织内衣内裤两套,短袜、衬袜及呢绑腿各一副、帆布胶鞋、大头皮鞋各一双,还有毛毯、橡胶雨衣、橡皮垫褥、水壶、手电、遮风镜、防蚊头罩、毛巾、铝饭盒、行军背囊等等。

新来的士兵显得格外兴奋,就连杜维鹏都难掩激动的心情,对身旁的兄弟说:"我们现在成了美国兵了!"

印度天气炎热,新来的士兵第一课,便是学会如何克服极端的酷热天气。为了防止被蚊虫叮咬,基地给官兵配发了防蚊子油。涂抹上防蚊子油后,虽说不再有蚊虫侵袭,但经阳光一照,皮肤变黑的速度也会快上许多。

新一批的新兵被运到兰姆伽后,杜维鹏总觉得看到了一个熟悉的身影,但他又想不起来是谁。终于有一天,那人逮了个空闲时间冲到杜维鹏面前,说道:"杜连长,你不认得我了?""呃……你……"杜维鹏努力回想,这些年在战场上见到的面孔太多,他一时间实在想不出面前这人的身份。

"我是方兴儿。""方兴儿?""对,就是当初,我抢了你的东西,你还给了我你的鞋。""哦。"杜维鹏恍然大悟。方兴儿挠着头,不好意思地笑道,"可惜,那双鞋被我给穿烂了。"

杜维鹏问道:"你怎么来到这儿了?""你走以后没多久,我就被抓了壮丁。那帮小鬼子太厉害了,我为了能活下去,就死命地跟他们打。可惜,跟我同一批被抓来的弟兄们,都死光了,就剩下我一个。我们的排长也死了,我就被提拔成排长。后来我听说到印度打仗,有洋人给发吃的穿的,饿不着冻不着,我就来了。"

杜维鹏笑着捶了方兴儿一拳:"你小子,还有两下子。看你当初跟我抢东西的狠劲儿,我就知道你是块打仗的好材料。"方兴儿又道:"杜连长,你能不能……跟上峰说说,我想调到你的连队。你救过我,是我的恩人,我想跟你在一起打仗。"

杜维鹏的脸上罕见地露出了温暖的微笑,他说道:"行,我去说。"新兵进入兰姆伽,经过训练后会面临一次再分配。杜维鹏找到符希仲,说了方兴儿的诉求,符希仲一口应允。从此,方兴儿便成了杜维鹏麾下的排长。

与杜维鹏一样他乡遇故知的,是虞懿琳。虞懿琳在兰姆伽碰到诸多西南联大的校友,他们这些新入伍的大学生大多被安排做翻译工作。

一九四二年十二月,在这批青年学生还没来到印度之前,克劳福德便找到符希仲,希望请虞懿琳担任他们的翻译。符希仲此时已并不抵触妻子参与军事,便欣然应允。

之后的日子里,在兰姆伽基地,时常能够见到符希仲、虞懿琳和克劳福德三人坐在一起,讨论下一步的训练计划。

历经缅甸的惨败后,史迪威认为,将没有充分训练的军队投入战场,就等于是屠杀。因此,在兰姆伽,各种军事技术学校相继开设,比如战车学校、通讯学校、工兵学校、指挥学校,甚至还有专门训练炊事兵的后勤保障学校。

训练的主要科目包括炮科、步兵科、通讯科、战术科和后勤管理科等,并附设车辆驾驶等辅助性课程,甚至包括自行火炮、坦克驾驶和维护等装甲部队的训练科目。

车辆驾驶课程使中国官兵的出行方式发生了天翻地覆的变化。组成第一支中国远征军的部队虽都号称精锐,但除机械化部队外很少有汽车,辎重都靠牲口和人力运输。

而到兰姆伽后,驻印军每个师都配有美国提供的各式崭新车辆三百余台,同时提供汽油和零配件,另外还有供山地作战用的骡马千余匹。除辎重营、战车营外,炮兵营、工兵营、通讯营和野战医院都有自己的汽车,总指挥部还有机械化运输团和工程兵团,运输非常方便,能做到及时补给。

按照训练计划,所有机械化部队官兵在掌握坦克、装甲车驾驶技术之前必须先学会开汽车,有些原先部队中的驾驶兵虽然驾驶技艺娴熟,但也得接受美军教员授课,并按要求进行驾驶练习,这样才能考取驾驶执照,取得在印度开车勤务的资格。

同时,美军特地为其他兵种的中国军官开设了驾驶课程,连很多军需、文书

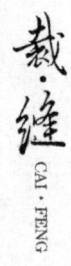

等非技术人员都在兰姆伽学会了驾驶美制2.5吨卡车或是吉普车。普通士兵在外出或到镇上时,有机会也会搭上过路的顺风车,而他们当中的许多人原先在国内时,连自行车都很少看到过。

虞懿琳主动报名要求参加驾驶培训课程,却遭到了符希仲的反对:"一个女人家学什么开车!"虞懿琳道:"驾驶并不单纯应用于战场呀,这是现代文明的象征。我小时候没有留过洋,也没有机会学开车,这是我的一个遗憾。我希望在兰姆伽能够弥补我这个遗憾。"

符希仲表面上虽不说,心里却十分心疼妻子,见虞懿琳如此说,便赶忙道:"我是担忧你的安全,你要学便学,只是千万要小心。不如我派个人在旁陪着你,在危急时刻也能搭救你。"

虞懿琳嫣然一笑道:"不必了,我自己会小心。如今全民抗战,正是用人之际,我的这条性命呀,还留着以身报国呢,不会随随便便丢掉的。"符希仲皱眉道:"不要胡说!"

在之后的日子里,兰姆伽宽敞的公路上,时常能够看到一名戴着墨镜、身穿马裤和卡其布短上衣的女子,驾驶着敞篷吉普车,呼啸而过。英姿飒爽,不亚男儿。虞懿琳在驾驶上显露的天分与其文弱的外表甚不相符,令美国教官不禁竖起大拇指过头顶,摆出"顶好"的姿势,表达对虞懿琳的赞赏。

此外,官兵还被教授卫生防疫科目,主要包括战地急救、伤病员的搬运和输送、热带森林防疫和环境卫生等科目。这也是虞懿琳最感兴趣的课程,虞懿琳花费了大量的时间进行认真的学习。

训练内容是完全按照美国西点军校军事教程制定的,规范且十分严格。普通的步兵训练内容有队列操练、体格训练、战术理论、武器操作、单兵射击、格斗术、丛林作战、夜间作战、侦察捕俘、反坦克战斗等;而军官除了队列操练、体格训练、单兵射击,还要学习战术指挥、沙盘演练、无线电联络、步炮协同、地空协同、反空降等课程。

学习射击时,官兵们要熟练掌握各类枪械,以及枪榴弹、迫击炮、火焰喷射器的性能。

每天的训练时间从早上六点到下午两点,每天都有课程表,标明进度,包括战车理论、武器使用、作战方式,甚至用什么汽油,都设有相关的课程进行讲解。

符希仲一向对己约束极严,他每日都按照普通军官的训练时间表严格参加每一项学习与训练,一丝不苟。印度天气酷热难当,符希仲从国内带了一只黑色表带的手表,符希仲戴着它训练了没几日,表带便从黑色变成白色,全部被汗水泡白了。

回到房中时,虞懿琳见符希仲浑身已被汗水湿透,不觉心疼不已,赶忙打湿了毛巾,轻轻地为其拭去汗水。虞懿琳嗔怪道:"太累了你就歇歇吧。"虞懿琳一边为符希仲脱去军装,一边道,"你看看你,又瘦了,累坏了身子可怎么是好?"

符希仲道:"我必须坚持和战士们同起居,这样我才能对他们的战斗力有准确的认知。等到反攻的那一天……我才能有百分之百的把握。之前在缅甸的失败……不能再重复了。"

虞懿琳一边揉捏着符希仲的肩膀一边道:"我能理解你的心情,只是我这段时间和美国人接触,觉得他们的一个理念非常有道理:人是最重要的,没有了人,一切都没有意义。所以,你一定要好好保重你的身子。"

虞懿琳每日在课堂上认真地为官兵们翻译美国教官的每一句讲解。及至官兵们进行军事训练时,虞懿琳则回到营区,为官兵们浆洗衣服。最初,杜维鹏、周涟等人还会惊讶,问道:"我衣服上的洞是谁帮我补上的?"虞懿琳总是淡淡一笑,并不答话。虞懿琳本是裁衣妙手,看到官兵衣裳有破损,虞懿琳力求不仅将其补得完好,更要补得美观。

虞懿琳为自己取了一个英文名字:Arlene(阿琳),方便克劳福德等美国教官称呼她。由于虞懿琳待人亲和,爱兵如子,辛劳奉献,从无怨言,兰姆伽基地的不少官兵都亲切地称呼她"战地之花阿琳"。

整训初期由英军提供服装,式样与质地均为英式,每个士兵都配发三套卡其布军服,为适应热带环境,其中两套配的是短裤,脚上也换成了英式半筒皮

鞋。符希仲等高级军官则领到了呢制军服和马靴,部队还配发了带有伪装网的MK-2型钢盔。

但是军中不少人仍保留了许多在国内时的传统习惯,如平时戴着中国式的平顶军便帽,穿布鞋甚至是草鞋,打绑腿,等等。

此时的驻印军服装统一、军容整齐,与在国内大部分士兵只有一套破烂军服,连内衣裤都没有,被西方人讥笑为"乞丐军队"的境况相比,可谓是天壤之别。

但有些官兵对按西方人体格设计的军服并不习惯。一日,虞懿琳听到杜维鹏偷偷对周涟道:"咱们发的这英式军服好是好,问题是真不适合咱们。你看看这裤子,都没有扣环,怎么穿腰带呀?"

周涟点点头道:"可不是吗?这衬衫上的橡胶扣子也让人不适应,这鞋子、袜子,做得这么大,一点也不合脚,怎么穿呀?"

杜维鹏道:"要不然……咱们自掏腰包,上镇子上找个裁缝,给咱们改改?"

周涟道:"我倒是无所谓,可你不是还要攒钱寄给你老娘,有那么多闲钱吗?"

虞懿琳走了过来,微笑道:"别去镇上做了,我不就是现成的裁缝吗?"周涟不好意思道:"裁制军装可是个重活儿,怎么能劳驾夫人您呢?"

虞懿琳道:"怎么?信不过我?"周涟道:"怎么会?只是……"虞懿琳道:"别犹豫了,你回去统计下都有谁的军装不合适,回头我一一为大家量体裁衣。"

就这样,不少基地的官兵都来找虞懿琳裁制衣装,虞懿琳从不收手工费,还自费给官兵采买布料。由于受训人数众多,发放的军装又大多不合体,虞懿琳不得不每日熬夜裁制军服。这令符希仲不由得有些心疼,道:"别做了,歇会吧。"

虞懿琳道:"不行的,还有那么多战士等着穿呢。"符希仲道:"可你明天白天还要在课堂上做翻译呢。要不然,明天白天你就别去了,在房中歇歇。"

虞懿琳道:"这怎么能行?我不去,学员听不懂教官的授课,不等于浪费受训时间吗？我军的时间并不充裕,你说过,在这样的形势下,浪费时间不啻为害人性命。"

符希仲握住了虞懿琳因为大强度的劳作而有些生茧的纤纤柔手,虎目不禁有些湿润,道:"懿琳,随我出征,真是苦了你了。"虞懿琳温柔地笑笑,道:"怎么会呢？能跟你一起上战场,是我一直以来的理想,能用自己的双手,为抗战做一份贡献,是懿琳平生之大愿。"

符希仲叹了口气道:"我如今越发庆幸当初的选择,此生能得卿相伴,真乃希仲之大幸。"

后来,年已耄耋的虞懿琳回想起来,自己此生最快乐的时光,大抵就是在兰姆伽的那段岁月。

到了驻印军大规模扩编的一九四四年夏,英国改由在当地招商制造驻印军的服装,式样上以英式热带军服为基础,结合美式军服的部分特点,绑腿也逐渐不再使用。在最后反攻缅北作战期间,参战部队的后勤补给则主要由美军提供,军服、皮鞋和头盔均改为美军式样,而在兰姆伽的官兵则仍以当地制造的军服为主。虞懿琳这才逐渐摆脱了繁重的裁衣工作。

由于在热带雨林中作战,有些官兵就将配发的经浸胶处理过的防雨床单,改制成中国军队传统式样的军便帽,这种兼具防水性能的军便帽一时大受欢迎,连史迪威将军和许多美军联络官也经常使用。由于服装几经变化,最后归国时的驻印军衣着种类和装具也比较混杂,既有英式,又有美式和中式,但各部队中一般保持相对统一。

除了训练外,基地还组织受训官兵参加各项娱乐活动。部队每个星期可以看一场电影,最初是到兰姆伽电影院去看,之后则由电影队到营房来放映。放映的片子大部分是美国的,少数是印度的,尽管没有国产电影,但看电影仍是最受官兵们欢迎的娱乐活动。

看京剧、唱歌等活动也受到了官兵的喜爱。兰姆伽基地一时间锣鼓弦歌之声相闻,官兵们最爱唱的是这样一首歌:"远征队伍真雄壮,抛下笔杆上战场,渡

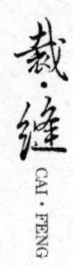

海登上九州岛,踏四国,战本州……"

虞懿琳最大的乐趣则是同西南联大来的校友们一起,吟诵中英文诗歌,举办学术报告会。

更令虞懿琳欣喜的是,为鼓舞抗日士气,虞懿琳提议在部队办报纸,这一提议得到了美国人的认可。虞懿琳终于可以发挥自己的特长,为官兵们编辑报纸。久而久之,各部队都办有板报,并有内部报纸、期刊等,主要是鼓舞士气,并进行忠于领袖、保持军人气节等的宣传。官兵们有时还可以看到中文的《印度日报》。

孙将军在清华大学就读期间,曾担任篮球队队长,并获得过华北大学联赛冠军。一九二一年他还入选了中国国家男子篮球队,担任主力后卫,于上海举行的第五届远东运动会上击败菲律宾队、日本队,为中国在国际大赛中第一次夺得篮球冠军。

而符希仲在黄埔军校就读时,也热衷于篮球运动,这与孙将军的爱好不谋而合。一日,符希仲与冯治平、周涟、杜维鹏等人利用休息时间在场上打篮球,正巧孙将军从旁路过,不觉驻足观看。

符希仲见孙将军来了,便离场朝他走去。孙将军道:"想不到希仲的篮球打得不错嘛。"符希仲道:"师座谬赞。随便打着玩玩罢了,不敢在师座面前班门弄斧啊。"

孙将军道:"我倒是觉得,咱们可以组织官兵们都参与到这项活动中来,既可以强健官兵们的体魄,也可以让大家放松身心,何乐而不为呢?"

在孙将军的号召与带领下,各连都组织了篮球队和排球队,并定期举行友谊赛。辎重团的"征轮"球队甚至打败基地内所有盟军球队而无敌手。

贰拾叁　第一夫人

对于许多中国军人来说，在兰姆伽的日子，是他们从军生涯中印象最为深刻的一段时光，军饷等所有待遇不会被长官贪污和克扣，所有的人都能吃饱穿暖，而且身体健康，军官们也不用担心大量士兵因病减员或逃亡。这样的生活环境在当时的国内，无论前方后方，基本上都是不可想象的。

充足的物资保障，让中国士兵第一次享受到当兵的乐趣。伙食由英方提供，各种肉类罐头和面包管饱，士兵天天吃到反胃，因为薪金充足，还经常去镇上的饭馆打打牙祭。

从粮食到蔬菜、食油、肉类甚至茶叶，都由伙房定期到给养站去领取，自行开伙。校级以上军官待遇最好，供应所谓"校官给养"，每天有牛奶、面包、水果等，还可以享受咖啡、香烟、糖果等"奢侈品"。

在部队中的各级翻译比较特殊，虽然不佩戴军衔，但享受"校官给养"，平时都穿美军制服。

尉级以下军官则和士兵一样吃大锅饭，英方供应什么就吃什么，花样不多，有时连续几个月都是白饭加腌牛肉，连续几个月又是洋葱、土豆配罐头，不太适合国人饮食习惯，但三餐管饱，营养也有保障，这样的条件都是国内军队不可企及的。

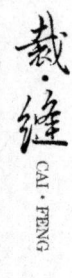

　　为了吃得好一点,下级军官一般会每月每人拿出十来个卢比,凑在一起,由伙房额外加点菜。许多官兵则一有机会就到镇上的华侨饭馆,因为那里提供中国风味的饭菜,如饺子、面条、炒菜等,只是价格极贵,一盘炒猪肝要三个卢比,一个中尉的月薪也只能买上三十盘,但大家仍趋之若鹜。周涟便是其中之一。

　　看到周涟如此挥霍,杜维鹏不由得劝道:"你也省着点花吧,都花完了回国怎么办?"周涟道:"生死有命,富贵在天,谁知道能不能活着回国?还不如今朝有酒今朝醉。"

　　杜维鹏嘿嘿一笑道:"敢情你是一人吃饱全家不饿。我还是给我老娘攒点钱吧,回国还要娶媳妇呢。"

　　杜维鹏一转头,看到方兴儿正在自己身后,不由得道:"你小子,鬼鬼祟祟地干什么?哦,我知道了,你肯定也去镇上的饭馆偷吃了是不是?不是我说你,你家里也不富裕,还不多攒点钱带回国去。"

　　方兴儿听着杜维鹏的唠叨,只低着头不说话。周涟却道:"哎,我没见他和我们一起吃呀。"

　　方兴儿将杜维鹏拉到一旁,从怀中掏出一包东西,递给了杜维鹏。杜维鹏接过来打开一看,竟然是一包饺子。方兴儿只说了一句:"给你买的。"就低头跑开了。

　　杜维鹏低头看着那包饺子,心中涌起一股热意,他冲着方兴儿远去的背影大喊道:"下回别这么乱花钱了!"

　　除了物质保障,更重要的是精神理念的灌输。兰姆伽基地给每个官兵灌输的理念都是:人是最重要的,人的生命才是最珍贵的。

　　在兰姆伽,每个步兵都配有美制汤姆森冲锋枪、防弹钢盔,配发进攻型手榴弹。每个班配备轻机枪若干挺,此外还有地面重炮和空中的火力支援。

　　中国士兵在练习卧倒时,过去都是人先看地,避免砸到枪;而在兰姆伽,美国教官要求不用管枪,砸坏了再换一支就是,"美国生产线上,一支枪几分钟就造好了"。这让中国士兵大为惊讶,他们之前接受的教育是"为什么你枪丢了,而脑袋还在"。

这一理念深深地影响了虞懿琳。过去在国内,人命是最不值钱的。在重庆,大多数地下防空洞都是用来保护机器的,因为在中国人来看,这些机器比人的生命要珍贵得多。而这些机器,不少也是牺牲了无数人的性命,一路从南京、上海等地,用肩扛手拉的方式运送到重庆的。

战士们大多对美国教官给予了很高评价,他们也许有些高傲,但对待训练极为严格,对人真诚,能和士兵打成一片。

下层官兵其乐融融,而高层之间的矛盾却只可意会。参谋长史迪威背地里给中国战区的最高长官蒋介石取了两个绰号——"花生米"(意为"低能儿")、"小响尾蛇"(指"爱吵架的人")。

一九四三年十一月底,蒋介石夫妇来到兰姆伽视察。他们不住美方提供的住处,宁愿住简陋的中国营房。这令虞懿琳觉察出了双方关系的微妙之处。

在虞懿琳的印象里,史迪威既是一个精明强干、意志坚定、具有丰富战争经验的军人,又孤傲自大,对中国这样的落后国家本能地具有某种轻视和不信任的心理。

虞懿琳曾听符希仲回来抱怨道:"那美国佬也太狂妄自大了,他认为驻印军是他自己的吗?发放装备、军饷、粮食的大权全都被他牢牢掌握着,甚至包括作战指挥权!"

虞懿琳劝慰道:"在人屋檐下,总得多多忍让。孙师座是怎么说的?"虞懿琳知道,孙将军向来言行谨慎,因而如此问,也是想叫符希仲像孙将军一般多多约束自己,不要与史迪威发生正面冲突。

符希仲道:"孙师座表面上虽然不说什么,可私下里时常和我抱怨史迪威刚愎自用。你是不知道,冯治平他们经常来找我诉苦,说受到了美国人的欺压。我这里尚是如此,孙师座那儿不定要听到多少怨言呢。"

符希仲复又愤愤地道:"同样是同盟国,美国援助英法,经费都可以由本国人做主,可是唯独咱们,什么都要听这个只会纸上谈兵的史迪威的!蒋委座本

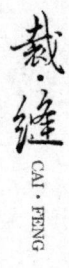

是同盟国中国战区的最高统帅,却成了被美国牵着线的傀儡!"

虞懿琳赶忙捂住了符希仲的嘴,说道:"此话可不敢乱说。"符希仲叹了口气道:"懿琳,你知道吗?有时候我真的很羡慕共产党的军队。他们的军队只听命于他们的党,不用被任何人牵着鼻子走。"

虞懿琳看了眼外面,说道:"你快别说了。"符希仲摇了摇头道:"不,你让我说完。古往今来,任何一支军队,决胜的秘诀只有一个,那就是凝聚人心,齐心合力。可看看如今的党国,派系斗争层出不穷,从上到下皆是一般。每个人都有每个人的小心思、小算盘,每个人都在为自己的利益打算,却没有一个人真正是为了党国着想。"

符希仲又道:"可是共产党不同,他们或许欠缺先进的装备、科学的军事训练,但是他们有的,恰恰是我们最欠缺的。也许……将来有一天,国共之间会有一战。一支装备精良却人心涣散的军队,和一支装备落后却人心凝聚的军队,我真的不知道,谁能打赢这场仗。"

虞懿琳道:"希仲,你真这么想?""嗯。""那……如果有一天,国共真有一战,你会怎么做?"符希仲叹道:"我还能怎么做?我是军人,军人以服从命令为天职,自然是上峰教我做什么,我便做什么。只不过,我是真的不希望看到这一天,毕竟那样对谁都没好处。"

虞懿琳叹道:"我也不希望那一天到来。不过目前,我们最紧要的是赶紧将日本人赶出去!希仲,我能理解你的心情。但是我们来到这里是为了什么,不就为了积聚力量,最终给日军致命一击,为在野人山捐躯的兄弟们,为从一九三七年到现在,丧身日军之手的同胞们,为大哥,为三弟,为千千万万为国家民族抛头颅洒热血的袍泽弟兄,报仇雪恨吗?岂能因一时之气,急误大局?"

符希仲道:"懿琳,你真是世间最为深明大义的女子。"虞懿琳偎在符希仲怀中,含羞笑道:"懿琳此生,只想为君良侣,伴君左右,永不分离。"

符希仲道:"除非我殉国,否则希仲决计不会与卿分离。"虞懿琳微笑道:"不对的,就算死亡,也不能分隔开你我的。"虞懿琳从嫁给符希仲的那日便已下定决心,如若符希仲不幸牺牲,其必会以身殉情。而且,以虞懿琳的烈性,这并非虚言。只是,连虞懿琳自己都没有想到,她还是没有抵抗住命运的安排。

事实上,孙将军是驻印军中唯一受到史迪威器重并且敢与美军顾问直接叫板的中国将领,他也因此为自己和新三十八师争来了权利。他制订的战斗训练计划甚至是以他的军官为主,美国教官只能配合。他特别注重射击、格斗、游泳、驾舟、武装泅渡、泥泞地行军、防暑、抗虐等特殊技能。在开进雷多军区之后还专门进行了针对性的山地训练。

可以说,兰姆伽训练的内容完全超越了中国军队原本的军事认知和教育水平,训练出来的是一支全新的与国际接轨的现代化中国军队,是同时代的其他任何中国军队所不可比拟的。

一九四二年第一次缅战失败,远征军撤退时,当时中国最精锐的部队——杜聿明的第五军之所以在穿越野人山过程中损失过半,除了杜本身决策失误和自然环境恶劣之外,不会使用罗盘也是主要原因之一。这足以证明在近现代化军事作战中,知识和技术的重要性。

经过严格训练的官兵,几乎人人都具备一门以上的专业本领,如坦克兵、汽车兵和通信兵。在短短的几年后,其中的一些人参加了解放军,在东北战场和朝鲜战场上,成了解放军技术兵种的教练,发挥了极其重要的作用。

而新一军中的翻译官,这些当年西南联大等全国顶尖高校的毕业生,都是中华民族的精英,在兰姆伽的打磨使得他们这样的"金子"绽放出耀眼的光芒。二十世纪八十年代以后,在国家重点科研和建设项目中,时常能见到他们的身影,他们也是国家顶级的生物医学、桥梁学、建筑学界专家、教授。

新三十八师的炮兵更是一绝。最初国内想把新三十八师改造成九个炮兵营,因而全师所有步兵都接受了炮兵训练。后来史迪威极力反对,新三十八师遂恢复步兵师的身份,其中三个营由孙将军挑选出来正式由步兵转行当专业炮兵。这种绝无仅有的经历使得新三十八师的步炮协同作战能力堪称当时中国军队的巅峰水准。

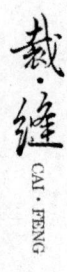

　　由于美国和英国在物质上的全力支持,参加兰姆伽整训的中国军队有打不完的子弹进行实弹射击训练,营地里整天枪炮声不断,仅一个炮兵团平均一年训练要打掉一万三千多发炮弹,子弹就更不用说了。因此,在枪炮实弹射击技能上,新一军比国内的部队拥有巨大的先天优势。

　　可以说,在中国军队中,像孙将军的新一军那样重视训练与实战结合的部队是不多见的。特别是新三十八师,简直是常年把训练融入军营生活中。这一理念深深影响了符希仲。

贰拾肆 浴火重生

一九四三年一月,第一期整训计划宣告结束。

一九四四年,蒋介石号召知识青年从军入伍,提出了著名的口号:一寸山河一寸血,十万青年十万军。

截至一九四四年末,先后有十万名中国士兵在兰姆伽受训,国内师以上高级指挥官有三分之一在这里进行过短期轮训或者合成训练。

虞懿琳清楚地记得,当时在兰姆伽,投笔从戎的青年们,齐声高唱《知识青年从军歌》,在这等热血的感染下,虞懿琳也加入其中,与他们共同高唱:

君不见,汉终军,弱冠系虏请长缨,
君不见,班定远,绝域轻骑催战云!
男儿应是重危行,岂让儒冠误此生?
况乃国危若累卵,羽檄争驰无少停!
弃我昔时笔,著我战时衿,
一呼同志逾十万,高唱战歌齐从军。
齐从军,净胡尘,誓扫倭奴不顾身!

一九四三年十月，驻印军这只浴火重生的凤凰，终于要飞出兰姆伽，走向缅北，打出他们复仇的第一枪。

当天，日军第十八师团步兵第五十五联队的一个搜索大队与驻印军的一个侦察连相遇。双方兵力同等，均为两三百人。

一番枪战，加上一个钟头的迫击炮弹雨，日军竟没有一人逃出杀戮之地。日本人大惊。因为一年前，日本人仅用了三百人的一个大队把守密支那，就逼得杜聿明的数万人不敢攻击，绕道野人山而走。

为配合中国战场及太平洋地区的战争形势，中国驻印军制订了一个反攻缅北的作战计划，代号为"安纳吉姆"，以保障开辟中印公路（即中国昆明通往印度利多的道路）和铺设输油管。

计划从印缅边境小镇利多出发，跨过印缅边境，首先占领新平洋等塔奈河以东地区，建立进攻出发阵地和后勤供应基地。而后翻越野人山，以强大的火力和包抄迂回战术，突破胡康河谷和孟拱河谷，夺占缅北要地密支那，最终连通云南境内的滇缅公路。

一九四四年三月，我驻印军新编第二十二师和新编第三十八师占领孟关，消灭日本最精锐的第十八师团的主力，缴获其军旗、关防、大量文件及各种武器。继而两师又乘胜进军，一鼓作气，攻占缅北重镇孟拱，再次告捷。

此后，驻印军几战几捷，用一种近乎疯狂的复仇方式，将日本人赶出了缅北最后的据点——密支那，尽雪前耻。

在美国空军、英国海军的配合下，中国陆军官兵在缅北战场上所向披靡。虞懿琳亲眼看到，美军投下的炸弹将整棵大树连根炸起，为中国官兵开辟了前进的道路。

反攻一开始，方兴儿就显得异常兴奋，他激动地拍着枪对杜维鹏道："终于能试试这洋人给的家伙好使不好使了。"

杜维鹏道："如今跟咱们当初在国内作战不一样了，不能傻愣愣地冲在前头，用咱们自己的血肉之躯去挡小鬼子的子弹，咱们得跟空军、海军配合作战。"

方兴儿吐吐舌头道:"配合不也得咱往上冲吗? 有啥区别?"杜维鹏道:"你看到那辆坦克了吗? 一辆坦克上有武器系统、推进系统、防护系统、通信系统、电气设备等等,这一切完好,坦克才能正常运作,缺了哪样都不行。这就是配合,不能只顾自己。"

方兴儿只得点点头道:"我明白了。"

方兴儿很快就学会了"配合"。在一次战役中,杜维鹏见空军炮火支援已将前路荡平,便带队向前冲,却不料距他二十米处的树根后竟藏了一名日本兵。那日本兵冷不防探出头来,朝杜维鹏放冷枪。

好在杜维鹏反应及时,就地扑倒,躲过了第一枪。杜维鹏刚想起身还击,却不料那人竟冲了上来,一把将杜维鹏扑倒,使出贴身格斗术,瞬间便勒死了杜维鹏的脖颈,杜维鹏奋力挣扎,眼前却一片空白。

谁都没想到这样的战场上还有近身肉搏战。两人缠斗在一起,周围的中国官兵都不敢开枪,怕误伤,只得想法上前扯开二人。然而正当众人准备上前相助时,那日本兵忽然掏出了一把匕首,直向杜维鹏的喉咙刺去。

那匕首闪着寒光,一看就是十分锋利。千钧一发之际,杜维鹏耳畔忽然响起了一阵机枪声,那名日本兵应声倒地。

杜维鹏完全恢复意识之后,才知道是方兴儿救了自己。方兴儿当时正准备投弹,手里没拿枪。情急之下,抢过身边一挺轻机枪,就朝日本兵扣动了扳机。

杜维鹏气得冲他大骂:"你、你、你,居然用机枪! 你这手要是一歪,老子就成筛子了。"方兴儿摸着头,嘿嘿一笑道:"我用的是点射。"杜维鹏摇摇头,委实拿他没办法。

经历数次炮火的洗礼,虞懿琳的胆量逐渐大了起来,她没有了初来时的恐惧,而是越发被中国官兵的英勇所震撼。

密支那战役,中日双方战壕只相隔三四十米。虞懿琳不免有些担心,不知这样的距离,炮兵能否打得准确。谁知一声炮响,经过训练的符希仲部炮兵团竟将炮弹打在己方步兵前三十米的日寇战壕里! 看着炮弹炸开的瞬间,虞懿琳

震惊之余,不由得钦佩炮兵团观察精确,技术精湛。

然而这样的胜利也是要付出代价的。符希仲手持军用望远镜眺望敌情,见狭窄的山谷间,当中有一座日军炮楼,炮楼中不过两挺重机枪,这样的火力却压制得己方部队不能前行。

日军在那样的位置设立炮楼显然是经过了充分的调研,易守难攻。符希仲不由得发怒道:"谁上去给我把它干掉?"

杜维鹏早就按捺不住,道:"我去!"符希仲道:"你打算怎么做?"杜维鹏道:"这样的炮楼,一个爆破筒就拿下了!"

符希仲摇了摇头道:"不行,那炮楼居高临下,一旦他们将爆破筒反丢出来,伤害的便是咱们自己的弟兄。"

杜维鹏激动道:"团座!让我带着我们连的弟兄上去吧!你就给我一次机会吧!"符希仲无法,道:"好吧,那你自己小心,如若不行,万不要强攻。"

杜维鹏点点头,回身冲身后的士兵们道:"弟兄们,跟我上吧。"说罢,拎起一个爆破筒,迂回朝日军炮楼前进。

杜维鹏领着自己连队的士兵,于枪林弹雨中,左闪右躲,怎奈日军炮火太过猛烈,忽然间一抹弹光飞来,杜维鹏登时被扑倒在地。炮火声略有间隙时,杜维鹏努力起身,却见方兴儿趴在自己身上,一动不动。

杜维鹏大惊,知道是方兴儿扑过来救了自己,他翻过身来,一把搂住方兴儿,大喊道:"兴儿,兴儿,你小子给我醒醒。"

方兴儿再也不会醒过来了。不仅方兴儿,在这次冲锋中,全连的士兵已经牺牲了一半。杜维鹏万般悲愤,放下方兴儿的尸身,大吼道:"弟兄们!拼了!就算到了阴间,咱们还是兄弟!要有下辈子,还在一起打鬼子!"

杜维鹏逐渐在己方火力的掩护下,靠近了日军的炮楼。此时他身边只剩下了不到两个班的兵力。杜维鹏道:"把爆破筒给我。"身旁的战士将爆破筒递给了杜维鹏,杜维鹏看准了机会,拉开了引信,将爆破筒奋力丢进了炮楼中。

然而那炮楼中的日军并非善类,立时将爆破筒丢出。杜维鹏见状,赶忙捡起日军丢出的爆破筒,再次丢了进去。此时他身边的战士道:"连长,他们又给扔出来了!"

杜维鹏皱皱眉,那战士赶忙再次捡起爆破筒,扔进了炮楼内,却见爆破筒再次被丢了出来。杜维鹏摇摇头,道:"不行,这样下去不仅任务完不成,还会炸到咱们自己的弟兄。"

杜维鹏左右四顾,终于有了办法。他捡起了地上一只手臂般粗的树枝,将爆破筒放在树杈之内,用树枝将爆破筒生生推进了炮楼之内,并用手牢牢抵住树枝。

见到此景,符希仲惊慌地放下了手中的望远镜,就连躲在战壕中的虞懿琳,也预料到了下一刻会发生什么。

杜维鹏身旁的战士大喊道:"连长,你在做什么?!快走啊!"杜维鹏面色惨白,紧皱双眉道:"你们都快离开这里,我……我不能再让这炮楼里的破机枪杀害咱们的弟兄了!"

那战士道:"连长,你……你跟我们一起走啊!"杜维鹏面色绝望,道:"我也想跟你们一起走,可是我不能走!"战士最后看了一眼杜维鹏的脸,痛苦地离开了炮楼。

杜维鹏对着符希仲大喊:"团座!我没让你失望!我完成任务了!"

符希仲团的官兵忽然不约而同地安静了下来,而与这安静相对应的,是爆破筒爆炸时发出的巨响。符希仲就是这样,眼睁睁地目睹自己的爱将在这一声巨响中化为灰烬。

没有了炮楼重机枪的火力压制,进攻变得十分顺利。符希仲不得不暂时抑制住自己心中的悲痛,继续指挥作战。

驻印军自从开出兰姆伽后,连续作战,屡创强敌,战斗力较以前大为提高,这是日军做梦也想不到的。他们想不明白,这支两年前曾败在自己手下的中国军队何以在不到一年的时间里便成了一支攻无不克、战无不胜的威猛之师。

驻印军攻克密支那后,孙将军升任新一军中将军长。符希仲部扩编至师

级,符希仲本人也被擢升为少将师长。

据日方记载,中国驻印军先后与日军六个师(旅)团交手,歼灭日军一个师团主力,重创三个师团和一个独立混成旅团。新一军将士们一路高歌《新一军军歌》,以庆凯旋:

吾军欲发扬,精诚团结无欺罔,
矢志救国亡,猛士力能守四方,
不怕刀和枪,誓把敌人降,
亲上死长,效命疆场,才算好儿郎。
第一体要壮,筋骨锻如百炼钢,
暑雨无怨伤,寒冬不畏冰雪霜,
劳苦是顾常,饥咽秕与糠,
卧薪何妨,胆亦能尝,齐学勾践王。
道德要提倡,礼义廉耻四维张,
谁给我们饷,百姓脂膏公家粮,
步步自提防,骄纵与贪赃,
长官榜样,军国规章,时刻不可忘。
大任一身当,当仁于师亦不让,
七尺何昂昂,常将天职记心上,
爱国国必强,爱民民自康,
为民保障,为国栋梁,即为本军光。

驻印军第二次远征历时一年半,歼灭日军四万八千余人,中国驻印军伤亡一万八千余人,中国远征军伤亡四万余人。

这是何等荣耀的战果。

中国驻印军和中国远征军的反攻胜利,重新打通了国际交通线,使得国际援华物资源源不断地运入中国;把日军赶出了中国西南大门,揭开了正面战场对日反攻的序幕;钳制和重创了缅北、滇西日军,为盟军收复全缅甸创造了有利条件。

从中国军队入缅算起,中缅印大战历时三年零三个月,中国投入兵力总计四十万人,伤亡接近二十万人。中国远征军用鲜血和生命书写了抗日战争史上极为悲壮的一笔。

一九四五年三月,缅甸战事基本结束,兰姆伽基地也结束了它的使命。基地中的中国士兵衣锦还乡。

但符希仲似乎并没有太多衣锦还乡的喜悦。收拾杜维鹏的遗物时,周涟将杜维鹏在兰姆伽时写的一封未寄出的家信交给了符希仲。信中表达了其思乡之情深与杀敌报国之情切,令符希仲感喟不已。

虞懿琳见符希仲深夜独自一人垂首站立,走上前去,想打趣安慰他,道:"你这是'为谁风露立中宵'呢?"

符希仲只是叹了口气,没有答话。虞懿琳道:"是为杜连长他们吧。"符希仲道:"明天举行公葬,维鹏他们就要葬在这里,之后我们就要离开缅甸回国了。"

虞懿琳道:"杜连长在世时思乡情切,想不到却客死异乡。人世无常,莫过于此。若能想法让其魂归故土,我想,这便是对他最好的慰藉了吧。"

符希仲回身看了一眼虞懿琳,道:"你的意思是,让我把维鹏带回国?"虞懿琳道:"叶落归根,应是好过埋骨他乡吧。"

在缅作战的士兵大多应以空运的方式回国,但符希仲要把杜维鹏的骨殖运回国内。照规定,死者骨殖是不能带上飞机的,因为此役中为国捐躯的烈士众多,显然不能为一人破例。因此符希仲便向孙将军请求,允许其率部走陆路经由腾冲回到昆明,将杜维鹏和方兴儿安葬在腾冲——中国境内。

孙将军念在符希仲其情可悯,便许其顺带集结第一次远征时因伤病留在中缅边境的旧部同返。

事隔三年,符希仲终于能携部荣归腾冲。在腾冲,他们受到了当地百姓热

情的欢迎。不知为何,虞懿琳心中很是感动,投身抗日救亡数年,这是虞懿琳第一次有这种感受。腾冲的百姓发自内心的雀跃令虞懿琳觉得,自己多年来的努力没有白付出。

虞懿琳在人群里看到了欧其阿依,她虽说一脸喜色,却掩不住一股憔悴之情。虞懿琳走上前去,握住欧其阿依的手,道:"阿姊,你还好吗?"

欧其阿依一见虞懿琳,亦是喜色无限,用生涩的汉语道:"夫人,欢迎您回腾冲。"说罢,抹了抹眼泪。虞懿琳道:"阿姊,你瞧你这是做什么。"

欧其阿依道:"夫人,您是不知道,你们走后,日本人就来了,我……我的丈夫,被……被日本人给害死啦。"

虞懿琳闻言一凛,道:"阿姊,你不要难过,我们已经把日本人赶出了缅甸,我们还会把他们彻底赶出中国,为你的丈夫,为所有腾冲的百姓报仇。"

欧其阿依点了点头。虞懿琳又拉着她说了些家常,问候了一下腾冲这些年的情况。虞懿琳没有注意到,在她与欧其阿依说话的时候,有一个人一直在默默地注视着她们。

是日,阴雨绵绵,符希仲率全师官兵在雨中肃然默立,虞懿琳也主动申请站立在侧。符希仲拒绝了前来撑伞的人,沉默了许久,符希仲方才开言道:"腾冲这个地方,山清水秀,维鹏,你就安心长眠于此吧。"

已升任营长的周涟早已忍不住,涕泣不止,道:"维鹏,你这些年的所有军饷,我都会帮你转交给大娘的,从今往后,你娘就是我娘。我会帮你给她养老送终的。如果将来我也不幸成仁,咱们的弟兄都会帮你照顾大娘的。"

全体官兵对着临时竖立的简易墓碑三鞠躬。第三次鞠躬时,符希仲沉声道:"维鹏,等我们光复了全中国的河山,我一定会回来,回来看你的。"符希仲没有想到,他为了实现这个诺言,要用半个多世纪的时间。

贰拾伍　抗战胜利

离开腾冲的前夜,冯治平前来找符希仲。"报告!""进来!""师座,我……有件事,想……想……"

符希仲皱皱眉,冯治平跟随他征战多年,两人名为长官与下属,实与长兄幼弟无异。更何况,符希叔死后,符希仲一直将其当成自己的亲弟弟一般栽培。冯治平也是符希仲面前的第一红人,符希仲升任师长后,第一件事便是将冯治平擢升为团长。因此符希仲想不出,冯治平会因何事在自己面前这般吞吞吐吐。

符希仲道:"有什么事,直说便是。你也是戎武之人,何时变得这般扭捏?"冯治平道:"师座,我……我想娶亲。"

符希仲一抬眼,道:"哦? 家中催你娶亲了?"冯治平道:"不是。我是说,我想现在娶亲。"

符希仲双目直视着冯治平,等着他继续说。冯治平鼓足了勇气道:"学生与腾冲当地的一位女子两情相悦,学生想要带她走。"

符希仲一听,不由得怒道:"胡闹! 现在还在战时,你怎么可以做出这等事?!"冯治平此时却勇敢了许多,道:"师座,无论如何,我都一定要带她走。如果您不同意,我……我愿意脱下这身军装。"

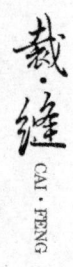

符希仲怒而拍案道:"你说什么?!"此时正巧虞懿琳走到门前,听到符希仲发怒,赶忙入内劝道:"你这是做什么? 有什么事不能好好说呢?"

符希仲用颤抖的手指着冯治平道:"我要做什么,你应该问问他要做什么。"虞懿琳转头对冯治平道:"怎么回事?"

冯治平道:"夫人,我爱上了这里的一位彝族女子,就是您认识的那位欧其阿依,我要娶她为妻!"

虞懿琳闻言也是一惊,道:"什么? 这……这怎么能行? 她是彝族人呀,何况她刚死了丈夫……"

冯治平道:"彝族人怎么了? 谁规定汉人就不能娶别族人? 她的丈夫已死了两年了。再说如今已是民国,早就不兴什么守寡立贞节牌坊之事了,夫人您也是读过现代学堂的人,怎么还能有这种想法?"

冯治平一番话说得虞懿琳面上很是不好看,只得道:"我知道了,你先回去吧。"

冯治平走后,虞懿琳轻抚符希仲的肩膀,劝道:"你先不要动怒了,待我去了解一下情况再说。"

虞懿琳找到欧其阿依,见其正在缝制衣物。虞懿琳本是裁缝出身,对此十分感兴趣,凑上前去,问道:"阿姊,你在做什么呀?"欧其阿依道:"我在做'都它'。"

虞懿琳奇道:"什么是'都它'?"欧其阿依笑道:"'都它'是我们彝族男子佩戴的饰物,在过去,它是用来插战刀的。我要把它做好,送给我心中的英雄。"

虞懿琳道:"哦? 英雄?"欧其阿依道:"对,你们把日本人赶走了,你们就是英雄。我的英雄也是你们中的一员。"

虞懿琳道:"你说的是冯治平?"欧其阿依羞涩地笑道:"他都告诉你了?"虞懿琳皱皱眉道:"这么说,你真的决定嫁给他了?"

欧其阿依道:"对! 他赶走了日本人,是我见过的最勇敢的男子。"虞懿琳道:"只是因为这个,你就要以身相许?"

欧其阿依摇摇头道："当然不是。我和我的丈夫结婚，并不是因为我喜欢他。他家里有钱，我家里需要钱，我便嫁到这里了，但是我喜欢冯治平，他笑的时候，我感觉很温暖。"

虞懿琳道："嫁给他，你就要离开腾冲了，跟着他去很远很远的地方，去你从没去过的地方。还有，他是个军人，随时可能丧生沙场。这些，你都想好了吗？"

欧其阿依点点头道："我愿意跟他去任何地方！我的家人都死了，我没有亲人了，他就是我的亲人。他若是死了，我也和他一块死。"虞懿琳叹了口气，没再说什么，默默地离开了。

虞懿琳对符希仲道："那女子确是自愿，并非冯治平强掠民女。你便成全了他们吧。"符希仲道："我自知他不是那样的人。然而此例一开，今后旁人也会依样画葫芦，他不是强掠民女，不保证其他人不会强掠民女。若是我此番许了他，今后还如何约束部下？"

虞懿琳知符希仲的担忧并非没有道理，道："那你打算如何？"符希仲道："若他一意孤行，我只得军法从事。"

虞懿琳激动道："你想让他变成第二个希叔吗？"此事是符希仲心中大痛，亦是大忌，听得虞懿琳提起，他自然大怒，又不好在虞懿琳面前发作，只得道："你以为我忍心这样做吗？希叔和冯治平都是我最爱重的人，可偏偏就是他们，让我失望至极！"

虞懿琳忽然能够理解符希仲，他这些年就像一辆战车，不断运转，从未停歇，可他的内心却是如此孤独。他所信任的、欣赏的、倚重的人，都一个个地以各种方式离他而去。

虞懿琳此时心下了然，走上前去，用双臂环住符希仲，柔声道："希仲，你别难过了，是我不好，我不该提希叔的事。不管怎样，你身边都还有我，还有我永远陪着你。"

虞懿琳顿了一顿又道："也许，此事并非如你想象的那般严重。欧其阿依爱冯治平，冯治平也爱她，两情相悦，就如你我一般。依我看，不若就在腾冲，为他

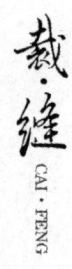

二人举行一个简单的婚礼,给他们二人一个名正言顺的名分,也杜绝了旁人的闲话,如何?"

符希仲也缓和了许多,伸手握住虞懿琳的手道:"你的办法好虽好,但是依旧不足以堵住悠悠众口。"虞懿琳蹙眉道:"哦?那你要如何?"符希仲微微一笑,说出了三个字:"苦、肉、计。"

腾冲县城前清建的县衙,变成了一座临时的军事法庭。符希仲召集了全师连以上的军官列席旁听。

冯治平作为嫌犯被带了上来,符希仲坐在明堂之上,道:"你还有什么要说的吗?"冯治平道:"没有了,我意已决,无论怎样都不会改变。"

符希仲道:"你若现在反悔,念在你多年来履立军功的分上,可以从轻处置。"冯治平道:"就算是要枪毙我,我也要娶她!"

符希仲皱皱眉道:"执迷不悟!既然如此,我就成全你!"符希仲说罢,从腰间掏出枪来。正当此时,县衙门口起了一阵喧哗,门口的卫兵呵斥着:"干什么?再过来我就开枪了!"

欧其阿依被卫兵推搡着,谁料她虽为女子,力气却并不小,竟将一名卫兵推倒在地,生生地闯了进去。

县衙内的周涟一见欧其阿依闯入,掏出枪虚晃了几下,吓唬她道:"这可是军事法庭,擅闯是要治罪的!"

欧其阿依却并不害怕,直直地朝周涟的枪口走去,这一下周涟也有些不知所措,连连后退,道:"干……干什么?再过来我可就开枪了!"

冯治平见状,急道:"阿依,你来做什么?快走!快离开这里!我没事!"

欧其阿依并不理会冯治平,却趁众人注意力集中在周涟身上时,冷不防将周涟身旁一位中尉身上的佩枪迅速拔了出来,而后立刻将枪口指向了公堂之上的符希仲。县衙内的官兵俱是大惊,纷纷拿出枪指向欧其阿依。

欧其阿依并无惧色,用不流利的汉语说道:"符师长!你要杀了他,我就杀了你!"又左右四顾,见自己已被包围,便忽地将枪口调转,指向自己的额头,愤然道:"就算我杀不了你,我……我也会杀了我自己,跟他一起死!"

冯治平大吼道:"阿依,不要干傻事!快把枪放下!快放下!"

欧其阿依此时眼中含泪,哭着道:"不!我不!我要救你!我要和你一起死!"

符希仲似乎并不为所动,冷冷地道:"你知道你这样做的后果吗?"冯治平一听此言,赶忙道:"不!师座,这不关她的事,你要枪毙就枪毙我一个人!"

符希仲直视着冯治平,道:"这么说,你二人真是自愿结合了?"冯治平和欧其阿依被他这一问问得有些摸不着头脑,只见虞懿琳从公堂背后转出,手中捧着一个木盘,木盘上是一套艳丽的彝族服饰,还有一只虎头面罩。

虞懿琳笑吟吟地道:"我听说,你们彝族姑娘是要戴虎头面罩出嫁的,我便连夜赶工缝制了一个。这身衣裳也是我在一位彝族大娘的帮助下一起缝制好的。阿依,你可真是有福气呀,不仅能嫁这么一位如意郎君,还能穿着我亲手做的衣裳出嫁。要知道,我可是民国的第一裁缝呢。"

符希仲笑道:"你就别在这儿自吹自擂了。"

虞懿琳白了符希仲一眼,朝欧其阿依走了过去,此刻周围的官兵们都是笑吟吟地,只有冯治平和欧其阿依这对即将成婚的新人还不知道发生了什么。虞懿琳拉扯了一把欧其阿依,道:"还愣着干什么,还不快跟我回去换衣裳?"又转头对身旁围观的官兵们道:"你们也别光看呀,还不快帮冯团长收拾收拾。"

不一会儿的工夫,鞭炮声便响了起来。腾冲县城里大街小巷的百姓们纷纷走了出来,观看这对新人的婚礼。虽说是第二次出嫁,但欧其阿依却无比紧张与羞涩。冯治平也是十分激动,对着符希仲和虞懿琳一个劲儿地鞠躬,自己鞠完了,又拉住欧其阿依一起鞠躬,口中道:"谢谢师座!谢谢夫人!"

符希仲微笑道:"你不必谢我,要谢便谢谢腾冲的乡亲们吧。"冯治平赶忙转过身去,面对着前来观礼的老百姓们,道:"谢谢乡亲们!"男女老少俱是欢呼。

欧其阿依与冯治平成婚后,遵从汉人的习惯,改名为乔依。两人成婚翌日,乔依便随冯治平一道,跟随大部队返回内地。

一九四五年七月,孙将军率领新一军返抵广西南宁,准备反攻广州。八月十五日,侵华日军投降。九月七日,孙将军率军进入广州,接受日军第二十三军投降。

一九四五年九月二日,参加对日作战的同盟国代表接受日本投降签字仪式在停泊于日本东京湾的美军军舰密苏里号上举行。日本代表在无条件投降书上签字,中、美、英、苏等九国代表相继签字。至此,抗日战争胜利结束,世界反法西斯战争也落下帷幕。

一九四五年九月三日,国民政府下令举国庆祝,放假一天,悬旗三天。这是中华民族近代史上值得扬眉吐气的一天,也是全世界反法西斯战争取得最后胜利的日子。国民政府下令将九月三日作为抗战胜利纪念日。

这的确是中华民族值得纪念的日子。七十年后,已然耳花眼浊的虞懿琳坐在电视机前,听着电视里国家总理宣布:"纪念中国人民抗日战争胜利,暨世界反法西斯战争胜利七十周年纪念大会现在开始。"电视里,一行行笔挺的受阅官兵正接受着检阅。

"铭记历史,缅怀先烈,珍爱和平,开创未来。"看着电视机里一个个与自己年龄相仿的老兵,胸前挂着闪亮的勋章,神情严肃地对着主席台行着标准的军礼。那其中,有共产党士兵,也有国民党军队将士,恍然间,虞懿琳仿佛回到了七十多年前的滇缅战场。老人的脸上露出了淡淡的微笑,这笑容让眼中的泪珠迟了一阵子才落地。

虞懿琳觉得,自己从出生到现在,从来没有如此刻一般发自内心地迸发出喜悦之情。虞懿琳自一九三六年投身抗日救亡运动,整整九年,横跨了她人生最美好的青春年华。如今,日本终于投降,中华大地终于要迎来久违的和平,这不由得让虞懿琳感到喜悦。

日本人走了,虞懿琳的生活开启了新的一页。国民政府重新迁回南京,而虞氏一族也要搬回北平了。虞懿琳再次面临与家人的分别。

虞绍义对虞懿琳道:"琳儿呀,你的事迹我们都听说了,我们虞家为有你这么一位女儿而感到骄傲啊。"虞嬿如也道:"琳儿,在制衣的问题上,你有你的选择,我不能苟同,但是你这些年的所作所为,的确没有辱没我们虞家和瑞祥昇。"

虞懿琳羞涩地笑道:"我能有今天,全仗伯父和姑姑教导与培养。伯父,我们瑞祥昇就要回到北平了,又能重续我们瑞祥昇的辉煌了!"

虞绍义笑笑道:"是啊,终于能回到北平了。"虞懿琳低首道:"我多想跟您一起回去,继续留在瑞祥昇里面做衣裳……"

虞绍义道:"别说傻话,哪有出嫁了的闺女不和自己的丈夫在一起的呢?放心吧,我会好好照顾你娘的。你何时想我们了,就回北平看看。"

虞懿琳不得不打起精神来,道:"是啊,咱们瑞祥昇是百年老店,在日本人的战火下都没有倒,还怕什么呢?这次回到北平,咱们的生意肯定会更加红火。"

虞绍义大笑道:"哈哈哈,借师长夫人的吉言呀!"虞懿琳羞红了脸道:"伯父,你不要拿侄女打趣了!"

虞懿琳又对姑父陈安和道:"我在上海时,曾与孙宝仪总理的家人共同生活过一段时间,他们待我很好,也算有恩于我。"

陈安和点点头道:"是啊,孙宝仪总理对我有知遇之恩,今后若是有机会能再见到他的家人,一定要好好报答他们!"

虞懿琳拉着母亲的手依依不舍,眼中还泛起了几朵泪花。柳氏温柔地为女儿拭泪,道:"哭什么呢?你又不是刚出嫁……对了……"

柳氏将女儿拉到了一旁,低声问道:"你们俩也成婚这么久了,你的肚子……有动静了没有?"

虞懿琳被柳氏问得尴尬,无奈地道:"娘……这个……战事紧张嘛,哪有时间想那个……"

柳氏道:"话可不能这么说!对于这女人来说,还有什么事情比生孩子更重要呢?"

虞懿琳的面色很是难看,扯了扯嘴角道:"好了,娘,我知道了。"

贰拾陆　暗流激荡

柳氏的话不是没有对虞懿琳产生效果。事实上,对于事事喜爱争强好胜的虞懿琳来说,此事的确一直以来郁结于心。她能写诗作文,能上阵打仗,能抚琴吟曲,能救死扶伤,更能缝制出世间最精致的华裳,这些都是寻常女子做不到的,可偏偏就是世间寻常女子大多都能做到的生育一事,上天却迟迟未给她这个机会。

虽说符希仲从未给过虞懿琳压力,虞懿琳却始终过不去自己这一关。符家随国民政府迁回南京后,虞懿琳便开始寻医访药,每日不得不忍受着痛苦,喝下一碗碗苦涩的汤药。虞懿琳本就瘦弱,有时喝完汤药后,还会引起肠胃的不良反应,呕吐不止。

有时候,虞懿琳也会看着面前的汤药犯怵,但她转念一想,自己在战场上连死都不怕,这点小痛苦又算得了什么呢?一咬牙一闭眼,又一碗药下了肚。

然而中药喝了一服又一服,虞懿琳的肚子依然没有任何反应,虞懿琳却早已被折磨得不成人形。

时间一长,符希仲也来劝她,道:"要不你把药停停吧,这样把身子吃坏了,岂不是更怀不上孩子?再说,我有你就够了,有没有孩子也没有那么要紧。"

虞懿琳道:"就算你真的不在乎,你是没看到爹的脸色,那是一天比一天难看了。他心里肯定后悔当年没教你娶邹小姐。"

符希仲被她气乐了,道:"这有什么相干?再说,生孩子这事又不是上阵打仗、攻城略地,岂是一蹴而就的?"

虞懿琳握紧了拳头,紧蹙双眉,坚定地道:"我一定要成功!"符希仲一愣,但见虞懿琳媚笑着上前,右手皓腕挽住符希仲的脖颈,左手一只一只解开符希仲的上衣纽扣。符希仲见状,赶忙双手将其拦腰抱了起来,步入了卧房之中。

抗日战争胜利后,中国战区的最高领袖蒋介石的个人威望达到了前所未有的高度。然而他的个人威望并没有让全国的民心真正聚拢在他的身上。国内暗流涌动,风云激荡,已是一片山雨欲来之势。

蒋介石公然撕毁"双十协定",令虞懿琳长期以来担忧的事情变成了现实。一九四五年下半年,国共双方开始了斗争。

虞懿琳在家中一边喝着汤药,一边听着无线电中的新闻。以虞懿琳的政治敏锐性,很容易从新闻辞令中分析出其真正的含义。对于虞懿琳来说,此刻真可谓是内忧外患,在为共产党服务的那段日子里,她便意识到,共产党绝非池中之物,国共双方必有一战。而如今,她越发感到这场战争,对于她来说,或许便是灭顶之灾。

虞懿琳心中忧愁郁结,无人倾诉,便想上街走走。刚要出门,便碰上了冯治平与乔依。冯治平道:"夫人,您要出门呀?"虞懿琳强笑了下,道:"你们怎么有空过来了?快请进。"

冯治平道:"这不是刚搬回南京,前阵子忙着料理家事,也没来得及看望夫人。今天刚空下来,我就赶紧带着乔依过来看您了。说起来,夫人也算是我们的大媒人,我们一直都没来得及好好感谢夫人呢。"

虞懿琳没心思与他们话家常,只是心不在焉地应着,道:"谢什么呢,这不都是我该做的么。"

冯治平道:"哎,谢还是要谢的。"说罢,冯治平拿出了一只布袋,里面用油纸

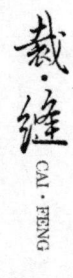

层层包裹。"这是乔依亲手做的彝族传统食物坨坨肉。如今经济紧张,家里也没什么值钱的东西,只有这个,聊表心意吧。"

虞懿琳接了过来,道:"你们这也太客气了,如今大家的日子过得都不富裕,咱们认识也不是一日两日了,你们何必循这等客套?"

冯治平叹了口气道:"唉,现在经济是不好,我那点军饷,也就够维持我们夫妇的生计,这将来再有了孩子……"虞懿琳一听生孩子,便感到头大,谁料冯治平却说出了更令虞懿琳头痛不已的话来。

冯治平继续道:"其实要赚钱,也不是没有法子。"虞懿琳道:"哦,有什么法子?"冯治平道:"如今中统和保密局都在悬赏,说逮捕共党特务或者提供线索都能拿到不少赏金。"

虞懿琳眉毛一跳,手中的茶杯差点没握稳,道:"共党特务?"冯治平道:"可不是嘛,如今这形势紧张,共党安插了不少特务在南京。"

虞懿琳试探着问道:"那……你想抓他们?"冯治平道:"谁愿意抓人呢?中国人抓中国人有什么意思?我这不也是生计所迫嘛。"

虞懿琳送走了冯治平夫妇,连上街散步的心情都没了,脑海中只萦绕着"共党特务"这四个字。

冯治平所言非虚,南京城中,的确有共产党的地下党员。就在冯治平与虞懿琳谈话结束后的第三天,冯治平便发现了线索。

事情还要从冯治平去探望虞懿琳的那天说起。那日冯治平刚离开符家,就发现符家宅邸附近有一人行踪诡异,那人一见冯治平夫妇出来,便迅速消失不见了。冯治平因刚提过"共党特务"一事,心下便特别留意,一见此人,发觉不对。

冯治平心生警觉,当下先将妻子送回家后,自己又只身一人回到了符家宅邸附近守着。果然,在之后两日里,那人又在符家附近出现了数次,每次都是匆匆一闪而过。

冯治平心中怀疑,却不好妄下定论。恰巧那几日虞懿琳心中忧愁惊怖,未有出门,那人也只是不断从符家路过,没有任何特殊的举动。

这日虞懿琳决定再去看看中医,多开几服药剂。谁料虞懿琳刚一出门,那人就尾随而上。螳螂捕蝉,黄雀在后,冯治平也尾随在那人之后。

虞懿琳神思恍惚,也没注意到有人跟踪。虞懿琳走到街角处,那人看准了机会,想要上前,却被冯治平一把制伏。

翌日,冯治平来到符家宅邸,对虞懿琳道:"夫人,我抓住了一个共产党特务。"虞懿琳一惊,心中却隐隐有种不祥的预感。虞懿琳佯装平静道:"哦?那恭喜你了,你不是一直想抓共产党挣赏银吗?"

冯治平点点头,道:"谢谢夫人。夫人就不想去看看,我究竟抓了个什么样的人吗?"虞懿琳眉头紧皱,双手几乎要把绢帕揉烂。虞懿琳心中是经历了一番挣扎的,但最终只能把心一横,算了,真是上辈子欠他的。虞懿琳抬起头笑道:"看看也好,走吧。"

虞懿琳的猜想没有错,踏进冯治平的家门后,虞懿琳在他家的储藏室中看到一个手脚都被绑缚在椅子脚上,口中塞了毛巾,双眼也被蒙住的人。尽管如此,虞懿琳还是一眼就认出了这个她再熟悉不过的人。

冯治平道:"夫人,我看他一直躲在您家附近,您刚一出门,他便尾随上前,我担心他要对您不利,便把他擒住了。"

虞懿琳淡淡地道:"是吗?我倒是没注意过。"冯治平道:"可惜此人嘴巴很严,无论我怎么问他,他就是一个字也不说。唉,看来我是没有办法了,只能把他交给保密局,让保密局的那些刑具来伺候他了。"

冯治平说的并不是实话。事实上,冯治平将其抓回家后,的确是审问过他,但是对方虽说没有吐露自己的身份,却洋洋洒洒地谈起了当前的局势:"这位长官,看您的军衔,应该也是团长吧?看您这么卖力地抓我,应该是为了找保密局领那可怜的赏金吧。且不说我是不是共产党,就算我是,您真的认为保密局能开出他们之前宣传的高额赏金?您贵为团长,尚且需要靠如此手段来赚取钱财,那普通的老百姓该怎么办?"那人列举了手中掌握的大量国内数据,无可辩

驳地说明了国民党党内的腐败导致了社会经济的一蹶不振,以及百姓的民不聊生。那人雄辩的教授式口才,让冯治平十分惊奇,又引出他莫大兴趣,不得不洗耳恭听。

冯治平过去从未听到过这些革命理论,再联系国内民怨沸腾的无情事实,在对过去的信条产生怀疑的同时,也对被审者有了些尊重。

虞懿琳是何等人,一听冯治平此问,眼中立时精光一现,道:"怎么?想试探我?"冯治平一愣,道:"这……夫人,我没有这个意思。只是,此人一直蛰伏在您家附近,又专门尾随于您,我担心……担心他与您有什么瓜葛。"

虞懿琳哈哈笑道:"瓜葛?好啊。"虞懿琳走上前去,掀开了那人的眼罩,又拔出了他口中的毛巾,赵易铭一见虞懿琳来了,赶忙佯装讥讽道:"这位长官,你自己审不出我来,却找了个女人来审问我?"

虞懿琳并不理会赵易铭的表演,转头对冯治平道:"放他走。"冯治平一惊,道:"夫人,可……他是共产党呀。"

虞懿琳道:"是又怎么样?你放他走,有什么责任我来担负。"虞懿琳边说边走上前去,给赵易铭解开绳索。赵易铭道:"懿琳,你这是做什么?这样会连累你的。"

虞懿琳早已为其松了绑,而后站定,面无表情地看着他道:"赶紧走吧,别再来了,我永远都不想再见到你了。"

赵易铭拍了拍身上的尘土,站了起来,道:"那你就打算一辈子过庸庸碌碌的生活,在家相夫教子,跟所有普通女人一样?"

虞懿琳嘴角上扬,道:"我没觉得这样有什么不好。"赵易铭道:"懿琳,你忘记你当初是怎么说的吗?你说你崇拜林徽因,你要做一个为国为民、深明大义的女人,你要有所成就……"

虞懿琳怒而打断他道:"够了!我已经做到了。这些年为了抗战,我付出了多少,牺牲了多少?如今,我也该回归家庭,做我该做的事了。"

赵易铭摇摇头道:"还远远没有结束呢。如今政府当局贪腐成风,百姓民不聊生,这些你都看不到吗?你就不想再为国家,为百姓,做些什么吗?"

虞懿琳道:"我还能做什么?"赵易铭道:"也许,国共之间必有一战,但我们一直在避免这场战争的发生。你更可以为争取和平做出贡献。你要劝说符师长,不能让他带着他的士兵屠杀我们共产党人。"

虞懿琳终于明白他来找自己的用意,道:"你是想让我劝降?"赵易铭道:"不是的。如果我们之间不开战,何来投降一说?懿琳,其实你心里是清楚的,谁才真正代表了广大百姓的利益,我是希望符师长弃暗投明,真正带领一支正义之师!"

虞懿琳道:"真是越说越离谱!这不可能!你想都不要想!"冯治平甚是愤怒,道:"混账!就凭你刚才说的那几句话,我现在就可以把你就地正法!符师座对党国忠心耿耿,绝不会做出此等不忠不义之事!"

赵易铭笑道:"这位团长,你之所以如此愤怒,怕正是为了掩饰你内心的恐惧吧,其实你也知道,我说的不是假话。符师长为人正直,用兵如神,军纪严明,在抗战中屡立奇功,在下一直很是钦佩。但是,如果师出无名,去打一场不仁不义的战斗,怕是要晚节不保。"

虞懿琳走上前去,咬牙切齿道:"我再说最后一遍,赶紧走,离开这里,不要让我再看到你!"

虞懿琳放开了赵易铭,对冯治平道:"把他轰出去。"冯治平摇了摇头,无奈地强行将赵易铭"送"了出去。赵易铭临走前还不忘对虞懿琳道:"懿琳,你好好考虑考虑我说的话,就算不为你自己,你也要为你的丈夫、你的家庭想想,你们将来还会有孩子……"虞懿琳道:"够了,不要再说了!"

赵易铭止住了话语,过了许久,方才说道:"你还记得你在西南联大时的同学钟彬吗?"虞懿琳皱眉道:"怎么?"赵易铭道:"他不久前因为叛徒出卖,死在了国民党的监狱里。懿琳,我们只是不希望再有更多的人死于这场内战了,无论他是国民党,还是共产党。"

赵易铭从她的视线中离开后,虞懿琳慢慢蹲下身来,用双手掩住面颊,失声

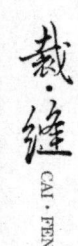

痛哭。

虞懿琳将泪水擦干,回到了家中,进门之前,见到一人神情诡异地从自己家中离开。虞懿琳与那人对视两秒钟,那人用不怀好意的眼神看着虞懿琳,令虞懿琳感到浑身不适。

虞懿琳进门后,见符希仲正背对着自己,伏手而立,好像一支站立的枪,笔挺且坚硬。不知为何,虞懿琳感到房间中的空气十分寒冷,不禁打了一个寒噤。

虞懿琳努力让自己保持微笑,想走上前去,脚步却有些沉重。虞懿琳正自踌躇间,却听符希仲声音阴沉地道:"你回来了?"

虞懿琳扯了扯嘴角道:"你今日怎地这么早就回来了?军务忙完啦?"符希仲依旧阴沉地道:"你出去干什么了?"

虞懿琳强装镇定道:"我去冯治平家看乔依了。"符希仲终于压抑不住,选择爆发了:"够了!"符希仲转过身来,用手指着虞懿琳的鼻尖:"你别以为你在外面干了什么,我都不知道!你当初在上海,军统都到家里来调查你了,要不是我爹用性命保你,你的人头早都不知道去哪儿了!那时候我敬你是抗战英雄,我不怪你,可是现在……你居然还不知悔改,背着我和'赤匪'来往!"

虞懿琳无言以对,心中既震惊又恐惧。军统,现在的保密局,在上海时她就领教过他们的手段。那个时候,上海的大汉奸中,死在军统特务之手的不计其数,可以说,军统想今日取谁的项上人头,那人就定然看不到明朝的日出。若保密局真的盯上了自己,自己便是绝无生路。

虞懿琳沉默了许久,方才道:"谢谢。可是……我从没有做过任何对不起你,对不起这个家,对不起国家和人民的事情。我认为,我的所作所为令我无愧于心。"

符希仲放下手,一步步走近虞懿琳,眯起眼睛,眼神冷峻而又严厉:"你至今都不认为你做错了?"虞懿琳面上再无惧色:"对,我没有错,也就提不上悔改一说。"

符希仲点点头道:"好。过去我就听说,共产党员一个个都跟有九条命一般,全不畏死。如今看来,果然名不虚传。"

虞懿琳摇摇头道:"我不是共产党员,我也没有九条命。只是我见过为了共产主义事业而牺牲的战友,我钦佩他们,敬重他们,更不能背叛他们。"

符希仲道:"可是你有没有想过,你这样会连累我们全家?"虞懿琳道:"我没想连累你们。希仲,你不是也说过,共产党善于凝聚人心吗?如今看来,国共必有一战,可战事一起,受苦的还是老百姓。我们想要做的,就是尽量让百姓少受战争之苦。"

符希仲道:"你是什么意思?"虞懿琳道:"希仲,我不要求你背叛党国,但是我希望你不要参与内战,不要造杀孽!"

符希仲冷冷地道:"我也不愿意打内战,可我是军人,军人以服从命令为天职。有些事情,不是我能左右得了的。"

虞懿琳道:"希仲,你……你再好好想想!"符希仲道:"我不需要想什么。倒是你,需要冷静冷静。现在时局紧张,党内军内的各方势力都盯着我爹和我,我们不能再有什么差池。"

符希仲说完后,与虞懿琳擦肩而过,大步迈出房门,脚步未停,头也不回地对门口的卫兵道:"看着她!从今往后,禁止夫人再迈出这个房子一步,她要是胆敢离开,我拿你是问!"那卫兵两脚一并拢,敬了个笔直的军礼:"是!师座!"

贰拾陆　暗流激荡

贰拾柒　笼中之雀

虞懿琳被软禁后,每日无非便是看书、听广播度日,随着局势一步步紧张,虞懿琳的内心也越发绝望。

冯治平的到访算是她绝望之中的一线希望。冯治平一来,便是满面愧疚,说道:"夫人,真的对不起。可是那事……真的不是我告诉师座的。"

虞懿琳显得颇为淡然,道:"没事,保密局的手段我是知道的,何须你告诉。你抓人动静那么大,自然瞒不过他们的嗅觉。"虞懿琳顿了一顿又道,"只要没连累到你就好了。"

冯治平更是愧疚得羞红了脸:"哪里谈得上连累?"冯治平看着虞懿琳,叹了口气道,"唉,看来,你们共产党人还真是不一样。"

虞懿琳听出话音不对,皱了皱眉道:"我可不是共产党员。不过,你这话是什么意思?"

冯治平低着头,沉默了一阵方才道:"你们似乎总是在为别人考虑。那天……我送那个人出去,他也说不想连累我。那天,您一去,他为了掩护您,不暴露您的身份,我是看出来的。您又舍命救了他,你们都在互相保护。不像咱们军中,这些年,我的官职越高,越看多了高层之间的尔虞我诈,像师座这种有能力的人受到排挤,只会阿谀奉承之辈却青云直上。夫人,说实话……有时候,我真的有些迷茫。"

虞懿琳道:"可你毕竟是党国的人,应该好生为党国效力才是。"冯治平叹了口气,又道:"对了夫人,我跟随师座南征北战,已经好多年没回老家了,正巧我刚刚成亲,想跟师座请个假,回老家看看。我爹娘虽说早就不在了,可家里还有不少亲戚,如今抗战也胜利了,我想带着乔依回去,摆几桌酒席,在老家热闹热闹。"

冯治平是中原河南人士,河南是沦陷区,以冯治平的身份,抗战时期自然不方便回去。虞懿琳表示理解,点点头道:"是啊,这么多年了,也该回去看看了。不过……符师长已经很久都没回家住了,有时候白天偶尔回来一下,也是匆匆就走,根本不会和我说一句话的。所以,要请假的话,您还是自己跟他说吧。"

冯治平不是不知道符希仲常年睡在作战指挥室中,只是没想到他们的夫妻关系已经僵化到了这种程度。冯治平显得有些尴尬,道:"夫人,这可真苦了您了。我今天就去跟师座解释,夫人你不是他想象的那样,不能让夫人您再受苦了。"

虞懿琳却显得不以为意,手中摆弄着茶几上的蝴蝶兰叶子,轻描淡写道:"不必,这个时候,你越解释,反倒显得越心虚。要是万一再激怒了他,还会连累于你。我在这儿有饭吃,有房住,每天什么事情也不用做,比普通百姓不知道要强多少倍,我有什么苦的?"

冯治平盯着虞懿琳,缓缓地道:"你们共产党人,还真是不太一样。"虞懿琳苦笑着摇了摇头,却并没有再解释些什么。

一九四六年六月二十六日,停战有效期刚过,国共两党的军队在中原地区(湖北、河南交界处)就爆发了大规模的武装冲突,全国内战就此开始。国民党军队仍称国民党军队,共产党军队则更名为中国人民解放军。这一时期被中国共产党后来称为战略防御时期。期间,国民党依靠优势兵力对共产党解放区展开了全面进攻,但被解放军挫败。

共产党方面并没有摆出主力决战的样子,而是采用边打边撤的方针将军队转移到山区以保存实力,主动撤出。其中,国民党军队在刘峙、程潜的统率下,以二十万优势兵力攻打共产党中原解放区的核心宣化店,解放军被迫开始全线撤退,试图将主力调往延安。史称"中原突围"。

同时转入山区的解放军再度使用了在土地革命战争中的运动战战略,利用国民党军队分散搜索的契机,集中二到六倍的兵力展开包围进攻。这种方式成为解放军的首要作战策略。经过八个月的作战,国民党方面战斗减员约七十一万人,可用于一线作战的兵力由一九四六年六月的一百一十七个旅,下降至八十五个旅。

虞懿琳担忧的事情终于变成了现实。中华大地这袭华袍,不得不再次面临被撕裂的命运,而这一次,谁才能够真正将它缝补起来呢?

随着内战枪声的响起,虞懿琳在家中越发坐立不安。她想逃离,却又害怕面对外面的世界,而乔依的到访最终改变了她的命运。

虞懿琳见到乔依还是开心的:"乔依,幸亏你来了,不然我都快忘记怎么和人说话了。"但是乔依的脸色并不好看,一见虞懿琳,居然流下了眼泪。

虞懿琳惊奇道:"你哭什么?冯治平呢?"乔依与冯治平成婚后,汉语已说得十分流利,她哽咽着道:"夫人,治平他从老家回来之后就病倒了,如今病得很重……"

虞懿琳大惊:"不是回老家办喜事的吗?怎么会突然病了?"乔依依旧抽泣着道:"夫人,您赶紧去看看他吧!他说他想见您,一定要见到您才行!不然他的病会更重的。"

虞懿琳心中疑惑:我又不是医生,见我何用?踌躇着对乔依道:"乔依,你先别急,冯团长病了,我也很是心痛,也想去看看他,只是我现在……似乎是出不去。"

乔依又一次发挥了她少数民族妇女特有的泼辣之气,转头对门口的卫兵吼道:"你们听到了吗?冯团长病危了,就想见见夫人,你们为什么不让她出去?

冯团长平日里待你们可不薄！"

虞懿琳见状，赶忙劝道："别急别急，咱们好商量。"又对卫兵道，"此事事出突然，如今冯团长病重，病者为大，你看能不能教我去见他一面？"

冯治平在军中口碑极佳，在官兵中的威望仅次于符希仲，因此卫兵也有些为难，道："夫人，不是我们不关心冯团长，只是师座有令，我们不敢违抗。"

虞懿琳略一沉吟道："你看这样行不行，你们多派几个人，跟我一起去，反正我是去探病，你们和我一起去看看冯团长，之后再送我回来。你们若是还不放心，可以打电话请示一下符希仲。"

那卫兵点头去了。不一会儿，卫兵回来道："夫人，师座同意了。"虞懿琳对乔依笑笑，道："咱们走吧。"

就这样，虞懿琳在四名卫兵的"护送"下，来到了冯治平家。虞懿琳很是不喜欢这样如犯人被押解一般对待，在路上心中始终疑虑重重。"冯治平为何会从老家回来后突然病危？又为何这么急着见我？难道说……"虞懿琳不敢再想下去。

到得冯治平家中，乔依却将卫兵们拦在了房门外："冯团长想单独和夫人说几句话。"虞懿琳赶忙解释道："你们就在门外等着我吧，你们守在外头，我插翅也难逃啊。"卫兵见虞懿琳如此说，有些不好意思，便留在了门外。

虞懿琳一见冯治平，不由得大惊，只见其面色惨白，神情恍惚，人也瘦脱了相，眼窝深陷，两只眼睛似嵌在面上一般，黯淡无神。虞懿琳快步上前，坐在床畔，握住冯治平的手，道："你这是怎的了？怎么会变成如此模样？"

冯治平一见虞懿琳，好似溺水之人抓住了一根稻草一般，紧紧抓住虞懿琳的手，道："夫人，我可把您等来了！"

虞懿琳道："你别着急，有什么事情慢慢说。不是回家办喜事吗？怎么会病倒了？"冯治平一听"回家"二字顿时泪流满面，颤抖地说道："回家！我还哪有家可回？"

虞懿琳沉默着，等待他的后话。冯治平似是用了很大的力气，满腔的怨气

喷薄而出:"这如今的政府,简直比日本人还要狠哪!"

虞懿琳一听,立时将手从冯治平的手中抽出,腾地一下站了起来,道:"你在说什么?"

冯治平苦笑道:"我知道,夫人您肯定是不信,但我是亲眼所见啊。我家本家的亲戚一共三十六口,母家的亲戚一共二十五口人,全都……全都不!在!了!"

虞懿琳皱眉道:"为什么?"冯治平道:"为什么?花园口!我家变成了黄泛区!我大舅跟我表叔几个人好不容易死里逃生,谁知道却遭遇了大饥荒,我家里的人,被淹死的淹死,饿死的饿死,还有兵荒马乱时不知道怎么死的。总之,是一个也不剩了。"

虞懿琳不是不知道著名的花园口事件,其与文夕大火(长沙大火)、重庆防空洞惨案并称中国抗战史上三大惨案。一九三八年五月十九日,侵华日军攻陷徐州,并沿陇海线西犯,郑州危急,武汉震动。六月九日,为阻止日军西进,蒋介石采取"以水代兵"的办法,下令扒开位于河南省郑州市区北郊十七公里处的黄河南岸的渡口——花园口,造成人为的黄河决堤改道,形成大片的黄泛区,史称花园口决堤。此事的功罪仍在争议当中,有材料证明,其的确在一定程度上阻止了日军的攻势。

一九四二年,河南大旱,第二年紧接着又是一场特大的蝗灾,连番的自然灾害导致了一场几乎遍及整个河南的大饥荒。饥饿如魔咒一般降临到三千万人身上,吞噬了至少三百万人的生命,迫使三百万人流落异乡。

冯治平回到老家后,见家中旧宅早已被夷为平地,一个亲戚也寻不见。冯治平四处打听才知道,原来自己当兵在外的这些年,自己的故土遭遇了这般的灾难。冯治平心中大恸,令他痛苦的不仅是亲人的离去,还有他发现,在整个家乡,他居然一个认识的人都找不到了。

冯治平回到南京后,悲伤痛苦,加之对政府当局的失望导致了信仰崩塌,便一病不起。

虞懿琳沉默不语。冯治平道:"我遇见他了。"虞懿琳抬头,道:"谁?"冯治平道:"赵先生。"虞懿琳的手一抖。

冯治平道:"其实他在我家时,就给我讲了许多我以前从未听过的理论,我当时只是觉得新鲜,如今,感觉颇有几分道理。夫人,我今天之所以叫您来,是因为赵先生要我向您转达几句话。"

虞懿琳皱皱眉:"你……开始为他做事了?"冯治平笑道:"我只为我自己的良心做事。是的,他还在南京,他没有走,还在继续他的工作。共产党人……真是不怕死。可他们也许……真的是为普通老百姓,为劳苦大众做事的。"

冯治平咳嗽了几声,乔依赶忙上前给他端了一杯水,冯治平稍有好转后,续道:"他叫我告诉您,开战了,一定不能让师座上战场!一定!不能!您一定要想尽办法阻止师座!至于原因,他说您心里是明白的。"

冯治平的话证实了虞懿琳之前的猜测。虞懿琳沉默了许久,终于道:"可我如今,只是一只被关在笼子里的金丝雀,我能做什么?"

冯治平再次咳嗽,却拒绝了乔依递过来的水,激动道:"您能的!您在兰姆伽是我们所有人敬仰的、无所不能的'战地之花',只要您想,您就一定能做到。"

虞懿琳盯着冯治平,似乎想从他的眼中读出什么来,她最终说道:"冯团长,好好养病,只要活着,一切都有希望,养好了身子,你的师座还等着你回去呢。"虞懿琳说罢,微微一笑,转身离去。

乔依见状,便想起身送虞懿琳出门,谁料刚刚站起身来,立时变得脸色惨白,只见乔依一手掩口,急匆匆地跑去了盥洗室。

不一会儿的工夫,盥洗室中传来了剧烈的呕吐声。虞懿琳惊讶,忙前去查看。乔依呕吐不止,状甚痛苦。虞懿琳一边轻抚乔依的后背,一边关切地问道:"出了什么事?刚刚还好好的,怎么……"

此时乔依已经有所好转,用清水漱了漱口,方才道:"这些日子还算有些好转,不比我刚怀上那阵子,简直就是……生不如死。"

虞懿琳惊喜道:"你……你有了?"乔依点点头,轻抚着自己微微隆起,但尚

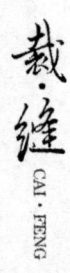

不十分明显的小腹道:"已经三个多月了。夫人,您是不知道,刚有了的时候,连着一两个月,我是吃不下喝不下,就连喝清水都感到恶心。每日除了吐就是吐,是站不得,坐不得,躺不得,那段日子,我真心想,还不如死了算了。"

虞懿琳看乔依较之过去是消瘦了不少,便握着乔依的手道:"可不能有这种想法!这是大喜事。只是……如今冯团长又病着,可苦了你了。"虞懿琳说话时,面上表情虽充满着同情与关切,心中却并无同情之感,而是被强烈的羡慕之情所充斥,甚至,还隐隐有一丝嫉妒。

贰拾捌　痛苦煎熬

符希仲盯着桌上的地图,眉头紧锁。近日来国民党军队一路凯歌高奏,他虽说没有直接参战,却从中嗅出了一丝不一样的味道。他不知道这样的胜利还能持续多久,更重要的是,他想不明白当初被逼得四处逃窜的"赤匪"为何会在如此短的时间内迅速发展壮大。

符希仲突然想到了妻子虞懿琳,那个党国的"叛徒",以她的身份,居然会为共产党效力,也许共产党真的有过人之处。想到虞懿琳,符希仲心中有些沮丧。他并不喜欢这样冷战的生活,他不知道这样的生活还要持续到什么时候,但以他的性格,他又绝不可能主动向虞懿琳求和。

符希仲的心中是恼怒的,那个女人,似乎从不肯低下自己高傲的头颅。前几日冯治平病重,符希仲本以为虞懿琳会亲自来求自己,要求前去探望冯治平,却没想到虞懿琳只是叫卫兵给自己打了电话。当初,或者现在,以及未来的任何时候,她哪怕肯和自己说一句软话,符希仲都会立刻原谅她,冰释前嫌。但这显然是不可能的。一念至此,符希仲心中烦闷,随手撕烂了桌上的地图。

"师……师座,不……不好了。"

符希仲皱皱眉:"仗都打成这样了,还有什么不好的?"

"是……是夫人不好了。"

符希仲一惊:"夫人怎么了?"

"夫……夫人怕是不行了。"

符希仲走上前去一把薅住卫兵的领口:"你胡说八道什么?我前几天回去看还好好的,怎么会突然不行了?"

"夫人中毒了,那脸色,白得骇人。"

符希仲道:"夫人现在在哪里?赶紧带我去!"

虞懿琳不知道自己究竟昏迷了多久,当她醒来的那一刻,真有一种不知今夕何夕的感觉。她花了很长时间才辨认出自己所处的地方和自己眼前的人。

虞懿琳的知觉逐渐从头部至四肢恢复,为了确定自己已恢复了对自己躯体的控制,虞懿琳用力抓了抓身下的床单。这一抓,将守在床畔困极了、不得不支肘而眠的符希仲惊醒了。

符希仲惊喜道:"你终于醒了!"虞懿琳张了张嘴,想说些什么,却没有说出来。符希仲见状赶忙道:"你睡了这么久,渴了吧?我去给你倒杯水。"

符希仲端来了水杯,又扶虞懿琳坐了起来,缓缓喂其喝下了水。虞懿琳悠悠地道:"希仲,我以为我自己再醒不过来了……"

符希仲嗔道:"胡说些什么……"符希仲沉默了一阵方才又道,"你可不能死,我……我还等着你给我生孩子呢。"旋即又道,"就算生不了孩子也没什么的,只要有你在,就一切都好。"

虞懿琳低眉,沉吟了一阵方才道:"希仲,对不起。当初在上海……我虽然没有做对不起国家和良心的事,却给你和爹带来了那么多麻烦,真的对不起。"虞懿琳不知道的是,符希仲并没有和她说实话。

真实的情况是,符廷镛得知虞懿琳通共后大怒,要求符希仲立刻与其离婚,断绝一切关系。但符希仲以自身相威胁,声明父亲若不救虞懿琳,自己便终身不娶,符家更别想着延续香火了。当时符希叔已死,符廷镛只剩了符希仲这么一个儿子,符廷镛被迫答应了他的要求,但对虞懿琳一直心存芥蒂,乃至搬回南京后,拒绝再与符希仲夫妇住在一起。

因为此事,符希仲一直对父亲心存愧疚,自然不愿再提及。符希仲笑笑,道:"说这些做什么?你现在把身子养好才是最要紧的。"

虞懿琳一听此言,似是想起了什么,道:"对了,医生怎么说?"符希仲一拍脑门,道:"哎,瞧我,一见你醒了,高兴得都忘记请医生来了。"

医生进门刚坐下,虞懿琳便道:"希仲,我感觉嘴里发苦,能不能叫厨房给我做碗银耳莲子汤喝?"符希仲见妻子肯进食了,自然高兴,便起身去通知厨房。

虞懿琳一见符希仲离开,立刻努力地坐起身来,从床畔的坤包中掏出了三张钞票,塞进了那医生手里。医生惊道:"夫人,您这是做什么?"虞懿琳笑道:"不管你的检查结果是什么,都说我还没有完全脱离危险,必须一刻不离地有人看护,明白吗?"

那医生沉吟道:"这……"虞懿琳冷冷地道:"照我说的去做便是。不然的话,有你好看!"

符希仲回来的时候,检查已经完毕。符希仲问道:"我太太的情况怎么样?"医生摇了摇头,叹了口气,道:"唉,夫人体质羸弱,目前还没有脱离危险,需要有人时时看护。"

符希仲皱皱眉道:"这么严重?好吧,我知道了。"

符希仲从此一步不离地守在虞懿琳身旁,一方面是听从了医生的劝告,另一方面也是出于对其被软禁多时的愧疚。

生逢乱世,虞懿琳饱尝了颠沛流离,如今,尚能有如此举案齐眉的静好岁月,实属难得。

两人在一起时间久了,便免不了议论当前时局。符希仲一边给虞懿琳削着苹果一边道:"如今这局势,看起来高歌猛进,实则危机四伏。委座集中了大部分优势兵力进攻延安和山东地区,导致后方兵力空虚,此乃兵家之大忌。"符希仲边说,边摇着头叹气。

虞懿琳心想这是个好机会,随即道:"内战已经打了将近一年的时间,可是蒋委座希望的消灭共军主力的目的却并没有达到,恰恰相反,经过这段时间的

作战,共军主力不断增长,而我军的战斗性和非战斗性减员却越来越多。这是什么原因?"

符希仲一抬眼,道:"什么原因?"虞懿琳笑道:"我军有美军的物资装备支援,却很难在战斗中取得上风,究其原因,就是因为这场战争不是军队的战争,而是人民的战争,人心向背是战争胜负的基石。"

见符希仲没有说话,虞懿琳续道:"希仲,你从军多年,应该明白一个道理,对于一个军人而言,最重要的事情就是知道为谁而战,为何而战。我们为何能在缅北所向披靡,就是因为我们是一支正义之师,为国家和民族而战。可是如今,他们在为谁而战?这样不明不白、师出无名的战争,自然不会赢得民心,也自然无法取胜。"

符希仲听到最后一句话,怒将削好的苹果往桌上一摔,道:"这根本就是一场阴谋!你读过那么多年书,又在军中做过军医,怎么会不知道食物相克的道理,怎么会让自己食物中毒?这根本就是你演给我看的一场苦肉计,根本目的就是为了拖住我,不让我上战场!"

虞懿琳并不恼怒,也不害怕,而是继续微笑着道:"是又怎么样?你既然早就想明白了这一切,之所以将计就计,难道不是因为你也认同了我的想法?不愿意去打这样一场不明不白的仗?"

符希仲不想再继续这个话题,用手捂住了额头,痛苦地道:"我想安静一会儿。"

一九四七年六月,共产党方面,刘邓大军千里挺进大别山,直接威胁国民政府的统治中心南京和武汉;华东野战军挺进豫皖苏;陈赓、谢富治兵团挺进豫西。三路大军,互相策应,在黄河与长江之间的广大地区形成了一个"品"字形的战略态势,这就牵制了南线国民党军一半以上的兵力,使中原地区由国民党军队进攻解放区的重要后方变成了解放军夺取全国胜利的前进基地。整个战争格局从此发生了根本的转变。

而在东北战场,林彪连续发动秋季攻势、冬季攻势,将东北国民党军队压制在锦州、沈阳与长春。

无论符希仲是否情愿,上战场都是军人的天职,他无法推脱。很快,上峰的命令就下来了,符希仲被擢升为少将副军长,调去东北驻防。

对于这道军令,虞懿琳的态度是:"我要和你一起去东北。"符希仲道:"你跟我去东北做什么?"虞懿琳半开玩笑地道:"我跟你去生孩子呀。"

符希仲知道,如果不顺着虞懿琳的意思,她不知道还要在家中闹出什么事情来。

唯一令符希仲高兴的事情是,能够在东北与孙将军重逢。出乎虞懿琳意料的是,冯治平居然自称病已痊愈,要求随符希仲同去东北。虞懿琳本能地感觉,事情并不是想象得那么简单。

在国民党军队中,很难再找出像孙将军那样重视训练与实战结合的将领。他带领的部队,常年把训练融入军营生活中。即便是在解放军兵临城下,几十万军人惶惶不可终日的日子里,孙将军的部队依然坚持着训练。

但是"功高震主危",这是几千年来颠扑不破的真理。孙将军刚调往东北不久,就因与当时的东北保安司令长官杜聿明不和,而被调回了南京。南京国民政府成立了陆军训练司令部,孙将军被任命为陆军副总司令兼陆军训练部司令,事实上,孙将军的兵权被削夺了。

这令符希仲很是愤愤不平。虞懿琳见状,赶忙从旁道:"主帅不和乃兵家之大忌,孙将军的指挥作战才能人所共知,杜司令居然容不下他,可见这杜司令并非能容人之辈。希仲,你可要小心啊。"

虞懿琳此言,无非是想挑拨符希仲与杜司令之间的关系,教他不愿再在杜司令手下做事。但虞懿琳没有想到的是,有一个人竟存着和自己一样的想法。

"报告!"

"进来!"

"军座,治平有事汇报。"

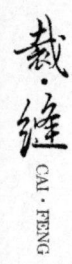

符希仲看了一眼冯治平,道:"坐吧,治平啊,你大病初愈,就主动请缨上前线,身体可还吃得消吗?"

冯治平道:"谢军座。禀军座,治平愿为党国效力,肝脑涂地。只不过,这不明不白的仗,治平打不了。"

符希仲道:"哦?何谓不明不白?"冯治平道:"如今杜司令喜爱直接指挥各师团作战,治平自从来到东北,已经收到过数次杜司令的命令。治平知道身为团长,在军中人微言轻,不敢妄然非议上峰,然而如此这般,实在令治平无所适从。"

符希仲听罢,沉默了一阵,方才道:"军人当以服从上峰命令为天职。"冯治平道:"可是治平如今不知道该服从谁的命令!"

符希仲皱皱眉,道:"我知道了,你回去吧,我会跟上峰反映的。"

符希仲回去后向虞懿琳复述了冯治平的话语,说道:"怪不得孙将军被迫调离了,这个空架子军长,真是没法干了。"

虞懿琳闻言后微微一笑,心想,这冯治平看来果然和我存的是一般心思,有意拿话挑起符希仲对于杜司令的不满,这冯治平的政治立场怕是真的已经动摇了。

虞懿琳随即皱皱眉,叹了口气。符希仲道:"你哀叹什么?"

虞懿琳道:"希仲,我有句话不知当讲不当讲。"符希仲道:"你我夫妻多年,还需要忌讳什么?"

虞懿琳道:"如今在东北的部队,大多是当年的驻印军,在印度受过美军最专业的训练,又配备了美军最先进的装备,在缅北又曾打败日军,可谓是我军最精良的部队。而东北,从古至今,历来是兵家必争之地,可以说,东北一役的胜负,决定着天下最终的归属。用最精锐的部队来打最重要的战役,这本没有错。可是……可是蒋委座忘了一件事!"

虞懿琳说到此处,观察了下符希仲的脸色,见其没有打断自己的意思,便续道:"驻印军曾在极酷热之地作战,其优势也是热带作战。可东北是极寒之地,将一支擅于热带作战的部队调来东北作战,这可是兵家之大忌啊。"

"更何况……杜司令越级指挥,致使基层军官无所适从,整个东北部队丧失了全盘规划,这一切都让我军在作战中处于极度不利的地位。现在军中的这些官兵,大多都是当年从兰姆伽出来的弟兄们,希仲,就算不为了自己,你也应为他们想想。"

符希仲用双手掩住了面颊,喃喃地道:"军人……当以服从上峰命令为天职。我家世代从军,我除了服从命令,上阵打仗,还能做什么……"

贰拾捌　痛苦煎熬

贰拾玖　黑山绿林

虞懿琳见符希仲表情痛苦,便道:"希仲,不如这样吧,我去找冯团长聊聊,了解一下他那里的具体情况,也方便你下一步的战略判断。"

虞懿琳这样说自有她的道理,虞懿琳与冯治平年龄相仿,两人又脾气相投。乔依一事后,冯治平一直对虞懿琳心存感激,特别是病中对虞懿琳的一番心声吐露,让两人的关系变得更为微妙。很多事很多话,冯治平也许不会对符希仲说,却可以告诉虞懿琳。

由于冯治平部的驻地距离军部还有一段距离,因此符希仲点点头道:"好吧,那我派警卫连送你去治平的驻地。"虞懿琳笑道:"这附近又没有共军,我自己去便可,何必要人护送?"

符希仲道:"附近虽说没有共军,但是此地素来民风彪悍,各路土匪占山为王,烧杀抢掠无恶不作,我怕万一……"

虞懿琳皱皱眉道:"对于此地的土匪,我之前也有所耳闻,有人说他们心狠手辣,罪行罄竹难书,也有人说他们在日本侵华期间,也为抗战做出过贡献。著名抗日将领马占山将军,过去不就做过土匪吗?说实话,这次来到东北,我对这些土匪还真是有些好奇。前几日我听说我军收编了一批土匪,什么时候你也带我去见见他们,让我亲眼见识见识,他们究竟像不像传说中的那样,枪法精准,百步穿杨,御马如神,疾驰如风。"

符希仲失笑道:"你这真是小孩子想法,那土匪都是些腌臜之人。"符希仲边说边拉住虞懿琳的手,道,"要教他们见你,我可舍不得,还不污了你的眼?"

虞懿琳娇羞一笑,随即道:"若那些人真如你所说,如今东北的匪流几乎都为我军所收编,那将来你岂不是要领着这样一群人组成的部队打仗?"

符希仲甚是烦恼,把手一挥,道:"若真如此,这个军长不当也罢。"虞懿琳不愿再惹他心烦,便道:"好了好了,只不过我一人出行,你派一整连的人送我,未免动作有些太大,要教上峰知道,对你的影响也不好。"

符希仲点点头道:"好吧,那我派两名卫兵送你。"为不引人注目,两名卫兵身着便装,骑马护送虞懿琳。

虞懿琳过去从未到过东北,见惯了云南的温山软水,东北的白山黑水也感觉别有一番风情。

虞懿琳重回战场,脱下了华美绮丽的旗袍,换上了白衬衫和紧身长裤,英姿飒爽,不让须眉。当时东北还未入冬,并不十分寒冷,虞懿琳穿着长衣长裤走在路上,倒是正合时宜。

出了军部,虞懿琳骑在马上,翻过了一道缓坡,进入了一处山沟夹道。夹道两侧都是高耸入云的红松。虞懿琳走到此处不由得放慢了坐骑的脚步,环顾着四周,不知为何,心下一片瘆然。

与此同时,藏身在山谷大石后的孙麻子对着手中的烟枪吸了一口烟,转头对手下得力干将"草上飞"说道:"明天就要被国民党军队收编了,咱们都得披上那身绿皮,不能再过这'骑着大马把酒喝,搂着女人吃饽饽(即乳房)'的日子了。"

"草上飞"说道:"大哥,也不知道这国民党能给咱多少大洋跟武器。要不行,咱就先假意降了他们,等枪跟大洋到手之后,咱再反了他的,出来自己单干。"

孙麻子朝地下啐了一口痰,说道:"国民党是真他娘的抠,老子管他们要个师长,他们只给老子了个团长。唉,没办法,走一步说一步吧。兄弟们,趁着今天咱们还是自由身,再干他一票,换点大洋,咱们兄弟再快活快活。"

孙麻子身边弟兄一听此言,俱是十分兴奋,摩拳擦掌,跃跃欲试。

忽听得一声鸣啸,虞懿琳胯下之马一声嘶鸣,附近树林中的乌鸦扑棱棱地成群飞起,虞懿琳心道不好,打了个寒噤,冷汗瞬间湿透脊背。

正当此刻,孙麻子携手下一众土匪胯下纵马,手擎"盒子炮"①,打着呼哨,迅速将虞懿琳等三人包围。

孙麻子一见虞懿琳,不由得吹了声口哨,大笑道:"本想着劫个肉票,换些大洋,再去窑子里头快活快活,没想到就有娘们儿自己送上门来了。"

"草上飞"一见虞懿琳,不觉咽了一口唾沫,道:"大哥,这小娘们长得可真俊,咱们村里那些个大姑娘、寡妇的,绑在一块儿也比不上她。"

孙麻子啐了口唾沫:"呸!你个没出息的。再俊不也得给咱们哥几个享用吗?是不是?哈哈。"

孙麻子一出此言,底下的土匪俱是欢呼响应。

虞懿琳此时已是脸色煞白,用手紧紧攥住缰绳,一动也不敢动。虞懿琳不知这伙土匪是何来历,便不敢轻易暴露自己身份,生怕惹来麻烦。虞懿琳勉力扯了扯嘴角,开口道:"不知这位英雄贵姓?"

孙麻子道:"老子行不更名,坐不改姓,孙麻子是也。"

虞懿琳道:"孙爷放心,只要您和您手下的弟兄不伤我性命,您要的赎金,我的家人自会奉上。"

孙麻子点点头,转身对手下人道:"嗯,我就说嘛,看着这小娘们的模样就像是阔人家的,果然不错。只是这附近的大户人家没有我不识得的,怎么从没见

---

① 在我国又称驳壳枪,正式名称是毛瑟军用手枪,民国时期在我国正规军和非正规军中得到广泛使用。

过你？你家是做什么的？"

虞懿琳道："我跟着丈夫来这儿做生意,我们初来乍到,英雄自然不识得了。"

孙麻子道："放屁！这兵荒马乱的,来做什么生意？"虞懿琳眨眼道："兵荒马乱,才好发国难财么！"

孙麻子哈哈大笑,说道："好,告诉老子你男人在哪,老子派人给他去送'海叶子'①。"虞懿琳赔笑道："这就不劳烦各位英雄了,不如大哥写好了,教我这两名伙计带回去。"

孙麻子挥挥手,几名土匪上前,去搜那两名卫兵的身。那两人见此架势也不敢反抗,其身上的佩枪立刻就被搜了出来。

孙麻子把佩枪在手里掂了掂,突然上了膛,用枪口指着虞懿琳："说！你到底是什么人？连伙计身上都有佩枪,看样子,还是德国货！"

虞懿琳一惊,勉强赔笑道："这兵荒马乱的,不佩枪能行吗？我们不害别人,也得防着别人害我不是？哦,当然了,遇到孙爷这种英雄,我们这也只有束手就擒的份儿。"

孙麻子用鼻子哼了一声："哼,算你识相。"手下的土匪把早已写好的勒索信递给了卫兵。卫兵看了一眼虞懿琳。

虞懿琳冲他们笑笑道："去吧,我没事。"

两名卫兵前脚刚走,孙麻子就对手下人道："你们两个跟着他们,查查这娘们儿的底细。"两名土匪随即偷偷跟在了两名卫兵之后。

孙麻子看了看虞懿琳,吩咐道："把这娘们儿给我带回去,看紧了。"

虞懿琳被孙麻子带回山上后,关在了一间连窗户也没有的砖土屋内。两名土匪把虞懿琳带进房中,便关上门,将门从外锁死。虞懿琳细细端详着这间房子,房间可谓是密不透风,基本可以判断,自己是插翅难逃。更何况,房门之

---

① 指信件。

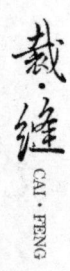

外,肯定还有土匪把守。

虞懿琳在房中踱步,始终想不到对策。房间空间狭小,虞懿琳走了几步便坐在了土炕上。

虞懿琳刚坐下,房门便被推开了,虞懿琳一惊,见是孙麻子走了进来。孙麻子进屋之后关上了门,直挺挺地走到虞懿琳面前,说道:"小娘们,大爷待你可是不薄,这要是别的肉票被抓了进来,都是十几个人被关在一间地窖里,连拉屎撒尿都不让出去。"

虞懿琳赔笑道:"多谢英雄厚待。"孙麻子淫笑道:"谢可不是光用嘴说的,身子也得付出点什么。"说着,伸手过来摸虞懿琳的脸颊,"大爷这么疼你,你还不陪大爷乐乐?"

虞懿琳早已被吓出了一身冷汗,脑中灵机一动,口中忙称:"孙爷,不是小女子不愿付出,实在是有难言之隐哪。"

孙麻子停住了手:"什么难言之隐?"虞懿琳低头叹了口气道:"唉,孙爷,您是不知道,其实我这次跟丈夫来东北,主要目的就是寻医问药。毕竟,我们这病,要是在家门口治,实在丢不起那个人哪。"

话说到此,孙麻子已经明白了几分,但他还是不甘心,道:"你这小娘们看着就不老实,谁知道你说的话是真是假?"

虞懿琳道:"孙爷要是不信,大可找个郎中来给我看看。"孙麻子心觉麻烦,但也不敢冒那个险,只是用鼻子哼了一声:"不识抬举的小娘们。"便拔腿走了出去。

那边厢,护送虞懿琳的两名卫兵是符希仲精心挑选的,平日里一直跟随符希仲,都是一等一的精明能干。此时乍从土匪手中逃脱,自然不会想不到土匪会派人跟踪。

快走到军部时,两人一对眼色,便故意走到山沟拐角处的大石后,及至土匪走近,一人一个上前擒住。两人都是曾在兰姆伽受过正规训练的,身手自然非土匪能比拟。

土匪被带到军部后,符希仲一听,大急道:"什么?夫人被土匪掳走了?!"符希仲掏出了腰间的佩枪,上了膛,对身旁的周涟说道:"把离军部最近的一个团给我调来,我非平了这伙土匪不可!"

周涟拦道:"军……军座,不……不可啊。"符希仲皱眉道:"怎么?"周涟道:"我刚才审了那两个土匪,他们是孙麻子的人。"

"孙麻子刚被我军收编,如今战事紧张,我军正是用人之际,您若是贸然派兵去攻打那伙土匪,怕是不妥。"周涟劝道。

符希仲怒道:"你难道就让我在这里坐着,坐视夫人陷于匪手而不管吗?"周涟道:"这……孙麻子也算是这一带有名的匪首。孙麻子被我军收编,周围的土匪都看着呢,就想看看我军会怎么对待孙麻子,好决定投共还是投奔我军。您若真和孙麻子起了冲突,上峰怕是要怪罪于您。"

符希仲沉声道:"我管不了那许多了。我这次是奉军令出来打仗,身上根本没有带那么多大洋和金条,我更不能挪用弟兄们的军饷和军费。所以我根本就拿不出孙麻子要的赎金。就算我能拿得出这笔钱,要按他们规定的交接时间,夫人不知道要在他们手里受多少苦,所以当下救夫人是第一要务。你传我的命令,火速调兵前来军部集结。"

周涟知道,再劝也是无用,何况虞懿琳在土匪手中的确有危险,便也只能照符希仲的命令做了。

叁拾　英雄美人

孙麻子毕竟是山头老大，行事还是有几分顾忌，不愿为一个女人耽误了大事，便未再在虞懿琳身上打主意。但"草上飞"就不同了，"草上飞"跟随孙麻子多年，枪林弹雨、酒池肉林，都是跟孙麻子一起过来的，老实说，孙麻子待"草上飞"不薄，有什么好事基本都是第一个想着他，然后才是底下的兄弟。但只有一条，令"草上飞"心里头一直有些不满。

每次劫掠了妇女上山，孙麻子都会先教她们陪自己睡一宿，然后筛选，他觉得满意的留下，剩下的再分给包括"草上飞"在内的弟兄。因此"草上飞"从来没有睡过孙麻子没睡过的女人。

"草上飞"之所以叫"草上飞"，就是因为他自幼就跑得快，奔跑起来，经过的青草都不弯折。"草上飞"也算是有些本事的人，有点本事的人都难免有些脾气，"草上飞"的脾气就体现在他羞于启齿的男人十分隐秘的自尊心上。

久而久之，"草上飞"总想掳个女人来，让她先陪自己睡，再送给孙麻子。可他又不敢公开得罪孙麻子，因此也只是想想罢了。

可这次虞懿琳的遭掳，令他重燃希望。一来他本就对虞懿琳的美色垂涎三尺，二来他居然发现孙麻子没有碰虞懿琳的身子。这令他兴奋不已，色欲熏心的"草上飞"已无暇思考孙麻子为何会不碰虞懿琳。

自从虞懿琳被抓了进来,"草上飞"就一直偷偷守在关押虞懿琳的房间旁边,见孙麻子进屋没说几句话便出来了,"草上飞"立刻摩拳擦掌。及至孙麻子走远了,"草上飞"赶忙蹑手蹑脚地走到虞懿琳的房门前。

看守的土匪拦住他道:"飞哥。""草上飞"说道:"大哥让我进去再审审这个娘们儿,看她到底是什么来路。"看守点点头,便放"草上飞"进去了。

虞懿琳见到"草上飞"进门,心中惊疑不定。"草上飞"嘿嘿笑道:"小美人儿,自己一个人闷了吧?哥哥来陪陪你。"

虞懿琳强笑道:"不知这位英雄有何贵干?""草上飞"笑道:"有何贵干?哥哥想陪你好好玩玩。"说罢,淫笑着朝虞懿琳扑了过来。

虞懿琳自然是奋力反抗。虞懿琳在上海时,为了开展情报工作,受过一些基本的自我防卫训练,但她面对一个悍匪,无论如何也无法反抗。

"草上飞"按住了虞懿琳,正打算撕开虞懿琳的衣服,忽听外面一阵大乱,接着枪响不断。

"草上飞"一惊,赶忙从虞懿琳身上起来,骂道:"妈的,怎么回事?"拍了拍腰间的手枪,就走了出去。

虞懿琳惊魂未定,赶忙坐起身来,将自己的衣裳系好,又理了理头发。而后朝门口走去,见门口看守的土匪早已不见了踪影。虞懿琳大喜,用力推了下门,"草上飞"走得急,门没有锁死。虞懿琳赶忙将门开了一个小缝,偷偷溜了出去。

符希仲见自己的部队已经完全将孙麻子这伙土匪控制住,便大吼道:"我的夫人在哪里?赶紧把她交出来!"

孙麻子也是个识时务的,见此阵仗,赶忙道:"长官长官,您先别上火。您的夫人?就是我们刚绑……啊不,刚请上山的那位?您等着,我这就叫兄弟去给请来。"说罢,吩咐了身边的弟兄去了。

谁料不一会那人就来回报:"人不见了。"这可惊坏了孙麻子。符希仲大怒道:"进去搜!一定要找到夫人,要是找不到夫人,就给我把这个破地方烧了!"

孙麻子见状,赶忙道:"别呀长官,我如今也是咱们国民党军队的人了,咱们

这是大水冲了龙王庙,自家人不认自家人了不是?上峰还许了我个团长呢。"

符希仲冷笑道:"找不到我夫人,你就带着你的弟兄们到阴间当你的死鬼团长吧。"

孙麻子脸都绿了,赶紧吩咐手下弟兄道:"快,还愣着干吗,还不赶紧找去!"

正当此时,忽听一个声音道:"不用找了!"符希仲闻声抬头,惊喜地看到虞懿琳正朝自己走来。

孙麻子也是长舒了一口气,心想总算逃过一劫。

可谁想符希仲一见虞懿琳,立刻扶住了虞懿琳的肩膀,关切地问道:"他们没教你受苦吧?"

虞懿琳温柔地笑了笑,道:"没有,怎么会呢,他们只是想要钱而已。"孙麻子赶忙在旁附和道:"是是,我们怎么会为难夫人呢?"

符希仲看了看虞懿琳转过头来,对孙麻子沉声道:"夫人是谁给绑上山来的?"

孙麻子愣了半响,随即道:"这是……是……是他!对,就是他干的!"孙麻子将手指向了"草上飞"。"草上飞"一惊,赶忙辩解道:"不……不是我……"

"草上飞"话还没说完,孙麻子就掏出枪,顶住"草上飞"的下颚,厉声道:"还不赶紧跟长官认罪!"

符希仲摇了摇头,冲身旁的周涟伸出了手。周涟明白符希仲的意思,劝道:"军座,不可啊,他们已经被我军收编了。"

符希仲沉声道:"难道让我自己拿吗?"符希仲甚少在虞懿琳面前处决别人,因此虞懿琳起初并不知道他要做什么。及至周涟用颤抖的双手递出了枪,虞懿琳才反应过来。

虞懿琳赶忙道:"希仲,万万不可。且不说他们并没有把我怎样,就算……就算他们真的把我怎样了,你也不能如此。他们如今已被我军收编,你这样做上峰会降罪于你的。"

符希仲并不理会虞懿琳的劝告:"你不用管。"

此时孙麻子见势不好,竟拉起枪栓,一枪打死了"草上飞",包括虞懿琳在内的众人皆惊。孙麻子打死"草上飞"后,上前冲符希仲赔笑道:"长官,我已经把此事的罪魁祸首就地正法了!"

符希仲走上前去,死死地盯着孙麻子道:"说!我夫人到底是谁给绑上山的?"孙麻子也慌了,道:"这……这……不……不是我!不是我!"

"不是你,那是谁?""是……是……他!他!他!还有他!"孙麻子为了撇清自己的干系,用手陆续点了自己身后的好几名土匪。那几位土匪见孙麻子指自己,赶忙慌张地向后退。

符希仲一言不发,只是死死地盯着孙麻子。孙麻子终于坚持不住,扯住符希仲的袖子,跪了下来道:"长官,饶命啊,饶命啊,小人有眼不识泰山,真的不知道那是您的夫人啊。不然的话,我就是吃了熊心豹子胆也不敢把她绑了啊……"

符希仲一言不发,一抬手,就将孙麻子毙于枪口之下。枪声一响,虞懿琳不由得闭上了眼睛。她不是害怕见死人,而是知道此事对符希仲的恶劣影响已无可挽回。

符希仲扬声道:"匪首已伏法,此事与你们旁人无关,你们若愿意继续来我军效力的,我军万分欢迎。若是不愿,就此金盆洗手,回家务农也是极好。但若有谁胆敢再行匪事,孙麻子便是你们的'榜样'!"

军部门口,周涟悄悄与冯治平议论道:"你是不知道,军座那一枪……他是英雄救了美了,上峰可是非常愤怒,这不,南京的命令都下来了,我怕是要陪军座卷铺盖走人了。平哥你自己留在东北,也要好自为之了。"冯治平叹了口气,没有答话。

及至两人走远,虞懿琳走进符希仲的作战指挥室,见他正一个人盯着桌上的作战地图发呆。虞懿琳走上前去道:"希仲……我都知道了,南京方面教你停职反省,这一切都是因我之过,我……我对不起你。"

符希仲抬起头，握住了虞懿琳的手道："懿琳，你说什么呢？你我夫妻，有什么对得起对不起的？再说你是我的妻子、我的女人，保护你是我的职责。你我成婚之前，我就对你保证过，要一生一世保护你，不让你受任何委屈。我不允许任何人伤害你，所以我并不后悔。"

虞懿琳低着头，努力忍住了泪水："希仲，回到南京之后，今后无论富贵还是贫穷，繁华还是落寞，只要你我同心，相伴相随，便胜过这人间的一切了。"

符希仲奉令回到南京，但就在他刚刚抵达南京的时候，便得到了一个令他震惊不已，也愤怒不已、失望不已、伤心不已的消息：冯治平率部起义，投入共产党麾下。

不得不佩服共产党地下党的强大，冯治平甫一起义，冯治平的夫人乔依便被地下党悄悄护送离开了南京，前往东北与冯治平团聚。

虞懿琳清楚地记得，那日符希仲独自一人失魂落魄地坐着，面容憔悴，好似忽然苍老了十岁，口中兀自喃喃地道："不可能……不可能的，我的部下怎么会叛国？怎么会成了叛徒……为什么……为什么……"

虞懿琳见符希仲如此痛苦，也不敢上前解释冯治平此举并非叛国，只是默默地走上前去，从背后温柔地用手轻抚他的臂膀。

符希仲伸手握住了虞懿琳的手，虞懿琳低下头，俯身紧紧抱住了他，当虞懿琳低下头时，竟然见到符希仲虎目之中含着泪水。虞懿琳有些惊讶，她见过丈夫杀人时的愤怒，见过丈夫凯旋时的激动，却从未见过他如此时这般痛苦，甚至流泪。

虞懿琳有些心疼，似符希仲一般的人物，连亲手枪毙胞弟都未曾如此伤心，怕只有最亲近之人的背叛，方能令他如此了。虞懿琳一时间竟不知该如何安慰他才好。

但见符希仲忽然抬起头来，说道："其实，我也明白他为什么要这样做。如今党内、政府贪腐横行，军中只顾派系斗争，这样的党，这样的军队，让人感到绝望。冯治平……他是一名合格的军人，可是也许……这样的军队不适合他。"

虞懿琳道："希仲，那你……也感到绝望吗？"符希仲道："我何尝不绝望？但凡领兵者，谁不希望带领自己的部队走向胜利？可我却感到，我在带领我的部下走向无尽的深渊，谁也不知道未来会怎样，我们看不到光明……冯治平走了。也许，他也是这个想法，他也想带着他的部下，奔一个光明的前程……"

虞懿琳试探道："希仲，那你自己，就没什么想法？"符希仲道："我？我已经是被停职的废人，我还能有什么想法？"虞懿琳闻言，便不再多言。

叁拾壹　梦回北平

冯治平起义,符希仲本人又被停职,这使得符希仲很长一段时间都十分消沉。他日日在家赋闲,竟成了一名花匠,每日在家便是侍弄花草,浇水除草。

虞懿琳见符希仲情绪低落,也很是难过,但见其安于在家养花,不再参与战事,心中倒也暗暗有些欣喜。

虞懿琳家里的收音机不断地播送各地失陷的消息,虽说播音员时常歪曲事实,夸大国民党军队的战斗力,但是虞懿琳和符希仲都听得出,辽沈战役、淮海战役后,国民党军大势已去。

淮海战役战事正酣,一九四八年十二月,中国人民解放军东北野战军和华北军区部队共一百万大军,以北平、天津为中心,对驻守平津的傅作义集团进行分割包围。在解放了新保安、张家口、天津等地后,中共中央军委与傅作义继续进行谈判。

得知平津战役打响,虞懿琳的心一下子被揪了起来:"住在北平的娘和家里人会不会有危险?瑞祥昇的生意,肯定会受到战火影响,萧条了不少吧?"

符希仲知道妻子的担忧,便安慰道:"放心吧,傅将军一定会保护城里的百姓的。"虞懿琳明白,如今形势紧张,中华大地这袭华袍再次被撕裂,处处皆封锁,时时有枪声,自己想要回娘家看看都已是不可能的事情了。

当时保密局为避免一切背叛党国的行为发生,虞懿琳全家都处在保密局的严密监控之中,想给北平通电话、传递书信,都已不能。

虞懿琳从未似此刻一般思念自己的故土,她发现她想北平了,她想念那一条条的胡同,想念鸽子飞过胡同上空时,那一阵阵清亮的哨声。她想念无论春夏秋冬,总是不绝于耳的吆喝声,艾窝窝、豆面糕、冰糖葫芦、豌豆黄、酸梅汤、豆汁……这吆喝声由远及近,又由近至远,在一条条胡同里穿梭。

虞懿琳发现自己是真的爱北平,从昆明到重庆,从上海到香港,再到缅甸、印度,以及如今的南京,她在许多城市许多地方生活过,战斗过,可是只有北平,才能让她怀有这样炽热的爱。中国人讲究叶落归根,对于虞懿琳而言,这个根就是北平,年仅二十六岁的她甚至想过,自己百年之后,若能埋骨北平,则此生无憾矣。

为了保护北平这座文化古城,通过谈判,傅作义接受了毛泽东提出的"八项和平条件",率部接受和平改编。傅作义的起义,使得古老的文化故都北平及全部珍贵的历史建筑完好地得到了保存,两百万北平市民免于兵燹。

仅仅两个月的时间,解放军便解放了包括北平、天津在内的华北大片地区。一个多月后的三月十五日,中共中央由西柏坡迁到北平,人民解放军中央军委也随之迁到北平。同时迁到北平的,还有红星通讯社。

六个多月后,中华人民共和国成立,定都北平,改北平为北京。这座古都,在新的时代,重新谱写了首都的辉煌。

北平和平解放的那天,虞懿琳正和符希仲在家中吃早餐,收音机里传出了北平"沦陷"的消息,播音员严正谴责傅作义叛党叛国,虞懿琳听完消息后,居然抑制不住,跑到卫生间,"哇"地一口把刚吃完的早点通通吐了出来。

符希仲赶忙过来扶住虞懿琳,道:"怎的了?是不是身子不舒服?"虞懿琳点点头道:"我有点头晕。"符希仲道:"那我扶你到卧房歇息一会儿吧。"

虞懿琳躺在床上,符希仲道:"用不用叫大夫来看看?"虞懿琳摇了摇头,对符希仲道:"你叫用人上街把今天的报纸买给我看吧,只要是有关北平的,无论

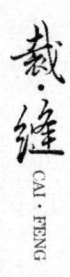

什么报,通通都买回来。"

符希仲叹了口气,转身下去吩咐用人了。

得知北平和平解放,虞懿琳的内心是欣喜的,她终于可以不再为家人担心。但她也清楚地明白,北平丢了,属于国民党的时代真的已经过去了。

虞懿琳虽说心情放松了许多,但身体依旧不见好转。连续三天,几乎食不下咽。见到食物就干呕,稍微吃一点东西,不一会儿的工夫,便又全部自口中倾泻而出。

无奈之下,符希仲还是找来了大夫。医生检查的结果令虞懿琳夫妇好似喜从天降——虞懿琳终于成功妊娠了。

虞懿琳怀孕后,符希仲对其精心呵护,严加保护。由于孕早期反应得厉害,符希仲便叫厨师在市场上挑选最新鲜的食材,按照虞懿琳的口味每日换着花样烹制菜肴。

但虞懿琳有时一看到饭菜端上桌,还是忍不住捂住嘴干呕。符希仲见状,便赶忙教厨师把饭菜撤了重做。

即便如此,连续数日的水米难进,和剧烈的呕吐反应,兼之夜夜睡眠不稳,使原本就清瘦的虞懿琳更加形销骨立。符希仲遍访南京名医,都称其是正常的妊娠反应,并无良方医治。虞懿琳心里清楚,自己连年在外征战,多有劳损,令底子本就不厚的身体更为虚弱,自是难以应付怀孕带来的身体改变。

虞懿琳终于顿悟,当初乔依所说的"生不如死"是什么滋味,内心也甚是愧疚,想当年自己一心羡慕她能有孕,却对其痛苦境况缺少同情,实是万万不该。

又过了月余,在符希仲的精心照料下,兼之月份大些了,虞懿琳的身体逐渐好转,能够自由地在房中走动,不再像怀孕初期一般,每日除了吃饭,大多数时间只能卧床休养。

虞懿琳便对符希仲道:"我想出门走走,透透气,这段日子在屋里真是憋坏了。"符希仲点点头道:"好,我陪你去。"

符希仲帮虞懿琳披上了大衣后,自己刚刚抓起大衣,就听到电话铃响了。

用人接了电话,转头对符希仲道:"老爷,找你的。"

符希仲接过话筒,只见他面色凝重,神情紧张,只说了几个"是",便挂了电话。虞懿琳站在一旁没有说话,符希仲走过去扶住虞懿琳的肩膀,道:"那个……上峰叫我过去一趟。"

虞懿琳微笑道:"没事,你去忙吧,叫张妈她们陪我出去就行了。"符希仲点点头。

少顷,符希仲便坐上了来接他的专车走了。虞懿琳目送他远去后,便在用人的陪同下,缓缓走上了街。

虞懿琳身怀六甲,走在街上,关注的事物与从前也大不相同。看到街上四处奔跑的小孩,虞懿琳感觉他们简直就是这个世界上最可爱的天使。虞懿琳走着走着,不自觉就被街边商贩卖的儿童玩具所吸引。

虞懿琳拿起了一只拨浪鼓,轻轻地摇了摇,面上泛起了温柔的笑容。然而很快,这笑容便凝滞了。因为视线顺着手中的拨浪鼓向前看去,她看到了一个熟悉的身影。

虞懿琳迅速放下了拨浪鼓,只见那身影快速朝街巷转角处走去。虞懿琳转头对张妈道:"扶我到前面走走。"

虞懿琳快步向前,想要追上那个人,张妈在后面急道:"太太,慢点,慢点,小心身子啊。"虞懿琳抬目望去,只见那人走进了一间书店。

虞懿琳回头对张妈道:"张妈,我想吃酸梅了,你去邻街那家蜜饯铺子帮我买些回来吧。"张妈点头道:"好的,太太,那您在这里等我?"虞懿琳道:"我上左手边那家书店去看看书,你买完梅子后就在书店门口等等我吧。"张妈道:"那太太您可一定要小心身子。"

张妈走后,虞懿琳缓步踱入了书店。一位戴着眼镜,身着黑色长袍的老板模样的人接待了虞懿琳:"夫人,买什么书呀?"

虞懿琳环顾了一下四周,发现整个书店除了自己之外一个顾客也没有。书店陈设简单,书架上的图书摆放得也很是稀疏。虞懿琳笑了笑,道:"我要一本

Red Star Over China①。"

书店老板推了推眼镜,道:"我们书店没有这本书。"虞懿琳继续保持着微笑:"那你们有什么?"

书店老板笑了笑,道:"您想要的书都在里屋呢,请。"说罢,对虞懿琳做了一个邀请的手势。虞懿琳顺着老板的手势走了进去。

冯治平一见虞懿琳进来了,赶忙放下手中的书,站了起来,道:"夫人。"虞懿琳看了一眼冯治平,没有答话,径直在房中坐了下来。

冯治平轻声问道:"军座他……还好吗?"虞懿琳沉默了一阵,方才道:"还好,只是被停职了。不过此事与你无干。"

冯治平似是长舒了一口气,道:"哦,那就好……"虞懿琳道:"乔依还好吗?"

冯治平道:"很好。那个……夫人,有个人想见您。"虞懿琳抬眼道:"谁?"

冯治平回过身去,在墙角的书柜中一通摸索,而后按动了一个开关,书柜的柜体便向外转出,书柜后隐藏的暗室便也露了出来。

一人从暗室中缓缓步出,见到虞懿琳,缓缓地道:"懿琳,许久不见,你还好吗?"虞懿琳没有答话,只是环顾着自己所处的这间房屋,自言自语地道:"这想必便是地下党在南京的联络点了吧?"

从暗室中出来的赵易铭点了点头,道:"对,懿琳,我们一起工作过那么久,这里你应该是再熟悉不过了。"

虞懿琳叹道:"想不到啊,想不到。"赵易铭问道:"想不到什么?"虞懿琳道:"那个时候,我是无论如何也想不到有一天你我会以这样的身份再见面。"

赵易铭道:"其实你早想到了的。共产党领导是民心所向,大势所趋,否则当初你也不会答应我为地下党工作。"

见虞懿琳没有答话,赵易铭又道:"如今北平已经和平解放了。"虞懿琳点头

---

① 中文名《红星照耀中国》,又名《西行漫记》,是美国著名记者埃德加·斯诺记录一九三六年六月至十月在中国西北革命根据地实地见闻的报道性作品。

道:"我知道。"赵易铭道:"你想不想回你的家乡北平看看?"

虞懿琳抬起了头,双眸一亮,随即又黯淡了下去:"我想念我的家乡,可我已经回不去了。"

赵易铭道:"谁说你回不去呢?北平如今解放了,重新回到了人民的手中。你也是人民,为什么不能去看自己的家乡呢?"

虞懿琳道:"你这就是明知故问了,我是国民党高级军官的妻子,还怎么可能回得去呢?"

冯治平忽然激动道:"夫人,您说服军座和您一起去北平吧!共产党的政策真的很好,只要他愿意投降,以他的级别和功勋,共产党是不会亏待他的。"

虞懿琳苦笑着道:"我也知道如今国民党是真的大势已去了,希仲心里也清楚。可是他是一名忠诚的军人,是不会背叛他的党国的。而我……如今已经有了身孕了,自己还需要庇护与照顾,我……我也不知道该怎么办。"

赵易铭道:"恭喜你啊懿琳,你一定会是一个好母亲。"虞懿琳道:"谢谢。"赵易铭顿了一顿,轻咳了一声又道:"那个……我也定了亲了。"

虞懿琳微笑道:"好啊,这是好事,也要恭喜你了。你年纪不小了,也该考虑自己的终身大事了。"

赵易铭苦笑道:"这些年为了革命南征北战,东奔西跑,的确是没有时间想这个。她是我们老家的姑娘,我和她只见过两面。不过她人不错,我想,等解放了全中国,我们就成亲。"

冯治平道:"夫人,共产党真的很好,他们把我的妻儿照顾得很好,让我完全没有后顾之忧。夫人您也是共产党,心里应该清楚,您只要说服军座投降,共产党一定会保护好你们的。"

虞懿琳看着他,没有再说话。赵易铭道:"懿琳,无论你最终做了什么样的决定,我都理解你,支持你。你也看到了,这里就是我们的联络点,无论什么时候,你需要我的帮助,都可以来这里找我。"

虞懿琳从书店出来时,张妈早已等得着急:"太太呀,你怎么进去了那么

久?"虞懿琳浅笑道:"很久没看书了,正巧碰上了喜欢的书,便多看了一会儿。"

张妈道:"哎呀,太太,你可不要累坏了身子啊,不然的话,老爷回去定要怪罪我的。"虞懿琳轻轻一笑,道:"不会的,扶我回去吧。"

叁拾贰　命运抉择

虞懿琳到家后没多久,符希仲也回来了。虞懿琳用探寻的眼光看着符希仲,符希仲却只是叹了口气。

用人服侍符希仲更衣后,符希仲在虞懿琳身旁坐了下来,握住了妻子的手,道:"今天上街散步,没有累到吧?"

虞懿琳微笑着摇了摇头,道:"没有。"符希仲欲语还休,终于道:"如今……形势不大好,南京……怕是也守不住了。一九四七年的时候,孙将军把陆军训练部迁到了台湾,又从新一军调去几百名他在税警总团和在缅甸作战时期的干部,一同前往台湾训练新兵,在台湾建立起了新军。去年年底,孙将军又兼任了东南军政长官公署副司令长官和台湾防卫司令。

"如今,半壁江山已然沦陷,整个大陆怕都要保不住了。委员长早有撤到台湾的打算,孙将军怕也是他提前布下的一着棋。上峰复了我的官职,还升我为中将军长,令我前去台湾辅助孙将军操练新军,同时负责台湾的防务。上峰说……让我举家迁往台湾。"

虞懿琳心中"咯噔"一下,这一天终于来了吗?而且,来得是这样快。符希仲续道:"上峰没有给我太多时间,懿琳,我们得抓紧收拾,过几日,飞机就会来接我们了。"

虞懿琳沉默了一阵方才道:"我刚有孕不久,怕是受不了飞机的颠簸。"符希仲低下头道:"懿琳,我知道我对不起你,在你最需要安宁的时候,却让你过上这种颠沛的日子。可我……实在是没有办法。"

虞懿琳低头拨弄着手指,说道:"我看,你最近在看郭沫若先生的《甲申三百年祭》?"符希仲一愣,又道:"不错。"

虞懿琳点点头道:"那的确是一篇伟大的作品。共产党将其奉为圭臬,誓不重蹈李自成的覆辙。其实,咱们还可以从中品读出一些别的意味。"

符希仲道:"你读出了什么?"虞懿琳道:"甲申年,大明内忧外患,崇祯帝被迫投缳,虽说后来明朝君臣又建立了南明,存续了数十年,但其实,大明朝的气数,自甲申年便已经尽了。当初郑成功也是带领南明遗民退居台湾,也不过是为了大明衣冠续了二十年的命而已。从最初的划江而治,到如今的转战西南、退守台湾,这轨迹与当初的南明小朝廷何其相似①。希仲,国民党气数已尽了。你又何必用你的后半生维护一个已经走向灭亡的政权呢?国民党就如同一棵将要枯死的树,你就算给它浇再多的水,也救不活它了。更何况,蒋委座都要放弃大陆了,这是大陆,这片土地是我们的家,是生我们养我们的故土,你真要抛弃故土,龟缩于台湾岛一隅?"

符希仲道:"若是有选择,谁愿意跑到台湾去?"虞懿琳道:"怎么没有选择?张将军和他的家人,现在都在北平安然无恙。希仲,我们也可以。"

符希仲道:"是不是……那些共产党教你来劝我的?"虞懿琳道:"也是也不是。我如今有了孩子,凡事都想得长远,当今之世,唯有共产党才能给你,给我,给咱们的孩子,一个安稳、光明的未来。"

虞懿琳见符希仲仍是迟疑,又道:"其实你心底里也不愿去台湾,对吗?"

符希仲道:"如果我留下来,我们要去哪里生活?"虞懿琳道:"回北平。那里是我的家,那里也是你的家。"虞懿琳见符希仲没有说话,便道:"你好好考虑考

---

① 南明最初的弘光朝与清廷划江而治,而后永历帝转战西南,鲁王则随郑成功退守台湾。

虑吧,我等你。"

虞懿琳一夜未眠,符希仲亦是如此。翌日清晨,虞懿琳见符希仲神情恍惚,面容憔悴,关切地问道:"你还好吧?"符希仲道:"我想过了,我想见见你们的人。"

虞懿琳知道,让符希仲与赵易铭相见是一桩风险极大的事,但她明白,这个风险她非冒不可,于是点点头道:"好,我去安排。"

虞懿琳叫张妈陪着自己又走到了那间熟悉的书店门前,虞懿琳对张妈道:"张妈,我想进去看一会书。"张妈道:"那我陪您进去。"

虞懿琳微笑道:"不必了,你还是去上次那家蜜饯铺子给我买些酸梅回来吧。"张妈走后,虞懿琳缓缓步入了书店。

书店老板见到虞懿琳,礼貌地笑了笑,道:"夫人,又来买书呀?里面请。"虞懿琳径直走入了内室。书店老板跟了进来,道:"夫人请稍等片刻。"虞懿琳点了点头。

不到一刻钟的工夫,赵易铭就出现在了虞懿琳面前。赵易铭见到虞懿琳,面露喜色,道:"懿琳,你终于来了。"虞懿琳浅笑道:"你很期待我来找你?"

赵易铭道:"你来找我就证明你已经想通了,懿琳,我相信你的判断能力。"虞懿琳沉声道:"他想要见你。"赵易铭一惊,又冷静下来道:"好,你等我安排一下。"

虞懿琳走后,书店老板对赵易铭道:"赵主任,你亲自去见那个国民党军队高级将领,是不是有些太冒险了。万一……"

赵易铭摇了摇头道:"这么多年了,我相信她。更何况,她曾经在我们地下党组织工作过,知道我们组织上太多的秘密,这样的人绝对不能放她去台湾!她还是西南联大的高才生,将来可以为我们的国家建设做出很多贡献,所以我们一定要尽全力把她争取过来!她的丈夫是国民党军队高级将领,如果我们能把他争取过来,那么会对更多的国民党军队军官起到示范作用,这对我们解放战争的推进大大有力。"

"站住,什么人?!"张妈走到门口,对阻拦赵易铭的卫兵说道:"他是夫人新找来的厨子。夫人妊娠反应得厉害,成天得要不同的厨子换着花样给她做菜,她才能吃下饭去。你们快让他进来吧。"

赵易铭故意把自己弄得一身油烟味,对着卫兵们点头哈腰,方才跟着张妈走了进去。

张妈带着赵易铭走了进来,对夫人道:"夫人,来了。"虞懿琳点点头,对赵易铭道:"你随我来。"虞懿琳引赵易铭来到了符希仲的书房,便退了出去,并没有参与两个人的谈话。直到里面唤自己。

虞懿琳只听赵易铭说道:"我们共产党是人民的党,我们会亲手打造一个开放、民主、自由、富强,让全体人民都享受到作为一个中国人的快乐与幸福、骄傲与自豪的共和国,因为这个共和国是包括贤伉俪在内的千千万万的中国人一起缔造的。"

虞懿琳送走了赵易铭,对符希仲道:"你想好了吗?"符希仲点点头,说道:"这几日你悄悄收拾收拾东西,咱们准备去北平。"

虞懿琳道:"你们……都谈了什么?"符希仲道:"他答应叫我带周涟一起去,并且答应我为周涟谋一个好前程。"虞懿琳道:"那……你呢?"符希仲摇摇头道:"我不想再做什么了,我的后半生,做一个平民百姓,和你,和孩子一起共度余生,就很好了。"

虞懿琳道:"那……爹呢?"符希仲叹了口气道:"我试探过他,他一心一意想要去台湾,我……劝说不了他。"

虞懿琳揽住了符希仲的肩,说道:"希仲,真的是难为你了。"符希仲摆摆手道:"生逢乱世,我必须经受这样的迫不得已。但愿……但愿我们的孩子能够出生在一个太平盛世,教他此生不必承受如此这般的生离死别之苦。"

虞懿琳点头道:"会的!一定会!"

一九四九年四月十日,这个日子虞懿琳一生也忘记不了。那天清晨,虞懿琳收拾好东西,和符希仲、周涟一道,准备前去与赵易铭约定的位置,等待共产党派人来接自己去北平。

正在这时,一名身穿陆军军装、佩中校军衔的军人敲开了符希仲家的房门,快步跑到了符希仲面前,敬了一个标准的军礼:"符军座,在下胡崇英,国防部第四厅三处秘书,我们处座请您过去一趟,说有要事要当面和符军座汇报。"

南京国防部处长为少将级别,相当于副师长级别,与符希仲级别相去甚远,按说本没有权力召符希仲前去面见,然而国防部毕竟统领三军要务,这位胡崇英所在的第四厅又是主管三军的补给计划和监督执行业务,所谓兵马未动,粮草先行,掌管后勤补给之人在军中的地位自然与众不同。符希仲本想拒绝,但又怕暴露了自己即将投降的事,便想快去快回,敷衍了事。

符希仲对虞懿琳道:"你稍等我下,我去去就来。"虞懿琳点点头道:"放心吧,我等你。"胡崇英看了一眼虞懿琳,又道:"我们处座夫人在家摆了一桌家宴,请符夫人一道前去。"符希仲皱眉道:"军情如此紧急,你们处座还有闲心请客吃饭?"

胡崇英尴尬地咳嗽了两声,说道:"咳咳,紧张太久了,也要放松放松嘛,还请军座和夫人赏光。"

虞懿琳心想,若要应了这个饭局,不知什么时候才能回来,怕是要耽误自己的大事,便道:"我不去了,我怀着身孕,身子不太舒服,出不了门了。希仲,你也要快些回来陪我。"符希仲点点头。

胡崇英见状,迟疑了一阵,方才转头对周涟道:"请周团座一并前去。"周涟无奈,便也只得跟去。

虞懿琳足足等了符希仲一个小时,虞懿琳想,这一个小时也许是她生命中最为漫长的一个小时,漫长得如同她大半个人生一样久。

终于,门铃响了,虞懿琳激动得跑去开门,却发现门口站的不是符希仲。门口站的不是别人,而是那位书店老板。虞懿琳惊讶道:"你……怎么来了?"书店老板道:"虞同志,赶紧带上东西跟我们走吧。"

虞懿琳道："我的丈夫呢？"书店老板道："先上车，上车以后再给你解释。"虞懿琳上车后，书店老板对她说道："符军长已经上飞机了。""飞机？去哪儿的飞机？"

书店老板叹了口气道："去台湾的飞机。""什么？我要下车！"虞懿琳不顾汽车正在高速行驶，伸手就要开车门。书店老板奋力按住了她："不行！这样很危险！虞同志，你听我解释。"

"我不听！我要去找他！""你找不到他了，他的飞机已经起飞了。我们的计划暴露了，被符军长的父亲知道了，他找人想把你们诱骗出来，骗上去台湾的飞机，可你却没有跟去。我们得知之后赶紧派人去拦截，可已经来不及了。所以我只能来接你回北平。"

虞懿琳顿时控制不住自己，泪水倾泻而下。她的车行经南京郊外，抬眼望着那架载有自己丈夫的飞机，伴随着巨大的轰鸣声，缓缓地从南京上空升起，由一只庞然大物，逐渐缩小、缩小……直至完全不见。虞懿琳感觉，自己的心也被那架飞机带走了。

随着飞机逐渐消失不见，虞懿琳曾在一瞬间陷入过绝望，她甚至想到过结束自己的生命，但就在这个时刻，她感觉到自己的肚子忽然一动，是孩子！虞懿琳蓦地冷静了下来：我不能死！虞懿琳心里明白，这孩子是符希仲的骨血，就算为了孩子，她也要活下来，并且好好地活下去。

虞懿琳想明白了这一点，最后抬头看了看南京的天空，这是虞懿琳对她过往人生的最后告别，那一年，虞懿琳二十七岁。那一年，虞懿琳的人生被裁剪开来了，她与丈夫符希仲之间的联系被割裂了。但是同时，她也期待着，用自己的双手，绣出未来更为美好的人生。

告别了过去二十七年的人生，虞懿琳便迎来了自己新的生活。赵易铭激动地握住虞懿琳的手，道："虞懿琳同志，欢迎你回到人民的怀抱！"

虞懿琳微微一笑道："我愿意为人民的共和国、我们的国家，奋斗终生。"

叁拾叁　五星红旗

"钟山风雨起苍黄,百万雄师过大江。"伴随着一道《向全国进军的命令》,一九四九年四月二十日晚起,人民解放军第二、第三野战军先后渡江,并迅速突破国民党军江防。

四月二十三日,第三野战军一部解放南京,至此,南京国民政府正式退出了历史舞台。

就在渡江战役进行的过程中,虞懿琳被护送到了北平。看到女儿回来,柳氏又喜又忧,喜的是女儿终于回了娘家,母女团聚;忧的是女儿夫妻天各一方,不知此生还能否再团圆。

赵易铭在迎接虞懿琳的时候说道:"今年二月四日的时候,我们北平的地下党在北洋时期的民国国会议场召开了会师大会,两千多名同志参加了那次大会。我和上级领导汇报了你的事情,他们很赞赏你做出的这一正确的选择和决定,也欢迎你加入到人民的行列中来。"

虞懿琳微笑着道:"是啊,作为人民的一员,我不能再像过去那样坐享其成了。不过我很有信心,我有技术,有手艺,等我生完孩子,在瑞祥昇做个裁缝,或者继续投身报业,为人民的新闻事业做贡献,我都能胜任。"

赵易铭点点头道："好啊，这段时间你先好好休养身体，安心养胎，革命工作有需要你的时候，我随时会来找你。"

虞懿琳回到北平后，仔细整理着自己的物品，将自己从南京带来的衣裳，一件一件认认真真地叠起收好。她从南京带来的行李里面装了不少丈夫符希仲的衣裳，她不免睹物思人。虞懿琳本想快速收好，避免触动自己的哀思，但她一想到这也许是她与符希仲最后的联系了，便将动作慢了下来，越发认真仔细地叠着丈夫的衣裳。

忽地，她发现符希仲的一件白衬衫有些褶皱，虞懿琳起身，拿起了熨斗，轻轻地把褶子熨平。熨好后，虞懿琳举起了衬衫，对着阳光仔细观瞧。

时光仿佛回到了一九四一年初，那个微凉的初春，符希仲穿着这件白衬衫，在门廊处跪着，虞懿琳走到他面前，在他身旁跪了下来。符希仲一惊，道："你这是做什么？"虞懿琳微笑道："我陪你一起呀。"

符希仲道："这怎么能行？你身子柔弱，受不得这个的。"虞懿琳淡淡一笑，心想：我在上海和香港时什么没有受过？她说道："能与你在一起，我没有什么受不得。"

符希仲道："懿琳，你的心意我领了，只是你舟车劳顿，本已十分辛苦了，还是先回房歇着吧。"

虞懿琳嫣然一笑，没有再答话，但也没有离开。符希仲见妻子倔强，只是长叹一口气，亦没有再开言。

时至夜间，符希仲见夜风转凉，不由得道："你这身子熬不得大夜的，你又只穿了一件单薄的旗袍，还是回去吧。"虞懿琳道："我说要陪你，岂有半途而废之理？"

符希仲皱皱眉道："你这女人，在什么地方都要逞强，迟早是要吃亏的。"虞懿琳一听此言很是不悦，道："何为逞强？如今男女平等，男人做的事，女人也一样能做。"

符希仲不欲与她再作争辩，只是将自己身上的那件白衬衫脱掉，披在了虞懿琳身上。这一下符希仲便赤了上身。虞懿琳心有不忍,只得将白衬衫重新为符希仲穿上,默默起身离开……

虞懿琳的思绪渐渐从回忆里回到了现实,衬衫上有刚熨烫完的温热,虞懿琳将衬衫凑近鼻尖,上面还有符希仲身上留下来的淡淡的味道。虞懿琳不觉将面颊埋入衬衫中,过了许久,方才抬起头来,却已是清泪两行。

一九四九年九月二十八日,虞懿琳怀胎已九月有余,距离生产的日子越来越近。赵易铭在这天找到了虞懿琳:"懿琳,我知道如今你的身子不方便,但是有件事情你一定要帮我。"

虞懿琳道:"乐意效劳,但说无妨。"赵易铭道:"党中央临时决定,将原定于明年元旦的开国典礼,提前到十月一日举行,我们的中华人民共和国,开放、民主、自由、富强的中华人民共和国,属于工农大众和全体老百姓的中华人民共和国,真的要建立了!"赵易铭说到这里,语气中有些抑制不住的激动。

虞懿琳笑了笑道:"这是好事呀。"赵易铭点了点头道:"不错,十月一日当天,北平城大街小巷,各家各户,都要悬挂国旗。只是,现在时间太紧张了,一下子要赶制几万面红旗,我们的国营纺织公司都已经加班加点,夜以继日,全力赶工。但目前的生产力实在是有限,因此我想到了你,想到了瑞祥昇,我想请你们一起参与到国旗的缝制工作中来。"

虞懿琳道:"能为中华人民共和国的开国大典出一份力,也是我们瑞祥昇的荣幸,你放心吧,我们瑞祥昇保证完成任务。"

虞懿琳不顾身怀六甲,带领瑞祥昇的所有裁缝工匠,全日无休,缝制国旗。虞懿琳低首一针一线地绣着,虽说以她熟稔的技艺,缝制国旗这种简单的针脚完全不在话下,但虞懿琳的手不禁有些微微颤动。虞懿琳将裁剪成星状的黄色缎面缝合在鲜红的旗面上,一面红旗已制作完成,虞懿琳拈起红旗的两角,将五星红旗迎风抖开,透过那片鲜红与点点金黄,虞懿琳仿佛看到了自己与这个国家鲜艳与光明的未来。

尽管赵易铭称缝制国旗的布料由国家提供，但虞绍义坚持全部布料由瑞祥昇自行采买。赵易铭激动地握着虞绍义的手道："我代表党组织感谢您，感谢您为中华人民共和国做出的贡献。"虞绍义笑笑道："中华人民共和国是咱们全体中国人的中华人民共和国，我们理应尽到我们该尽的责任。"

一九四九年十月一日，这一天不仅改变了几亿中国人的命运，也对整个世界的局势产生了至关重要的影响。

然而虞懿琳并没有达成她到天安门广场亲眼观看开国大典的愿望。十月一日清晨，正当她换好衣裳，准备走出家门，与家人一同前往天安门广场的时候，忽然腹中一阵剧痛，家人赶忙将其扶回房中，经历了三个多小时的剧痛与挣扎，一名男婴终于顺利降生。他的生日正是十月一日，为了纪念这个特殊的日子，与中华民族新的希望和开始，虞懿琳为其取名为"虞曙昇"。

叁拾肆　弹指卅年

一九七九年,改革春风吹遍中华大地,在之后的时间里,中国经济实现了飞速发展。无数人因此赶上经济发展的风口,在下海的热潮中发家致富,虞曙昇就是其中一个。

虞曙昇用虞懿琳给他的五百块钱,买了六台红灯牌收音机。虞懿琳作为有一定级别的国家干部,每月工资八十七元五角,比普通工人要高出不少,但这五百元,也是她将近半年的工资,这在当时,算是一笔不折不扣的巨款。

带着这六台收音机,虞曙昇踏上了著名的中苏国际列车。在虞曙昇眼里,苏联这个未知的国度就像一个大赌场,不懂语言、不懂生意的他就这样开始了他的人生"豪赌"。根据李海生的建议,虞曙昇将价格定为进价的三倍,即一倍进价、一倍费用、一倍利润。

从北京开往莫斯科的国际列车在苏联境内的不少地方都设有经停站。刚进苏联境内没多久,在伊尔库斯克站,上来了一伙苏联人,有十几个人。那十几个人一见虞曙昇,立时凑了过来,叽里呱啦地说些什么。

虞曙昇见那几个人相貌不善,又人数众多,心中不免胆怯,回身就跑。此时旁边一个懂中文的苏联人拦住了他,说道:"你别害怕啊,这几个人是问你,从中国来带了什么东西没有,他们想买。"

虞曙昇问道:"他们想买什么?"那人道:"你有什么他们就买什么。"虞曙昇以四倍的价格卖了两台收音机后,就表示不卖了。那伙苏联人自然很不高兴,要求他继续卖。充当翻译的人倒是笑了笑:"不卖是对的,到了莫斯科,能卖更高的价格。"

卖完货后,虞曙昇请翻译抽了包烟,翻译还热心地教了他几句基本的俄文:"一是阿进,二是得娃,三是特力,四是切逮烈,五是比牙气……"

到了下一站,虞曙昇听到有人敲列车的车窗,便过去查看,原来又有苏联人想要买东西。正巧苏联的列车员走了过来,虞曙昇便示意他打开窗户,谁想那列车员摇了摇头,冲他伸出了手。

虞曙昇会意,从包里掏出之前卖货所得的五卢布,递给列车员。列车员笑了笑,为他打开了窗户。虞曙昇又以五倍的价格卖掉了两台收音机。最后两台收音机则是在莫斯科,同样以五倍的价格出手。

虞曙昇回家以后,得意扬扬地把五百元人民币交到了虞懿琳手上,说道:"看吧,我就说我能挣到钱吧!其实我这回本能加倍地还您,不过呢,我还得留点本钱不是?所以只能先把原来的本金还给您了。"

虞懿琳照例白了他一眼,把钱往他面前一推,说道:"行,你有本事。这钱呀,我给了你,也就不想要回来了。你呀,拿着这钱,老老实实地做点小生意。千万别贪多图大。"虞曙昇将钱一推道:"别别别,妈,这钱就是给您的,您就收下吧。"

虞懿琳叹了口气道:"行,那我就先替你收着,等什么时候你缺钱了再说。"

第一次"淘金"之旅的顺利令虞曙昇信心大增,他将第一次卖货所得的全部资金都变成了货物,大到收音机,小到打火机、清凉油,只要是苏联人喜欢的、利润高的商品,都成了他的"猎物"。

虞曙昇的钱越赚越多,胆子也越来越大。久而久之,他逐渐摸索出了些自己的门道儿。由于火车限制每位乘客携带的货物重量,他便买通了相熟的列车员,前一天晚上,在火车出发前,偷偷先将货物放进车厢。而到了苏联境内,虞曙昇干脆斥巨资——五十元人民币,买下了列车员的备用钥匙,钥匙可以打开列车的车厢门、车窗还有茶水间。这样无论列车停靠的时候是白天还是晚上,他都可以自由地出入火车,或者透过车窗卖货。

一次在回来的路上,虞曙昇决定去看看他当初的"领路人"——老连长李海生。他在二连浩特下车,转车又一次踏上了黑土地。

李海生对于虞曙昇的造访十分兴奋:"你来得正好,我正想回农场去看看呢,你跟我一起去吧。"自从上次与薛柠重逢,虞曙昇心里便对那个地方有些抵触,但李海生这么说,他也不好拒绝。

虞曙昇重回农场,很快就得知了赵铁栓罹患肝癌的消息。他的弟弟赵铁柱为了给哥哥凑医药费,四处打零工,甚至顾不上照顾自己的新婚妻子和刚出生的女儿。

虞曙昇再见到赵铁柱的时候,赵铁柱明显憔悴了许多。赵铁柱生性好强,并没有多谈哥哥的病情,只是说:"我哥现在挺稳定的,我嫂子一直照顾他呢。"

虞曙昇见赵铁柱不愿多说,便也没有勉强,只在临走的时候,从包里掏出了三千元人民币:"这钱是我这次去苏联卖货挣的,给你哥看病用吧。"

赵铁柱大惊,道:"你……你这是干什么?你的钱我不能要。"虞曙昇把钱往赵铁柱手里推了推,道:"钱没了我还可以再挣,但是人要是没了,就永远没了,拿去救你哥吧!"

赵铁柱道:"不行!我不会要的,我知道,你冲的是我嫂子,要是让我哥知道了,他会生气的,我不能要你的钱!"虞曙昇温和地笑笑:"铁柱兄弟,你真的错了,这钱我真的是给你哥的。薛柠是个好姑娘,其实当初,我就一直在犹豫,以我的出身我是配不上她的,我也给不了她幸福。你哥这些年对她这么好,这么照顾她,我……打心眼儿里感激他。所以,这钱是给你哥的,跟你嫂子无关。"

一沓子钱放在赵铁柱的手上,就如同一块烫手的山芋。赵铁柱掂着它,沉默了许久方才道:"找个地方,我请你喝点酒吧,我有话想跟你说。"

还是同样的饭馆,同样的老白干,同样的下酒菜,赵铁柱却如同一颗心被放

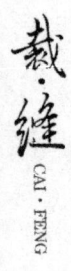
在了油锅上煎烤,备受折磨,再也没有过往的轻松。赵铁柱开了一瓶老白干,咕咚咕咚往自己嘴里灌了大半瓶,眼见一瓶酒就要见底,虞曙昇赶忙拦住了他:"铁柱兄弟,你这是要干吗?还一口菜没吃呢。少喝点,别喝坏了身子。"

赵铁柱放下了酒,咧了咧嘴:"都说酒壮怂人胆,你就让我壮壮胆吧。"虞曙昇不解:"你跟我说话还用壮什么胆?"

赵铁柱也不直接回答他,只是自顾自地道:"你知道我哥是咋病的?""咋病的?"虞曙昇猜到其中怕是还有自己不知晓的委屈,赶忙问道。"那回你走了之后,我嫂子突然就跟变了个人一样,说啥也要回北京。我哥本以为她是想家了,想回去看看,就说陪她一起回去,谁知嫂子她说……要……要和我哥离婚,自己回北京生活。

"我哥疯了似的劝她,有一次还下跪求她,还有一回,我哥准备了一瓶农药,要当着我嫂子面喝下去,说她要跟他离婚,他就不活了。可惜这些招儿都没用,我嫂子就跟吃了秤砣似的,铁了心要离婚回北京。我哥心里头那个恨哪,他把你恨透了,说都是你回来,把我嫂子的魂儿勾走了。"

赵铁柱苦笑着道:"你知道,我哥这辈子没啥本事,一辈子最大的骄傲就是娶了我嫂子这么个从城里来的漂亮媳妇儿,可她要是不要我哥了,我哥就真没脸活下去了。就这么的,他俩是天天闹天天吵,直到有一天,我哥在争吵中突然晕了过去,我嫂子把他送到了卫生所。当时卫生所的大夫就说不好,也没查出啥来。又去了县里的医院,再转到市里去,一路复查,终于确诊了。

"这下子他们俩终于不闹腾了。我哥得知了自己的病,让我没想到的是,他居然跟我嫂子说:'离婚吧,你走吧,回去吧,回到北京,找个好人家嫁了。但是,你要是还念跟我的夫妻恩情的话,俺就一句话,你嫁给谁,也不能嫁给那个姓虞的!'"赵铁柱说到这儿,不好意思地笑了笑,"你知道,我哥是真恨你。但是他能放我嫂子走,我也挺意外的。可谁知道,我嫂子更让我意外,她跟我哥说:'我不走了,哪儿也不去了,我要留在这儿照顾你,就算你赶我,我也不会走的。'这下我跟我哥都愣住了,我们都没想到我嫂子能为了他留下来,照顾一个病人。"

赵铁柱突然停了下来,低着头,沉默了好一阵子。虞曙昇乍一听得此事,一时间竟也不知道该说些什么。

赵铁柱抬起头来:"你知道俺有多苦吗?那事儿,我不说,对不起俺的良心;说了,对不起我哥。"赵铁柱说着,竟有些哽咽,泪珠儿从眼眶中流了出来,七拐八拐方掉在了地上。虞曙昇有些惊讶,伸手握住赵铁柱的手,安慰道:"铁柱兄弟,你咋了?到底出了什么事?"

赵铁柱长叹了一口气,似是下了很大决心一般:"其实,我嫂子要走,这事不能怨你,更不能怨她。这一切都是当初我哥自己造的孽!你还记得咱们连里那匹走丢的马吗?"

虞曙昇一听赵铁柱提起此事,眼里立刻射出别样的光芒。"那天夜里你跟我嫂子相约,你以为只有你们俩人,其实我哥一直在后面悄悄地看着你们呢。我哥喜欢我嫂子,那阵子没事就偷偷跟着她。那天晚上他看见你跟我嫂子在一块,好像也听见你俩说的话了。他当时心里头恨得跟什么似的,也不知怎么,就鬼迷了心窍,等你们都走了之后,他自己偷偷进了马厩,放走了连里的一匹马,又连夜写了一封举报信……后来的事儿,你就都知道了。"

虞曙昇听完赵铁柱的讲述,心里五味杂陈,他苦笑了几声,仰起脖子往嘴里灌了一整瓶酒。赵铁柱知道虞曙昇的心情,便也没有拦他。"当时我嫂子并不知道这些事,你看她在大会上那么积极地批斗你,其实她心里头也不好受。她跟我哥结婚之后,有一回,我哥在家里喝多了,把这事告诉了我嫂子,我嫂子当时就跑到院子里,哭得特别伤心。我哥知道自己说错了话,一个人窝在屋里不敢见我嫂子,我就只能出去安慰我嫂子。我嫂子估计也是心里憋屈,不知道该跟谁说好,就跟我说,起初她也不信是你偷的马,可那晚除了你俩没人去过马厩,她没干,就只能是你了。你又是那个……出身不好,连里的人一说,也由不得她不信。

"我嫂子说,她当时不相信自己喜欢上了一个偷马的贼,却又不得不信,她心里头比谁都难受都痛苦,这难受劲儿后来就成了对你的恨了,所以她才会在

批斗大会上……那天知道了真相,她心里别提有多愧得慌了,总觉得对不起你,却再也没机会跟你解释了……

"那天你来的时候,我嫂子拦着我哥,不让他告诉你,是因为我哥毕竟是她的丈夫,她还是想维护他的。可是如今……我哥这样,我嫂子还天天端屎端尿地伺候他,是我们老赵家欠她的,所以我不想让你再误会她了。"

那天,虞曙昇跟赵铁柱都喝多了,最终,还是虞曙昇的酒量更胜一筹,赵铁柱醒来的时候,虞曙昇早已踏上了回北京的旅途,陪伴赵铁柱的,只有塞在他怀里的三千块钱。

叁拾伍　一枚婚戒

虞曙昇回到家中,对虞懿琳道:"妈,咱家街角的裁缝铺怎么关了?我还说让他给我扦个裤边呢。"

虞懿琳叹了口气道:"岂止街角那家啊,这两年裁缝铺都关了多少家了。你要扦什么裤边?我来吧。"

虞曙昇笑着道:"哦,对了,忘了您还有这手艺了。"虞懿琳一边低头翻找针线一边说道:"如今的年轻人啊,都爱上商店去买现成的衣裳,谁还看得上裁缝铺里做的衣裳啊?那商店里的衣裳是现成的,又便宜……"

虞曙昇似乎想起了什么,打了个响指,说道:"对啊,卖衣裳是个好生意!"

虞曙昇决定涉足成衣买卖,随着国内成衣价格的不断下降,他的利润也不断攀升。在倒卖普通衣裳的同时,他的目光逐渐盯上了当时的"尖儿货"——皮大衣。

"虞阿姨,曙昇哥哥。"虞懿琳道:"哟,思嘉来啦,快进来坐吧。""阿姨我不坐了,我答应帮曙昇哥哥找的货源给他找到了,我今天来是带他去看货的。"虞曙昇见冯思嘉来了,赶忙换好衣服准备跟她出门:"妈,我跟思嘉出去一趟,就不回来吃饭了。"

冯思嘉带着虞曙昇敲开了南城极为偏僻的一个小胡同里一间院落的门。

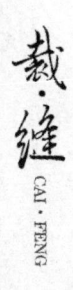

咯吱一声,木门开了。"师傅,您这儿有皮衣吗?""这地上不都是吗?没看见哪?"院中的人正拿着一把大刷子,蘸着黑颜色的染料,一下一下地刷着皮衣。

为了方便进货,虞曙昇刚刚买了一辆桑塔纳小轿车,但是胡同狭窄,没法进车,虞曙昇只能把车停在街边,自己拎着两大包皮衣,朝车子走去。"曙昇哥哥,我帮你拿点吧。""不用不用,哪能让你拎这么重的东西呢?"

为了表示感谢,虞曙昇请冯思嘉在后海边上新开的饭馆吃了顿饭。饭后,两人沿着后海散步,冯思嘉突然抬头对虞曙昇道:"曙昇哥哥,我知道,建华姐姐一直喜欢你,你这些年,来回跑这么辛苦,也该有个人照顾你了。"

面对冯思嘉的问话,虞曙昇一时间有些尴尬:"呃,建华啊,我一直都把她当妹妹看,没想过别的。""那……我呢?"冯思嘉似乎耗尽了所有勇气,下了很大决心,方才问道。

"你……"虞曙昇迟疑了一阵,道,"你也是我的妹妹啊。"见冯思嘉原本充满了希望的眼眸顿时黯淡了下去,虞曙昇又补充道,"思嘉,其实你很好,特别好,你看你,长得这么漂亮,又善良,性格又招人喜欢,周围有不少男孩子追你,我……配不上你,我这每天风里来雨里去的,也没个安定时候,你应该和更好的人……"

"别说了……"冯思嘉打断了虞曙昇,"再好的人,也比不上我心里的那个人,你就别劝我了。"

冯思嘉身材娇小,相貌继承了母亲少数民族的特质,清秀柔美,特别是一双灵动的大眼睛,十分惹人怜爱。她自幼很得父亲冯治平宠爱,特别是母亲乔依去世后,冯治平心疼这个年幼丧母的小女儿,更是对其百依百顺。在父亲的呵护下,冯思嘉心思单纯,为人也直率,即使偶尔有些小女孩儿家的娇气,也并不惹人生厌,反倒教人想要保护她。

虞曙昇不是不明白冯思嘉的心思,只是他的心里,有一个无法忘却的人。

冯思嘉笑了笑,似乎是为了转移刚才尴尬的话题:"其实我真的很羡慕我妈,虽说她早早走了,可是她一辈子都被我爸疼着爱着。我还记得我妈得病的那些年,我爸每天下午都跟单位请假陪我妈去看病,为这事,单位还组织批斗过他,还让他写了检查。当时我妈需要鸡汤补身体,我爸就去求部里的专家,把国家特供的鸡买来给我妈熬汤。可即使是这样,我妈还是走了……后来我问过我爸,付出了这么多努力,还是没留住我妈的性命,他自己的前程也被耽误了,他后悔吗。我爸说:'没有什么后悔不后悔的,你妈是我的妻子,我的爱人,就算再来一次,就算知道结果,我也得拼尽全力救她!'"

冯思嘉低下了头,似乎在努力憋住眼角的泪水:"我这辈子,如果能像我妈一样,被一个男人这样爱过,我就知足了。"

冯思嘉又道:"曙昇哥哥,不管怎么样,你永远都是我的哥哥,将来,无论是建华姐姐,还是别的什么人做了我嫂子,我都会真心祝福你的。"虞曙昇只得低声道:"谢谢你,思嘉。"

是夜,虞懿琳戴着老花镜,低头翻看 China Daily(《中国日报》),虞曙昇凑过来道:"报上有啥新闻?最近苏联又缺啥了?"虞懿琳将报纸哗的一声合上了,把鼻梁上的眼镜摘了下来,缓缓地道:"我说你这心思一天到晚就放在生意上,也不考虑考虑自己的事儿。"

虞曙昇道:"生意的事儿不就是我自己的事儿吗?"虞懿琳道:"你别装糊涂,我说的是婚姻大事。建华和思嘉两个孩子对你的心思你也不是不明白,可你心里头,到底是怎么想的啊?"

虞曙昇捋了捋头发,道:"我还能怎么想?我现在就想着多挣点钱,让你过好日子呗。"虞懿琳道:"我的退休工资就够吃够花了,用不着。我知道,你心里头是不是还放不下北大荒的那姑娘?"

"哎呀妈,你怎么跟没文化的老太太似的,成天就知道催儿女结婚?你有时间还是多上单位走走,多帮我打探打探苏联那边的消息,以你那个……啊,多年的经验,给我分析分析局面。现在戈尔巴乔夫刚上台,我听说他在苏联内部改革得挺厉害,苏联闹不好要有大动作。你说你现在虽然不上班了,也不能跟不上时代啊。"

虞懿琳道:"你妈我都多大岁数了,早该退了,你不能为了你自个儿,没完没了地压榨我这把老骨头吧?""你这话就不对了,你看楼下的杨叔叔,也就比你小个十几岁吧,现在也五十多了,干劲那叫一个足,跟二十多的小伙子似的。""你杨叔叔是个工作狂,我哪能跟他比啊?""那不跟他比,就说隔壁的孙阿姨吧,跟你岁数差不多吧,人家倒是早早地退了,可人家任孩子,人家也没催着谁结婚哪。""我也没催你结婚哪,我刚提了一句你就这么大反应……"

虞懿琳早在两年前就向单位主动申请结束返聘,回到家中颐养天年。而虞曙昇口中的"杨叔叔""孙阿姨"则是指虞懿琳的两位同事兼好友——杨业功和孙永琏。新中国成立初期,杨业功自外地调入北京,进入红星社工作,与虞懿琳不仅是同事,家也正巧住在虞懿琳家楼下。而孙永琏则是孙宝仪的小女儿,在上海时曾与虞懿琳有过一面之缘,谁想时隔经年,两人再次重逢。由于孙永琏幼时曾在学校学习英文,新中国成立后,最初在外文局工作,后由于红星社急缺大量外语人才,便调入社里,与虞懿琳结为一生莫逆。

冯思嘉也没想到,自己居然一语成谶,赵建华真的成了她的嫂子。冯治平和赵易铭向虞懿琳通知这一喜讯的时候,虞懿琳也感到十分意外。在赵建华和冯思齐的婚礼上,虞懿琳笑着恭喜赵易铭道:"老赵啊,你这一桩心愿算是了了,你瞧两个孩子,多般配啊,真的是郎才女貌,珠联璧合。"

冯思齐身穿一身深灰色毛呢西装,系一条红色的条纹领带,胸前别"新郎"的佩花,头发以发胶定型,英俊挺拔。赵建华身着一身浅灰色毛呢西装,烫了一头大波浪,胸前别"新娘"的佩花,站在冯思齐身边,平日里性格有些像男孩子的她,今日倒显得十分小鸟依人。这在当时,可以说是最时髦的婚礼装束。

赵易铭哈哈笑道:"我们的虞大编辑就是会说话。"而陆秀琴竟在一旁偷偷拭泪,似在感喟独生女儿的出嫁,虞懿琳赶忙过去安慰她。

正当此时,两位新人过来敬酒,虞曙昇赶忙站起来道:"恭喜啊,恭喜你们,青梅竹马,修成正果。"冯思嘉站在虞曙昇身边,微微一笑道:"哥,你以后可得好好对建华姐姐……啊不,是嫂子。"赵建华哈哈笑道:"好啊,你哥要是敢欺负我,你可得给我出头啊!"

赵建华举起酒杯,转头对冯治平、赵易铭、陆秀琴和虞懿琳道:"爸、妈、虞阿姨,我小的时候……不太懂事,有些任性,谢谢你们这么多年对我的照顾和爱护。我过去……"赵建华拿眼瞄了一眼虞曙昇,"很长一段时间都没发现,其实最爱我的人,最适合我的人,最值得我珍惜的人,就在我的身边,可是我却差点辜负了他的真心。"赵建华甜蜜地笑了笑,看着身旁的冯思齐,又道,"不过好在我醒悟得不是太晚,还有一辈子的时间,珍惜他、爱护他。"

冯思齐宠溺地看了一眼妻子,转头道:"爸、妈、虞阿姨,你们放心吧,我肯定会一辈子对建华好的。"

八十年代中期,一辆桑塔纳小轿车的价格是二十多万,虞曙昇为了买车,找朋友借了十万块钱,才凑齐了购车款。虞曙昇在生意上很有魄力,这次北上苏联,他决定加大投资,争取尽快挣够钱,把欠款还上。

虞曙昇一口气进了二百件皮夹克、一百条裙子。由于当时国内老头衫十分流行,他又以两元一件的价格,买了一百件老头衫,还有五十套童装。为了装这些货,虞曙昇买了四张火车票,包下了火车上的一间包厢。

火车一开进苏联境内,虞曙昇就把自己的包厢布置得像一间小商场一般,以便苏联人从窗口一眼就能看到琳琅满目的衣服,吸引人购买。火车停站后,有几个苏联人走进了虞曙昇的包厢。苏联人本就身材高大,五六个人同时进来,一时间包厢里连转身的地方都没有了。

虞曙昇虽说个子不矮,但和苏联人比起来还是略逊一筹,只见其中两个苏联人各自拿起了一件老头衫,高举过头顶查看。这一举动十分怪异,令虞曙昇登时起了警觉,但两人站在虞曙昇面前,又举着衣服,完全遮住了虞曙昇的视线。待虞曙昇出言制止时,那两人迅速将衣服丢在床上,同其他人一道离开了包厢。虞曙昇抬头查看自己放在上铺的货物,发现一皮夹克已经不见了踪影。

这一下可把虞曙昇气得不行,中苏国际列车上盗贼猖獗,他是早有耳闻。但他过去进货量不大,并不惹眼,又十分小心,倒并没有惨遭匪帮"光顾"过。

虞曙昇立志要找回那一包皮夹克,便用列车员卖给自己的备用钥匙,锁上了包厢的门。他敲开了隔壁包厢的门,隔壁住着几位公派出国的中国人,都是戴着眼镜,文质彬彬的样子。"同志,我的东西被人偷了,我要去找回来,麻烦您几位帮我看下包厢。"那几个应了,并且走出了包厢,站在了虞曙昇的包厢门口。

虞曙昇从车头找到车尾,特别是火车进入苏联境内加挂的两节苏联车厢,他一间一间地打开包厢的门查看,唰的一声,包厢被打开后,苏联人在惊愕的同时,难免对虞曙昇咒骂不止。

找遍了整趟列车,都一无所获,虞曙昇回到了自己的包厢。一打开包厢的门,虞曙昇顿时傻了眼,整个包厢都被洗劫一空了!虞曙昇匆忙敲开了隔壁包厢的门:"不是让你们帮我看着吗?我的货怎么全没了?"其中一人无奈地道:"同志啊,你刚走没多久,有一伙苏联人就来找我们,说他们手里有一批宝石,价格便宜,把我们拉到了包厢,叫我们仔细看看。"

虞曙昇明白,自己是中了调虎离山之计了。虞曙昇愤怒至极,前去找列车上的中国车长理论,声称自己要报警。没过多久,一名浓妆艳抹、佩戴着两只夸张的金耳环的女子前来找虞曙昇"谈判"。

后来,虞曙昇才知道,那女人正是这伙匪帮的"大姐大",但当时虞曙昇又气又怕,甚至连那女子的长相都没看清楚。"大姐大"说道:"我知道,这伙人在这列车上惹事了,报警就算了吧,要我说不如这样,你这次损失了多少'绿的'(即美金),我叫他们给你补上就是了。"

虞曙昇明白,强龙不压地头蛇,就勉强答应了"大姐大"提出的条件,收下了对方"补偿"给他的三千美金。按照当时的汇率,这三千美金折合人民币一万元左右,这远不及虞曙昇那批货的价值。苏联列车长又在苏联车厢的厕所夹层中找到了虞曙昇的老头衫,将其归还给他。虞曙昇无法,只得吃下这个哑巴亏。

为了弥补损失,虞曙昇在莫斯科一下车,就赶紧将自己手中仅余的老头衫拿出来卖。一名苏联老太太走到虞曙昇跟前,看了他手中的衣服没几眼,就使劲用手指着衣服上的一个位置。虞曙昇起初不明白老太太的意思,及至他看清楚了才发现,那件老头衫上有一处很大的破损,是后来缝补上的。

虞曙昇赶忙从包里掏出了另外一件,发现也是同样的问题。连续拿了几件,都是一样。虞曙昇这才醒悟,自己这次进货,是"打了眼"了,进了一批残次品。眼见老太太摇摇头,要走,虞曙昇赶忙拦住了她,将价格降了一半。只见老太太盯着衣服看了一阵,虞曙昇本以为她不想买了,谁知她抓起一件,就扔进了自己篮子里。

最终虞曙昇的这批老头衫都以成本价出手。回到旅馆后,虞曙昇心情很是烦闷,这次真可谓是祸不单行,这一趟算下来,刨去路费和住宿费,基本上是血本无归。

可谁知屋漏偏逢连阴雨,虞曙昇自己一个人正坐在房间中唉声叹气,一名陌生人就敲门进来了。那人进屋后,四处看了看,问虞曙昇:"一个人?在屋里坐着呢?"虞曙昇心觉莫名其妙,便点了点头。

那人走后没多久,就又来了两名壮汉。那两人一进屋,开门见山地道:"兄弟,我们最近比较背,赌输了不少钱,你看你能不能借我们点钱?"虞曙昇行走江湖多年,明白这名为借,实为抢,便道:"你们想借多少钱?"其中一人道:"就借三千美金吧。"

两人走后,又来了一人,一进门就掏出了一把斧子。斧子是苏联人家中常备的物件,用来剁连骨肉。那人将手中金光闪闪的电镀斧子在虞曙昇面前晃了晃,道:"兄弟,你可别炸啊,不然我废了你!"说罢,扬长而去。

虞曙昇躺在回北京的列车上,心想,这一趟不仅血本无归,更是搭上了全部老本儿,更何况自己之前买车还欠了十万块钱,想不到自己的"倒爷"之路,竟要就此画上句号。

从北京站下车后,虞曙昇本想找哥们儿冯思齐喝酒解愁,想想又作罢,想到他新婚燕尔,不忍打扰。虞曙昇自己一个人从东单溜达到了西单,直到天已黑

透,才回到家中。

虞懿琳一见虞曙昇的神色,便已猜到了七八分。虞曙昇却摆摆手,并不愿意细说:"没什么大事儿,大不了把车卖了呗。"虞懿琳道:"那你以后打算怎么办?"虞曙昇道:"现在不比几年前了,机会这么多,大不了我给人扛'大个儿'去,活人还能让尿憋死?"

虞懿琳沉默了一阵,转身回到自己房中,过了一阵,她拿了一只精致的首饰盒子递给虞曙昇,道:"这枚猫眼石①戒指,是我跟你父亲结婚的时候他送给我的,戒指上的宝石有两克拉左右,质地莹润,通体无裂纹,戒指的黄金戒托,也有两克多重,如果卖给懂行的人,至少能值一万元人民币,希望能解你的燃眉之急吧。"

在当时,一克黄金的价格是八十多元,一克黄金就相当于虞懿琳这个级别的国家干部一个月的工资,一枚戒指至少得三四克重,对于普通人家来说,是无法企及的奢侈品。而在八十年代,对于刚刚结束物资匮乏时代的内地来说,金绿猫眼石这样名贵的宝石,根本是寻常人家无法接触到的物件,也并没有统一的市场定价。所以虞懿琳也不知道她的戒指究竟值多少钱,只是认为"一万元"这个数额很大,也许能符合戒指的价值。

虞曙昇打开了那只小巧的丝绒首饰盒,拿出里面的戒指,拈在手中,对着灯光查看。那枚戒指做工精巧,设计别致,并不亚于后来流行的卡地亚、蒂凡尼。虞曙昇道:"这戒指……你留了这么多年,就这么卖了,你真的舍得?"

"动乱"时期,过去的老物件丢的丢,毁的毁,早已遗失殆尽。虞懿琳唯一留下的两样东西,一件是这枚婚戒,另一件,就是她与符希仲的结婚照片。为了保存这两样东西,虞懿琳发挥了她过去从事情报工作的本领,与造反派斗智斗勇,这才使其幸免于难。

虞懿琳叹了口气道:"要是这东西真能对你有所帮助,便也不枉我留了这么

---

① 猫眼石在矿物学中属于金绿宝石(Chrysoberyl),属于金绿宝石族矿物,透明至半透明,玻璃至油脂光泽。

些年。"

为了给戒指找买家,虞曙昇第一个想到的就是同为国际"倒爷"的马义东。说起他和马义东的相识,还得从那把他花了五十元买来的钥匙说起。在中苏国际列车上,虞曙昇拿着列车员的备用钥匙,一见列车将要停站,便赶忙打开了自己面前的车窗。外面的苏联人呼啦一下子就围了上来,一个车窗前聚集了几十人。

这时,旁边一位与虞曙昇年岁相仿的男性说道:"兄弟,帮帮忙,你能不能也把我这扇窗户打开?"当时已是深夜,列车员都已入睡,没人过来开窗了。

虞曙昇听此人口音也是北京人,便二话没说,走过去帮他打开了车窗。那人同样是前去苏联"倒货"的,只不过入行比虞曙昇晚了几年,所以并没有列车员的钥匙。

列车重新开动,那人的货也卖出去不少,便走过来向虞曙昇表示感谢:"兄弟,谢谢你了啊。"虞曙昇笑道:"甭客气,出来卖货都不容易。""我叫马义东,家是崇文的,我听兄弟你的口音也是北京的吧?"

就这么一来二去的,虞曙昇就和马义东成了生意上的伙伴。后来虞曙昇买车,也是马义东找了几个"倒爷"朋友凑的钱。

虞曙昇拿着戒指找到了马义东。马义东举着戒指端详了半天,道:"兄弟,你这东西的确是个好玩意儿,只不过,这买主实在是难找。你想想,这一般老百姓家,谁掏得起一万块钱啊?像咱们这样儿的人吧倒是掏得起这个钱,可是谁舍得花一万块钱买个戒指啊?"

看着虞曙昇情绪低落,马义东便也坐在他身边陪他唉声叹气。忽然,马义东脑中灵光一闪,道:"哎!兄弟,我想起来个人。他没准能买你的戒指!"

叁拾伍 一枚婚戒

叁拾陆　鸳梦重圆

马义东带着虞曙昇来到了北京饭店。在当时,北京饭店主要是用来接待外宾的地方,内部装修得富丽堂皇,虞曙昇还是第一次走进来。虞曙昇顾不得细细观瞧,跟着马义东上了电梯,来到了一间套房门口。

房门打开,马义东领着虞曙昇进门,只见房间里坐着一位年逾花甲的老者,头发却染得乌黑,老者身穿银灰色毛呢西装,鼻梁上戴着一副眼镜。在他的身旁,站着一位不到三十岁的年轻人,相貌酷似老者,文质彬彬。

马义东介绍道:"周老先生,这就是我刚跟您提过的那位朋友。"又转头对虞曙昇介绍道,"这位是从台湾来的周老先生,和他的公子,小周先生。"

虞曙昇赶忙伸出手来,恭敬地对周老先生道:"周老先生您好,我姓虞,虞曙昇。"周老先生与他握过手后,推了推鼻梁上的眼镜,和蔼地道:"哦?是喜形于色的于,还是余音袅袅的余?"

虞曙昇挠着头发道:"都不是。是……是……"虞曙昇文化程度不高,一时间不知道该如何形容自己的姓。马义东是个戏迷,赶忙把话接过来道:"是霸王那个虞,霸王别姬那个虞姬的虞。"

周老先生的眼皮不易察觉地跳动了一下。几人寒暄了一番后,马义东用眼神示意虞曙昇,虞曙昇赶忙掏出了首饰盒,递给了小周。小周将首饰盒打开后,端举到了父亲面前。周老先生用颤抖的双手将戒指取出,对着阳光细细查看了许久。

这期间,虞曙昇的心中七上八下,忐忑不安,他一会儿害怕周老先生不要他的戒指,一会儿又担心周的出价太低。虞曙昇坐在椅子上搓着手,如坐针毡。

过了将近十分钟的工夫,周老先生终于将戒指放回了盒中,开了口:"我听小马说,这戒指是令堂的结婚戒指?"虞曙昇点点头道:"是。"周老先生又问道:"那令堂现在可还安好?""多谢您关心,我妈身体挺好的。"

周老先生欣慰地点了点头,道:"你这戒指我要了。"虞曙昇一颗悬着的心总算是落了地,"只不过……这价格嘛,我出三万美金。"

虞曙昇大惊,噌地一下站了起来,道:"这……这戒指,它不……不值这么多钱啊。"马义东赶忙拦住了他,对周老先生堆笑道:"真是太感谢您了,我代表我们北京'倒爷',北京人民,感谢您!"

周老先生微微笑道:"戒指我是要了,但我有一个条件。"虞曙昇道:"您说。""我这次来内地啊,有一个很大的心愿,就是想深入内地的民居,看一看内地的老百姓是怎么生活的。你现在还跟令堂一起住吗?"见虞曙昇点头,周老先生继续道,"鄙人想携犬子前往府上拜访,不知是否方便?"

虞曙昇反应过来周老先生话的意思后,忙不迭地答应道:"方便,方便。"周老先生道:"这枚戒指你先拿回去,至于钱,等到了府上,我们再交易。"

得知家中要有贵客光临,虞懿琳特地去市场买了一条两斤多的大鲤鱼,回来红烧,并在餐桌上备齐了四荤、四素、四冷盘、四干果,还开了一瓶葡萄酒。

虞懿琳还拿出了她压箱底的衣裳——一件暗粉色丝绒旗袍,外披一件米色开司米披肩。

菜刚端上桌,墙上的挂钟正巧指到十一点整的位置,门铃就响了。虞曙昇道:"嘿,这台商还真准时。"虞曙昇一路小跑着去开门,虞懿琳也站起身来,准备迎接客人。

虞曙昇把周老先生和小周迎进门后,只见小周扶着周老先生,一步步地朝

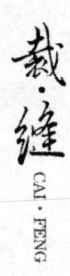

虞懿琳走去。走到虞懿琳面前后,他目不转睛地盯着虞懿琳,用颤抖的声音说道:"夫人,真的是您啊!"

虞懿琳虽一言未发,面色却是大变。周老先生道:"夫人,我是周涟啊,您还记得我吗?"虞懿琳眉头紧皱,仍旧没有回答。周涟摘下了眼镜,擦了擦眼角的泪水,道:"这么多年了,您一点都没变,还是那么漂亮……"

虞懿琳自幼受的教育便是大家闺秀应处变不惊,可令她惭愧的是,她此刻双手竟然不受控制地颤抖不止。她缓缓地道:"曙昇,招呼客人坐吧。"宾主入座后,周涟娓娓道来:"前几年,内地提出两岸三通政策,我们这才有机会回到内地。其实我这次回来一方面是辅助犬子寻找机会,开拓内地的市场;另一方面……就是受符将军之托,回来找寻你们母子的。"

虞曙昇一听此言,心里一动,赶忙侧目观察母亲的反应。只见虞懿琳双目犹如深潭,难以揣测其内心所想,虞曙昇不由得在心底叹了一口气,心想:这么多年了,这刚过了几天好日子,他居然又出现了。虞曙昇心内惴惴,不知道周涟的这一突然造访,究竟会给自己的生活带来什么样的改变。

"我在北京待了有一个多月,四处打探消息,都没有您的消息,谁想天无绝人之路!那日小马先生来找我说,有人要典卖结婚时的宝石戒指,我想内地的普通人家断断是没有那等珍贵的物件,便心存了一丝希望,没想到真的是公子。

"您是不知道,这些年符将军都是怎么过来的,您走的那天,军座在飞机上几欲发狂,要不是符老将军跟我们一块儿拦着,他差点要从飞机上跳下去。到了台湾以后,他的日子也不好过。我经常看见他一个人呆坐着,口中喃喃地喊着您的名字。邹小姐……邹小姐的丈夫,后来在淮海战役中'殉国'了。到了台湾以后,邹小姐一直等着军座能娶她,符老将军也一直催他再娶,为符家延续香火,可他总说,您肯定还活着,还在等着他,带着孩子等着他,他不能娶别人,不然将来,他没法再来见您。为这事,符老将军几乎是饮恨而终的……"

周涟说着说着,又不免老泪纵横,从怀中掏出了手帕,轻轻拭泪。虞曙昇心想,这老头儿可真够多愁善感的,进家门没几分钟的工夫,这都哭了两回了。

虞懿琳一直低垂着眼眉,似是要说什么,却总是欲言又止,最终才道:"这些年也辛苦你了。"周涟道:"我何来辛苦之说?真正辛苦的人是军座啊。当然,我知道,您这些年一个人在内地,带着孩子也是艰难。夫人,周涟今日只求您一句话,军座一直在等您,您……愿不愿意他回来?"

虞懿琳紧咬着嘴唇,许久才道:"我……现在恐怕不能回答你。""好,那我等着您。这段时间我会一直住在北京饭店,您什么时候考虑好了,就教公子前去通知我。"

周涟说罢,起身要走,又忽地想起了一事,便用眼神示意儿子。小周自包里掏出了一只大牛皮纸袋,周涟将其放在了桌上,道:"虞公子,这是我之前答应你的三万美金。"

虞曙昇见状,赶忙拿出了早已准备好的戒指。周涟接过来后,打开盒子,又对着灯光端详了许久,感喟道:"都半个世纪过去了,这宝石还是这么晶莹圆润,光彩照人。我想,人们之所以用宝石来装点结婚戒指,意义就在于,一份真挚的感情,再久的时间,都不会消磨掉它的忠贞、坚持散发出的迷人的光芒。"

周涟对虞曙昇道:"这戒指我先带回去。等你父亲回来的时候,再由他亲自戴到你母亲的手上吧。"又对虞懿琳道,"夫人,今日多有打扰,见谅。周涟这就告辞。"

虞懿琳赶忙道:"曙昇,送送客人。"虞懿琳母子起身相送,周涟赶忙道:"夫人,留步;公子,留步。"话虽这样说,但出于礼貌,虞曙昇还是一路将他们送出了楼。

虞曙昇一进门,就劈头盖脸道:"你是不是想让贼老头回来?!我跟你说,这辈子谁我都能原谅,唯独他,就是不行!你想想看,这些年,他把你,把我,把咱们家害得有多惨?!你忘了姥姥跟舅公是怎么死的了?"

虞懿琳辩解道:"当初他们诬陷你姥姥和你舅公私通,我娘是个寡妇,守寡那么多年了,把名节看得比什么都重,这才在家里上吊自杀的。而你舅公,是因为他的资本家身份被批斗的,他是在被批斗时心脏病突发死的。这跟你父亲都

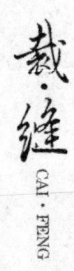

没关系。"母亲柳氏和伯父虞绍义的死,是虞懿琳心中永远的痛,若在过去,虞懿琳定会为此哀恸不已,但在当时,她自身的境遇早已使她无暇他顾。

虞曙昇道:"好,不说他们,那就说你。如果不是因为他,你怎么会在'干校'受那么多苦,受那么大的屈辱?还有我!从我还不懂事的时候,我就被人歧视,被人看不起,一直到北大荒……大大小小的批斗,没有一次不是以我为对象的,即使批斗的主要对象是别的人,也要让我挂着铁牌站在台上陪斗!我从小就在想,这究竟是为了什么?为什么?还不是因为我有一个反动派的爹!这么多年了,我受他连累这么多年了!我甚至连这个反动派的面都没有见过,就白白受他连累这么多年!"虞曙昇说到激动处,手"啪"地拍了一下桌子。

在虞曙昇刚刚记事的年龄,他总是满怀羡慕地看着院里的小孩儿牵着父亲的手。虞曙昇幼年,在舅公虞绍义等虞家人的照料下,生活还算得上衣食无忧。父亲,成为他幼年最渴望的"奢侈品",甚至在他五岁生日的时候,他许下的生日愿望都是:我想有个爸爸。

再大点的时候,虞曙昇便开始自己勾画父亲的形象,在他的想象中,他的父亲一定是高大威猛,是天底下最为英勇的英雄。他将故事里战斗英雄的形象在脑海中幻化成自己的父亲,想象着他在战场上英勇杀敌,回到家乡接受百姓簇拥与爱戴的桥段。这一桥段在他的脑海里演绎了无数遍,每次演绎,他的父亲或是手持冲锋枪在最前线冲锋陷阵的普通士兵,或是握着一把手枪运筹帷幄指挥千军万马的军官。战场上的故事每次都大不相同,唯一不变的是,父亲回到家乡后,胸前佩戴百姓赠送的大红花时,一定是一手将年幼的他抱起,双手举过头顶。

但再美好的梦境都会被现实击个粉碎。当他开始进入小学读书时,填档案时,他的出身成分一下子引起了同学和老师的关注。这之后,虞曙昇便再没有接受过公平的对待,无论是选班干部,入少先队,评"三好学生",通通都与虞曙昇绝缘。从小被"边缘化"的境遇造就了他这副看上去玩世不恭的心态。他开始逃课、打架,做一些与他"反动派狗崽子"身份相符的事情。他的学习成绩在班里处于中下游的水平,好在那个时候并不以学习成绩论英雄,他就这么一路上了高中,直到去了北大荒……

虞曙昇永远忘不了,在北大荒,薛柠是唯一一个没有嫌弃他出身成分的知青。也是因为有了薛柠的出现,他的性格才发生了外人不易察觉的变化。他逐渐开始消弭自己对这个社会的怨恨,逐渐开始学着善待自己周遭的人。

虞曙昇一手支着桌子,缓缓地坐了下来,用干涩的声音说道:"有时候我想,老头子要是当初战死在战场上,死在日本人手里,该有多好。起码,还能混个烈士当当,也不至于成了被人唾骂的反动贼子。"

虞懿琳噌地一下站了起来,转过身去,背对虞曙昇,过了许久才道:"你去跟周涟先生说吧,我不愿意再见他……但是,有件事情需要你记住。你的父亲,他不是贼,他是抗日英雄,是应该和烈士一样,被尊敬的英雄。"伴随着话音,一滴悲伤而又决绝的泪珠,轰然落地。

虞曙昇再次来到了北京饭店:"周老先生,真是抱歉,我母亲年纪大了,只想安安稳稳地过日子,她不愿意……不愿意再见他了。"

见周涟没有答话,虞曙昇又掏出了那个牛皮纸袋:"那个……这是您给我的三万美金,我想,这钱我还是不能要。"

周涟将纸袋往虞曙昇手里推了推,道:"这两件事没有关系,这钱是我用来买戒指的,你放心收下就是。我绝无以此要挟之意。更何况,令尊与令堂的感情,也不是能用这三万美金买来的。"

虞曙昇默然,只是低头不语。周涟道:"多谢虞公子前来告知。既然如此,我在这里的使命也完成了。我也该回去了。"

虞曙昇起身准备告辞,走到门口时,周涟突然叫住了他:"回去好好善待令堂吧,她真的……很爱你。"

从北京饭店回家的路上,虞曙昇反复掂量着周涟的话语,不知不觉,思绪突然回到了二十年前。那天,虞曙昇放学回家,突然发现从街边一直到家门口,都贴满了大字报,纸的颜色有黄有白,内容却都相同:国民党反动派遗属虞懿琳与

资产阶级反动派学术权威赵易铭搞破鞋。无论哪个年代,这类桃色新闻总是最能引起人们兴趣与关注的。

原来,赵易铭由于学术上的不同观点,得罪了学院的一位新来的老师,那人便翻出了赵易铭少年时与虞懿琳的恋爱旧事,大做文章,称两人至今还不清不楚,赵易铭常年背着妻子陆秀琴与虞懿琳"暗度陈仓"。

虞曙昇当时一进家门,就见到冯治平正在劝慰虞懿琳,旁边还有一条形似上吊绳的布条,不由得吓了一跳。只听冯治平劝道:"你可千万不能想不开,你想想,你要是走了,剩曙昇一人可怎么办啊?我知道,这事虽说是赵老师他们单位的人挑的头,但那个方主任也逃不掉干系。你不答应嫁给他,他怀恨在心,才诬陷你跟赵老师。"

虞懿琳年轻时便是倾国倾城的大美人儿,年逾不惑,风韵不减,容貌未改,较之双十年华的少女,并不逊色,反倒更胜一筹。当时的革委会主任方主任一见虞懿琳顿时惊为天人,见其守活寡多年,便提出要虞懿琳嫁他。其实,如果虞懿琳同意下嫁方主任,她便结束了自己"反动派遗属"的身份,这在当时来说,未尝不是件好事。

但虞懿琳只说了一句话:"我这辈子,永远只是符希仲一人的妻子,绝不另嫁他人!"这才令方主任恼羞成怒,出手报复。

冯治平倒是想出了一招帮虞懿琳避祸:"不如这样,你写一封声明,就说你自愿断绝与……与符希仲的夫妻关系。现在不都流行划清界限吗?你也跟他划清界限。其实啊,现在那些跟自己爱人、父母划清界限的人,不少人回家,关起门来,该怎么过日子还怎么过,这就是个形式。你写了这个声明,你跟曙昇的日子以后也好过些。"

冯治平没想到,看起来弱不禁风的虞懿琳,此刻却倔强强硬得要命:"这个声明我不写,曙昇如果愿意写声明跟他断绝父子关系,我不拦着。但是我,不写。"冯治平不解:"为什么?你何必为了一个再也见不着的人,搭上自己的一辈子?"虞懿琳淡淡地道:"我这辈子,已经对不起他一次了,我不能再对不起他第二次。"

　　虞曙昇沉浸在回忆中，不知不觉就走到了家门口，他刚要抬手按门铃，却如同触了电一般，把手缩了回去。他转身下楼，飞似的奔向北京饭店……

　　三个月后。虞懿琳裹着披肩刚在沙发上坐下，突然发现自己的袖口有些微破损，便起身去找针线。正当此时，门铃响起。虞懿琳顾不上找针线，转身去开门。

　　门打开的那一刹那，虞懿琳感觉自己的血液都凝住了。门外的那人用颤抖得已不成调的声音唤道："懿琳，懿琳。"一口苦酸之气涌上了虞懿琳的喉咙，致使她半晌没法作声，只是呆呆地站着。

　　年逾古稀的符希仲用一双干枯、布满了皱纹却依旧有力的手紧紧地攥住了虞懿琳的手，道："懿琳，让我好好……看看你。"符希仲身旁拎着行李的虞曙昇道："今后有的是时间看呢，别站在这儿看啊，快进屋吧。"

　　虞懿琳这才反应过来，将两人让进屋里。虞曙昇扶符希仲坐定后，抬眼看到呆望着符希仲的虞懿琳，不由得笑道："妈，你有什么想问的就问啊，比如他在台湾又娶了几房小老婆、生了几个孩子之类。"

　　虞懿琳低首敛眉，好似刚出嫁的新妇一般，欲语还休，半晌才道："你……是怎么来的？"符希仲激动地道："是曙昇啊，是曙昇去机场接的我。"虞懿琳问完这句后，竟又不知该说些什么，只是低着头不作声。

　　符希仲从怀中掏出了首饰盒子，颤颤巍巍地将其打开，时隔将近四十年，符希仲再次将那枚宝石戒指，套在了虞懿琳的无名指上。

　　虞曙昇拍了拍虞懿琳的肩膀，道："行了，我知道，这个时候，我不该待在这儿。我先出去了，你俩有什么话慢慢儿说吧。"

　　符希仲变卖了他在台湾的全部家产，回到内地定居，与虞懿琳破镜重圆。两人乍一重逢，似乎有无数的话要和对方说，却又不知该从何说起……

叁拾陆　鸳梦重圆

一日，虞懿琳正与符希仲执手坐在阳台上，共叙旧事，忽听得门铃响，虞懿琳着急去开门，符希仲还不忘在后面嘱咐："慢点儿，别摔着。"

门外是一名三十出头的少妇，穿了一条湖蓝色的连衣裙。她见到虞懿琳，客气地问道："请问，这里是虞曙昇家吗？"虞懿琳点点头："是，不过他没在家。"那少妇礼貌地微笑道："您就是虞曙昇的母亲虞阿姨吧？是这样的，虞曙昇之前借了我一笔钱，但是我……我现在还没攒够钱全部还他，所以只能先还给他一部分，剩下的钱我会慢慢还给他。"说着，掏出了一个信封，"这里面是一千元人民币，麻烦您帮我转交给他。"

虞懿琳接过了信封，问道："姑娘你贵姓啊？我转交的时候也好跟他说清楚。"少妇微笑着道："我姓薛。谢谢虞阿姨。再见。"还没等虞懿琳反应过来她的身份，她便已不见了踪影。

当晚，虞懿琳将薛柠给的钱交还给虞曙昇："看样子，她已经从北大荒回到北京了。你要是还放不下她，就赶紧去找她吧。"虞曙昇不置可否地摇摇头道："回北京了又怎样？我找她……我找她说什么……"

虞懿琳皱眉道："难道你是嫌她结过婚？"虞曙昇赶紧摆手道："不是，不是！只是我们俩……已经分开这么多年了，要想重新开始，实在是……太难了。"一旁的符希仲终于有机会插话了，声音温和，却又不容置疑："我跟你妈都分开快四十年了，还能重新开始，你怕什么呢？"虞懿琳温柔地看了一眼丈夫，笑容甜蜜。

虞曙昇的突然造访令薛柠有些惊讶，更有几分尴尬。简单的寒暄过后，两人便陷入了沉默。终于，虞曙昇鼓起勇气开口，却还是说起了一个令人扫兴的话题："当年的那事，我都知道了。"薛柠低着头道："那事，是铁栓对不起你，我在这儿，给你赔不是了。"

虞曙昇仰头叹了口气道："都过去了。我听说了，赵铁栓……他人已经不在了，所以你才回的北京。老赵他这一辈子也不容易，努力了半天，到头还是一场空。"虞曙昇忽然拉住了薛柠的手,道:"薛柠,咱们俩之间……还有可能吗?"

薛柠紧抿着嘴唇,皱了下眉头,把手从虞曙昇手中抽出,转过身去背对着虞曙昇,声音略带哽咽:"我知道,你……是个好人,可是如今,我是个寡妇,你……不再是当初因为出身成分饱受歧视的人了,你现在自己做生意,是个顶天立地的男子汉。我……我配不上你。"

虞曙昇一把将薛柠的肩膀扳了过来,严肃地道:"在我心里,你永远是那个坐在稻草堆上给我画画儿的、连队里最美的女孩儿,这么多年,也许世道变了,我的身份变了,但我对你的心从来没有变过!"

薛柠早已是泪流满面,虞曙昇又道:"这半年来发生了太多的事情,我曾经一夜之间一贫如洗,却也因此,让我妈和我爸在分离了三十多年后破镜重圆。经历了这些事儿,我越发觉得,人这一辈子,能有一个跟自己相爱相伴一生的人才是最重要的,比什么都重要。薛柠,你愿意给我一个机会,让我在你八十岁的时候,还能陪在你身边,帮你找老花镜,给你打洗脚水吗?"

薛柠破涕为笑,认真地点了点头。虞曙昇将薛柠揽入怀中,两人相拥,好似时间都静止了一般。

叁拾柒　杏坛留香

在父亲符希仲的资助下,虞曙昇重新踏上了中苏国际列车,重新开始了国际"倒爷"的生活。

一九八九年,这一年注定是不平凡的一年。东欧各个社会主义国家的政治经济制度发生了根本性的改变,酝酿了由斯大林模式的社会主义制度最终演变为西方欧美资本主义制度的剧烈动荡。东欧剧变直接影响到了苏联内部政局,伴随着政治上的风起云涌,百姓民生也随之遭到了剧烈冲击。

苏联国内日用品紧缺的问题日益严重,这让越来越多的中国人看到了商机,纷纷加入国际"倒爷"大军。虞曙昇,作为这一行业的先行者,早已积累了后入行者所不具备的经验资本与物质资本,随着生意越做越大,他在同行们还忙着跑单帮的时候,率先注册成立了曙昇国际贸易有限公司,走向正规化。

也是在这一年,薛柠生下了他与虞曙昇的儿子,并请虞懿琳为孩子取名。虞懿琳和丈夫符希仲都十分敬仰能坚持原则、不随波逐流的屈原,便以屈原《离骚》中的内容:"名余曰正则兮,字余曰灵均。"为孙子取名为虞正则。

符希仲回到内地之后,第一件事便是去拜访妻子的旧爱赵易铭,感谢他多年来对虞懿琳母子的照顾。而符希仲的老部下冯治平对于这位曾经的老长官也是敬重有加。因此自从符希仲回来以后,三家的关系并没有疏远,反倒更加亲近了。

一日,符希仲与虞懿琳刚刚自冯治平家回来,符希仲在路上对虞懿琳道:"我看思嘉的对象真是不错,那孩子长得精神人又实在,乔依若是在天有灵,也该欣慰了。"虞懿琳点点头,刚要说什么,却抬头看到自己家门口站着一位年轻的女性。

那女子三十岁左右,戴着一副眼镜,穿着一身西装,显得文气十足。"姑娘,你找谁?""哦,您就是虞老师吧?"

虞懿琳道:"我是姓虞,不过没当过老师。"那女子笑笑道:"很快您就能当上了。"见虞懿琳面露狐疑之色,她伸出手自我介绍道:"您好,我是新闻学院的张晓月。"

虞懿琳与她握了手后,道:"哦,那……进屋说吧。"张晓月进屋坐定后,开门见山地述说了自己的来意:"是这样的,虞老师,我们新闻学院打算办一期新闻研修班,对象主要是如今在咱们各大企事业单位新闻宣传岗位上工作的同志们,他们这些人对新闻事业有热情,也在各自的岗位上积累了一定的宣传报道经验。但是他们这些人绝大多数都不是新闻或中文专业的科班出身,理论基础十分薄弱。所以我们想邀请新闻界学界、业界知名的前辈老师来给他们授课,帮助他们尽快建立扎实的理论基础,培养更强的业务素养。"

张晓月推了推眼镜,笑着道:"虞老师,我们都知道,您在新中国成立前就是北大中文系的高才生,可谓是不折不扣的科班出身。后来一直从事新闻工作,是社里骨干人才,也是咱们中华人民共和国新闻界有名的老前辈,所以这次学院特地派我前来请您出山,来我们的研修班任教。"

虞懿琳推辞道:"不行,不行,这怎么行?我都这么大岁数了,以前又没有教过课,我可干不了。"

面对虞懿琳的拒绝,张晓月自然是不甘心,她转头对符希仲道:"您就是符老将军吧?您跟虞老师的爱情故事,我之前也听说了,真可谓一段传世佳话。其中最感动我的地方就是您二位在那个战火纷飞、山河破碎的年代,为了国家、为了民族、为了正义,携手并肩作战。我想,您跟虞老师应该都是理想主义者,所以才能够如此奋不顾身。特别是虞老师,为了中华人民共和国的新闻事业奉献了一辈子,如今虽说已经离休,但我想,如果虞老师能将她一生积累的宝贵的实践经验与丰厚的学识传授给下一代,为我们国家培养年轻的新闻人才,让我们国家的新闻事业不断发展壮大,呈现出新的面貌,这一定也是虞老师希望看到的吧。"

符希仲明白,张晓月这是叫自己帮忙劝说虞懿琳。符希仲知道,妻子一生好强,又对新闻事业有着无限热爱,心觉这也未必不是一件好事,便道:"出去讲讲课也未见得不是一件好事,你不是老说,你肚子里的那些东西要是再不讲出来给人听,就要随着你烂到棺材里去了吗?这是一个好机会,你就去试试吧。"

虞懿琳一生做事严谨认真,答应了张晓月的请求后,她翻出了家里所有的新闻理论、业务书籍,开始一丝不苟地准备教案。看着妻子夜以继日地伏案工作,符希仲心中不免有些后悔:"就是去讲个课而已,累坏了身子可就不值得了。"虞懿琳抬起头道:"新闻宣传事业是党和人民的喉舌,而我即将面对的学生则是我国未来新闻事业的栋梁,事关国计民生,一点儿也马虎不得。"

新闻学院的讲台上,虞懿琳身着一件藏青色金丝绒长旗袍,一头银丝齐整地绾于脑后:"新闻究竟是什么?关于新闻的定义有很多,目前我国学术界普遍采用的是一九四三年由陆定一提出的'新闻的定义,就是新近发生事实的报道'。其实,不同的人对新闻有不同的理解,在座各位都在各自的岗位上从事过新闻报道,大家想必都有自己的见解。下面,我就请一位同学来谈一谈,自己对新闻的理解。"

虞懿琳低下头,戴上老花镜,翻找花名册,她用手指略过一列学生的姓名,定格在了一个名字上:"崔明哲同学,请你来回答这个问题。"

讲坛底下鸦雀无声。虞懿琳又重复了一遍:"崔明哲,崔明哲同学来了吗?"仍旧没有人应答。虞懿琳皱了皱眉,道:"学习委员,哪位同学是学习委员?把他的名字记录下来。"

教室里沉默了一阵,方才有一个声音轻轻地道:"虞老师,崔明哲就是学习委员。"此言一出,教室里响起了一阵笑声。虞懿琳皱着眉,摇了摇头,叹了一口气。

翌日,虞懿琳换了一身银灰色西装套裙,继续站在讲台前授课:"新闻记者不是作家,也不是情报员。他既要将事实真实、全面地展现在受众面前,又要将自己的观点巧妙地隐藏于事实的背后。这里提到一个概念:受众,这一概念来源于西方的大众传播学,它包括报刊和书籍的读者、广播的听众、电影电视的观众。我们上堂课提到过的,范长江对于新闻的定义:'新闻是广大群众欲知、应知而未知的重要的事实。'这一概念便暗合了大众传播学中重视受众需求的'受众中心论'。随着我国市场经济体制的不断建立和完善,我相信,受众的需求,会越发受到重视。"

虞懿琳顿了一顿又道:"事实上,新闻记者与普通的信息联络员最大的差别在于,从事新闻报道工作,一定要坚持新闻的道德与操守,还要有为受众、为人民服务的情怀。我提到'情怀'这个词,你们很多人可能认为这太过虚无缥缈。二十世纪最著名的战地摄影记者罗伯特·卡帕曾经说过:'如果你的照片拍得不够好,那是因为你靠得不够近。'他相信'照相机本身并不能阻止战争,但照相机拍出的照片可以揭露战争,阻止战争的发展'。也正是因为他秉持着这样一种情怀与理想,他拍出的照片《倒下的士兵》才具有如此震撼人心的力量,才成为世界新闻摄影史上不朽的传世之作。"

"在座的各位同学都生长在和平年代,没有经历过战争。我曾经……到过真正的战场,在血肉横飞的、如地狱一般的残酷战场上,一位新闻记者,能够置生死于度外,不惜冒着生命危险去拍摄那样的一张照片,这,就叫情怀,这,就是情怀的力量。"

下课铃响了,虞懿琳端起茶杯和教案,正准备离开教室,一位年轻的小伙子追了上来:"虞老师,虞老师。"虞懿琳站住了脚步,道:"哦,这位同学,你有什么问题?"

那人看上去三十出头的年纪，个子不高，浓眉大眼，声音很是洪亮："虞老师，我想……跟您探讨一个问题。我认为，在战场上，还是人的生命更重要，为了新闻牺牲生命，我认为这不值得。"

虞懿琳一扬眉毛，道："哦？说说你的理由。"那人道："我也曾经到过战场。当时，我也想拍一张像《倒下的士兵》那样经典的照片，可是，正当我举起相机准备拍照时，敌人突然朝我丢过来一枚手雷，当时，负责保护我的一位班长反应很快，一脚就踢开了那枚手雷。可谁想旁边还有埋伏的敌人冲他开枪，他躲避不及，就……就牺牲了。后来我一直想，如果我当时不拍那张照片，也许，他就不会死。再珍贵的新闻，也都比不上战友的命重要。"

虞懿琳有些吃惊，道："你是哪个单位的？是什么时候参加的战争？"那人道："我是部队的，在一九八六和八七年两次到过越南。"虞懿琳道："原来是解放军，怪不得。你叫什么名字？"

"我叫崔明哲。""哦，原来你就是崔明哲。"崔明哲挠了挠头，不好意思地笑道："是，虞老师，是我。那个……上节课，我单位里有点事，就没过来。"

虞懿琳一副了然的笑容："恐怕你是觉得新闻理论这种纯理论的东西没有实际意义，才没来上课的吧？"崔明哲笑笑，没有答话。虞懿琳又道："是谁推荐你来这儿学习的？"

崔明哲道："是我岳父杨业功。"虞懿琳恍然道："哦，你就是杨业功的女婿？我常听你岳父提起你。"崔明哲道："对，他的大女儿杨伊琳是我爱人。"说起杨业功的千金杨伊琳的名字，还与虞懿琳有一段渊源。当时杨业功的女儿降生，正愁不知为女儿取个什么名字好，忽然想起了虞懿琳的名字，觉得十分悦耳顺口，又不失女孩儿家的柔美，便将女儿取名为杨伊琳。

虞懿琳道："我看过你的作业和公开发表的作品，你很有才华，也有灵性，在业务上也很勤奋，是难得一见的新闻人才，若努力不辍，前途不可限量。但是作为老师，我想送给你一句话。"

崔明哲严肃地道："您说。"虞懿琳道："中国有句古话，'木秀于林，风必摧之'，就如同天妒红颜一般，天亦妒英才，很多时候，锋芒太露不仅会招人嫉恨，更会给自己带来不必要的麻烦。若要实现自己的抱负，定要先收敛锋芒。"崔明哲点点头道："我记住了，谢谢虞老师。"

可惜，崔明哲虽说记住了虞懿琳的话，却并没有按照她的话去做。完成了新闻研修班的学业后，十多年来，他指点江山，激扬文字，无时无刻不在燃烧自己的热血，让自己的人生，有如烈焰一般，散发出无尽的热量与闪耀的光芒。

二〇〇七年，崔明哲带着自己即将高考的女儿前去拜访恩师虞懿琳。"虞老师，符师公，这是我的女儿崔天醒，她今年就要高考了，将来肯定是要做新闻这一行的。所以我想请虞老师给指点指点，您说她是报新闻系好呢，还是学中文专业好呢？怎么样才能对她将来的工作更有帮助？"

崔天醒怯生生地道："虞奶奶好，符爷爷好。"问过好后，她便低着头，坐在一旁，不再作声。

虞懿琳观察面前这位女孩儿，眉如远山，目似清潭，面似一轮皎月，她生得美貌却不冷艳，让人看上去无比舒服，仔细观瞧，竟与自己年轻时有几分相似。她身材高挑瘦削，却是玲珑有致，并不让人感到十分单薄。

唯一美中不足的是，崔天醒的穿着十分普通，只穿了一件红白条纹的毛衣和一条藏蓝色牛仔裤。虞懿琳见到美丽的年轻女孩儿便十分欣喜，更何况她生得还与自己如此相似："呦，小崔，你闺女跟我孙子一般大，真巧。天醒，不错，这名字不错，小姑娘人也不错。天醒，你告诉奶奶，你自己也愿意将来做新闻这一行吗？"

出乎虞懿琳意料的是，崔天醒居然一改之前的柔弱怕人，猛地抬起头来，目光直视虞懿琳道："对！我愿意为新闻事业奋斗终生！"

虞懿琳缓了半响方才道："好！好！有理想有追求，现在这样的年轻人很难得。不过人生一世，其实可以有很多选择，你虞奶奶我，曾经还做过裁缝。天醒你长得这么漂亮，喜不喜欢漂亮的衣服呢？我听说，现在服装学院有专门的服

装设计专业,你有兴趣吗?"

崔天醍复又低下头沉默不语,事实上,在她心中,设计缝制衣装,终究是不入流的"末技",新闻才是主流正道。

虞懿琳似乎猜出了她心中所想,和蔼地道:"其实,无论学什么专业,都要根据你自己的兴趣和理想来选择。大学正是你追求理想的开始。人这一辈子,不随波逐流、人云亦云,能够矢志不渝地追求自己的理想,无论从事什么工作,这样的人,都是真正高贵的人。"

叁拾捌　国殇墓园

　　时光如同飞针走线一般弥合了虞懿琳与符希仲三十七年两岸分离的隔阂，一晃两人已经共同度过了二十三年的光阴。

　　如同钻石一般，他们的感情并没有被岁月打磨掉原有的光芒，反倒历久弥新，在耄耋之年，绽放出了更加迷人的光彩。

　　在如今的符希仲看来，人生最幸福的事就是，一手揽住虞懿琳的肩膀，一手握住虞懿琳的手，但两人并肩坐在沙发上看电视。尽管由于这样的姿势太过亲密，经常遭到小辈们的"嘲讽"，但两人却并不以为意，仍旧保持着似青年恋人一般甜蜜的姿态。

　　电视里正在播放一部电视剧，剧的名字很长，足足有七个字。虞懿琳戴上老花镜，眯起眼睛，方才看清楚电视剧的名字："《我的团长我的团》，这讲的是啥呀？"

　　及至看明白电视剧的内容，两人脸上的笑容不约而同地凝固住了。

　　电视里，一名军容严整、身姿挺拔的国民党军队上校军官说："我要的是我的团，我要我的袍泽弟兄们提到'虞啸卿'三个字，想到的就是我的团长！我，提到我的袍泽弟兄们，想到的就是我的团。"他又说，"军人之命，与国同殇。"他还说，"重要的，最重要的，是有鬼子可以杀！"

271

电视里,一名疯子似的男人站在江边,他说:"走啊,我带你们回家。"他又说,"我没涵养,没涵养,不用亲眼看到半个中国都没了,才开始心痛和着急;没涵养,不用等到中国人都死光了才开始着急心痛!"他还说,"不吃饭,活七八天;不喝水,活五六天;不睡觉,活四五天;琐事养我们也要我们的命!家国沦丧,我们倒已经活了六七年……"

电视里,一群衣衫不整、灰头土脸的男人,用最激昂、坚定的声音唱起了:"君不见,汉终军,弱冠系房请长缨;君不见,班定远,绝域轻骑催战云!男儿应是重危行,岂让儒冠误此生……"

符希仲松开了握住虞懿琳手的右手,轻轻拭了一下眼角,用沙哑的声音道:"我想他们了,想杜维鹏,想我的袍泽弟兄们了。"虞懿琳与丈夫心意相通,道:"那就回去看看,我陪你去!"

这之后,虞懿琳夫妇一直在设法联系云南腾冲方面,四处奔走,为客死他乡的远征军老兵争取叶落归根、回国安葬的机会。经过了一年多的努力,终于迎来了令人振奋的消息:来自密支那地区和西保、腊戍地区的十九位中国远征军将士的遗骸,火化后将被迎回到腾冲国殇墓园。

得知这一消息的符希仲夫妇激动不已。虞曙昇知道父母一直以来的心愿,便主动提出向腾冲国殇墓园捐资一百万元。

与此同时,符希仲也收到了来自腾冲的邀请,请他们夫妇前去参加老兵骨灰的安葬仪式。

接到邀请后,虞懿琳开始着手准备行装,却被符希仲拦住了:"不行,咱们不能就这么去。这是件大事,必须好好准备,以示重视。云南腾冲,是咱们曾经携手战斗过的地方,咱们回去,必须得精精神神、体体面面地去!"

符希仲上下打量着妻子身上居家穿的短袖衬衫和休闲长裤道:"而且,你打算……就穿这个去腾冲?"虞懿琳道:"那你的意思是……"符希仲道:"做一身衣裳吧,你做,我也做。"虞懿琳道:"去哪儿做呢?"虞懿琳忽地想起了什么,目光与符希仲对视,两人异口同声道:"瑞祥昇!"

透过商业街熙熙攘攘的人潮,可以看到瑞祥昇门口的客人进进出出、络绎不绝。仲夏时节的北京城艳阳高照,映射得瑞祥昇的金字招牌熠熠生辉。

虞懿琳一手挽着符希仲的胳膊,一手在虞曙昇的搀扶下,缓步走进了瑞祥昇的大门。一见三人进门,门口一位年轻的男店员赶忙迎了上来,道:"三位里面请,我姓庞,您叫我小庞就行。您是想定做呀?还是买我们的成衣呀?"

虞曙昇道:"我想给我妈订一身旗袍,给我爸订一身西装。"一听虞曙昇这话,小庞立马冲虞懿琳竖起了大拇指,操着一口纯粹的京腔,道:"嚛!老太太,您可够时髦儿的啊,穿旗袍,也是,您看看您这岁数,身条儿还保持得这么好,不穿旗袍儿真是可惜了。"

小庞又上下打量了下符希仲,道:"老先生,您今年得有八十多了吧?身板儿还这么硬朗!我身边儿八十多的老人,基本都坐着轮椅呢,再瞧瞧您,这腿脚儿比我们年轻人也不差。"

符希仲微微一笑道:"我今年都九十九了。"小庞显然是受到了不小的惊吓,道:"那您……您老这身体……是练过的吧?"虞曙昇不愿再与店员多费口舌,便把话茬接过来道:"是,我们家老头儿年轻的时候当过兵,身子骨儿好着呢,我都比不上。那什么,小庞,你赶紧带着我爸妈去挑衣裳吧。"

饶是如此,小庞还不忘补上一句:"呦,怪不得,我最崇拜军人,真是了不起!"小庞带着虞懿琳夫妇前去挑选布料,小庞的确很是热情,开始为虞懿琳夫妇一一介绍每种料子:"咱们瑞祥昇的布料主要以纺织类为主,其中,又以丝类织物为我们的主营。您看,这是塔夫绸,是起源于法国的纯桑蚕丝高档熟织绢织物,它的优点是光滑,不易沾尘污,非常适宜做女士的礼服;这是香云纱,它的优点是日晒、水洗均不易褪色,防水性能还很强;这是……"

虞懿琳忽然接口道:"金丝绒,是由桑蚕丝和粘胶丝交织而成,绒毛浓密,光泽醇亮,质地柔软又富有弹性。"小庞愣了一下,随即举起大拇指道:"老太太,您可真是行家!"

虞懿琳用指尖轻拂过一匹匹柔软、光滑的布料,好似抚摸着自己久违的情

人一般,深情、怜惜。

虞懿琳最终选定了一匹黑色金丝绒做旗袍,为符希仲选了一匹真丝斜纹绸做衬衫,西装选择了黑色华达呢,以真丝缎做里料。面料与款式敲定后,两人便随小庞前去量尺寸,小庞叫了一位女店员为虞懿琳量体,自己则拿着卷尺为符希仲丈量。

小庞量尺寸时嘴里也没闲着,导致女店员都已丈量完毕,他还只记住了符希仲一只胳膊的尺寸:"我说您二老选择我们瑞祥昇定做衣裳那可真是有眼光,这过去人都说我们瑞祥昇是传统老店,只有上了年纪的人才爱来,衣服款式也老气得很。可是现在,您看看,这年轻的小姑娘们结婚,不少人都选择来咱们这儿订旗袍,咱们这儿的款式也与时俱进,推出了不少新款,还能按客户的设计定做,所以越来越多的小年轻儿,都愿意来我们这儿。"

听到此节,虞懿琳面上不由得露出了欣慰的微笑。只听小庞又道:"可是话又说回来了,这如今大街小巷的服装店这么多,为啥人家偏偏都认准了咱这儿?那还不是因为咱们这儿虽说款式不断更新,但这面料的质量跟做工均属上乘,一百年来都没有变化,我们瑞祥昇百年老店,从民国那会儿起,就是咱北京城里数一数二的店铺。听说,过去店里头还出过一位名人,是瑞祥昇虞家的传人,还给当时的国母宋美龄做过旗袍,那可真是名震天下的大裁缝。叫虞……虞什么来着……"

符希仲接道:"虞懿琳。"小庞一拍脑门,道:"对对对,就是这名儿!哎,老先生,您怎么知道得这么清楚?"

符希仲淡然一笑,用手指了指身旁的妻子道:"她就是虞懿琳。"啪嗒一声,小庞手中的卷尺掉在了地上,愣了半晌才呆望着虞懿琳道:"您……您就是虞家最后一代传人,虞懿琳先生?"

虞懿琳微微一笑道:"对。不过那都是过去的事情了,现在瑞祥昇在你们手中经营得这么好,我真的很为你们感到骄傲。"

两位老人的尺寸量完后,虞曙昇掏出钱包,准备交付订金,却见小庞急匆匆地跑了过来,一把拦住了他道:"等等!我刚跟我们领导请示过了,给二老做衣裳,我们不能收您的钱。"

虞曙昇道:"为什么?"小庞有些激动地对着他身旁的虞懿琳道:"你们虞家创立了瑞祥昇的百年基业,如果不是过去积攒下的口碑,瑞祥昇如今的生意也不可能这么兴旺。您是虞家最后一代传人,又是民国时期最有名的裁缝,您的钱我们说什么也不能要。这也算是我们,瑞祥昇,能为虞家做的唯一一点事情了。"

虞懿琳摆了摆手,微笑道:"瑞祥昇虽说是由虞家人创立的,但是自从公私合营以后,瑞祥昇就是国家的资产了。这些年,也是由你们这些年轻人把瑞祥昇发扬壮大的,我替虞家谢谢你们。我伯父是一位儒商,从小就教育我们这些后辈要以德立身,所以我虞懿琳,我们虞家,绝对不能占国家的便宜。这钱你必须得收下。"

虞懿琳的话说完后,小庞的眼圈不由得有些发红。虞曙昇付完钱后,搀扶着两位老人离去。小庞望着虞懿琳远去的背影,深深地鞠了一躬。

二〇一一年,九月十四日,上午十时许,云南,腾冲,国殇墓园。

来自密支那地区和西保、腊戍地区的十九位中国远征军将士的遗骸,在忠烈祠度过一夜后,离开忠烈祠,被安葬到国殇墓园右侧的"中国远征军阵亡将士墓"。

在《安魂曲》的陪伴下,按照腾冲当地风俗,老兵的骨灰用黑伞遮着,在夹道迎接的人群注视下,被安放至墓穴。中国远征军阵亡将士墓,按照腾冲当地的习俗设计,墓体下面的地宫用于归葬到此的将士遗骸,建筑面积共六百八十平方米。

当日的腾冲淫雨霏霏,氤氲的蒸汽环绕着墓穴,让一切看上去都不是那么真切。

安葬仪式简单、庄重。到场的全体人员三鞠躬,而后诵读祭文。祭文回顾

叁拾捌 国殇墓园

了中国远征军的重要战役,并以"怀者来归,青山葳蕤,告彼诸神,佑我英魂。在天为乾,在地为坤,永志不忘,民族昆仑"结束。

仪式结束后,当地的工作人员带领符希仲夫妇参观国殇墓园。国殇墓园主体建筑以中轴对称、台阶递进形式,由大门经长甬道循石级而上至第一台阶,再循石级而上,至嵌有蒋中正题李根源书之"碧血千秋"刻石的第二级台阶挡土墙,沿墙分两侧上至第二台阶,就来到了国殇墓园的主题建筑——忠烈祠。

忠烈祠具有古代祠庙建筑风格,面阔五间,重檐歇山顶,四周设回廊。上檐下悬蒋中正题"河岳英灵"匾额,捐堂正门上悬国民党元老于右任手书的"忠烈祠"匾额,祠堂中央高悬孙中山先生的画像及《总理遗嘱》,左右分悬国民党党旗、中华民国国旗。两侧墙壁上镶嵌抗日阵亡将士名录碑七十六方,刻有九千烈士的姓名。

绕过忠烈祠,便来到了小团坡。坡顶立有高十米的纪念塔,外形为方形柱式,系由腾冲特有的火山岩雕砌而成。塔顶镌刻着霍揆彰的题书"远征军第二十集团军光复腾冲阵亡将士纪念塔",塔基正面刻有蒋中正题李根源书"民族英雄"四个蓝色大字,其余三面为腾冲抗战纪要铭文。以塔为中心,辐射状地把坡体分为六个等分,每个等分都代表一个师,密布着墓碑。墓碑上书阵亡将士的姓名和军衔,碑下均葬有阵亡官兵骨灰罐。其中包括战死的援华美军人员。墓门左侧的角落里还筑有埋了四具日军尸骸的土坟,立有黑色"倭冢"二字,也是李根源手书。

这一排排的墓碑,严格按军衔高低顺序排列。排在最外层的二等兵们,大多是十八九岁,还未脱稚气之年,便已为国献出了年轻生命。中层则是下级军官,所占比例相当大。

这些军人即使牺牲后,也依然保持着军姿,整齐划一,成排成行。一刹那,虞懿琳依稀感到,这些战士仿佛还活着在列队里,时刻准备发起冲锋,捍卫自己国家和民族的尊严。

符希仲亲自向纪念塔敬献了花圈。虞懿琳站在碑林之中,恍惚间,看到了杜维鹏,看到了曾经一道在滇缅战场上挥洒热血的青年儿郎们,她不知不觉地低声吟唱起:"君不见,汉终军,弱冠系虏请长缨;君不见,班定远,绝域轻骑催战云!男儿应是重危行,岂让儒冠误此生……"

听到了妻子的吟唱,已近期颐①之年的符希仲挺直了一辈子未曾弯曲过的腰杆,仰头望向民族英雄纪念碑,用沙哑却吐字掷地有声的喉咙唱出了:"风云起,山河动,黄埔建军声势雄,革命壮士矢尽忠。金戈铁马,百战沙场……②"

虞懿琳走到丈夫身边,握住了他因激动而微微颤抖的手,略带哽咽却又无比坚定地道:"希仲,若有来生,我虞懿琳还愿与你结为夫妻,与你沙场并肩,共御外敌,光复河山!"

---

① 指一百岁。
② 《中华民国陆军军歌》。

尾声

二〇一二年,七月二十五日,上午十时。北京,八宝山殡仪馆。

我一身黑衣,站在遗体告别大厅的侧方最前排,等待遗体告别仪式开始后,前来吊唁的宾客。

不是不想哭,只是眼泪似乎已经流干。一切来得太突然,令我没有一丝一毫的心理准备。我看着大厅中央那个被国旗覆盖着的人,感到熟悉又陌生。几天之前,他还是与我谈笑风生的,那个世界上最爱我的男人,而今,却通身冰冷,再也无法言语。

仪式开始了,到场的宾客陆续走到我的面前,与我握手,以示安慰。我依旧神思恍惚,直到一位五六十岁的男子走到我的面前:"节哀。我是你父亲生前的老师虞懿琳的儿子虞曙昇,你到过我家,见过我母亲。我是替我母亲来的,我母亲教我转告你,等你情绪稳定些了,她想见你。"

二〇一四年,我恢复了正常的生活、学习、工作后,记起虞曙昇的话语,便主动联系他,登门拜访虞懿琳老人。

去虞懿琳家的那天,我穿了一件暗紫色刺绣水滴领旗袍式连衣裙,外搭一件浅粉色开衫。似乎是受到了虞懿琳老人话语的感染,上大学后,我对服饰的兴趣与日俱增,业余时间逐渐投入对中国传统服饰文化和现代服饰创新研究中,穿衣品味也与过去大不相同。

虞懿琳老人见到我,显得十分高兴。她热情地迎我进门,招呼我坐下。我环顾了下四周,符希仲老将军已经成为墙上一幅黑白的照片。父亲过世后,我一见到其他逝者,便会触景生情,因此一刹那,我的喉咙有些发紧,眼眶也开始湿润。

虞懿琳老人似乎看出我的心中所想,坐在我面前,用一双布满了皱纹、柔软却有力量的手握住了我的手,道:"孩子,奶奶知道你心里难受。你一定觉得,上天对你很不公平,对不对?"

我抿了一下嘴唇,低声道:"我心里头……过不去这道坎儿。"虞懿琳老人和蔼地看着我笑了:"小崔,你知道吗?我年轻的时候,和你一样,年轻、漂亮、有理想,也有才华。可是在我活了将近一个世纪的时候,我才慢慢明白,人这一辈子,很多时候,命运会带给你许多你意想不到的大悲大喜,这些咱们无力改变,只能接受。我们能做的,只有努力不懈地按照自己的内心,去活着,去奋斗。"

就这样,虞懿琳老人向我娓娓道来了她跌宕起伏、大开大阖的人生经历。听着她的讲述,我顿有云开雾散之感。

而我最终还是没有实现我自幼的理想,从事新闻行业,也没有如虞懿琳老人所希望的那般,从事服装行业。我唯一能做的,就是用我的笔触,记录下虞懿琳老人所讲述的,无数前辈用热血和牺牲换来的,那段珍贵的历史记忆。

一代名媛虞懿琳的传奇人生,就如同一袭传世的华美旗袍一般,纵然历经岁月的洗刷,依然散发着震撼人心的美的力量。

尾声